U0658548

Nick Hornby

尼克·霍恩比 | 作品

Juliet,
Naked

［英］尼克·霍恩比.............................著

黄建功.............................译

赤裸的
朱丽叶

上海译文出版社

怀着爱意和谢意,将本书献给阿曼达

　　他们从英国大老远飞到明尼亚波利斯,就为了参观一间厕所。安妮直到真正进入厕所的那一刻,才惊觉这简单的事实:里头的墙上有涂鸦(其中有一些点到了这间厕所在音乐史上的重要性),除此之外,它又潮湿又阴暗,味道很臭,毫不起眼。美国人一向非常善于充分利用他们的历史遗产,但在这儿就连他们也没什么名堂可搞。

　　"安妮,你带相机了?"邓肯说。

　　"带了。但你想拍什么呢?"

　　"就是……你知道的嘛。"

　　"不知道。"

　　"呃……就是拍这间厕所。"

　　"你们都怎么……怎么称呼那些东西?"

　　"小便斗。对了,就拍小便斗。"

　　"你要入镜吗?"

　　"我假装在尿尿,如何?"

"随便你。"

于是邓肯站在三个小便斗中间那个的前面，双手摆在阴部前方，装得很像，并回头向安妮微微一笑。

"拍了？"

"闪光灯好像没亮。"

"再拍一张。大老远来，一张好照片都没拍到就太笨了。"

这一次邓肯稍微站进某个马桶小间，让门敞开。不知何故，这里比较亮。安妮尽力拍了。一个男人在厕所里的照片，照常理，再漂亮也不过如此了。邓肯走出来时，她瞄见那个马桶，一眼就看出它堵塞了，就像她在其它摇滚乐夜店看过的所有其它马桶一样。

"走吧。"安妮说，"那个人不太希望我进男厕。"

这是事实。最初，那酒保怀疑他们俩在找个地方来一针毒品，或嗨咻一下。后来，令他们伤心的是，酒保显然断定两人没本事做那两种事。

邓肯再看最后一眼，摇摇头："要是厕所会说话就好了，嗯？"

安妮很庆幸这间厕所不会。不然，邓肯八成会跟它聊上一整夜。

大多数人不知道世上有塔可·克洛这号人物的音乐，更别说他生涯中一些较为黯淡的时光，所以他在皮兹俱乐部的厕所里或许曾经发生过的事，大概值得在此再说一遍。那时，克洛来到明尼亚波利斯表演，某一天他在皮兹俱乐部现身，来观赏当地一个叫做"拿破仑·索罗"乐队的演唱，他听说这个乐队风评不错。（有些克洛迷是全面收藏狂，连该乐队唯一发过的专辑《拿破仑·索罗弹唱创作歌曲》都有。邓肯就是其中之一。）演出进行到一半，塔可去上厕所。没人知道那里头发生什么事，只知道他出来后，便直接回饭店，并打电话给经纪人，把剩下的巡回演唱全部取消。隔天早上，他就展开了我们现在不得不视之为退隐的岁月。那是一九八六年六月的事。从此以后他就音讯全无，没灌录新唱片，没公开演唱，也没接受访谈。如果你和邓肯、和世界各地其他几千人一样喜爱塔可·克洛，那么那间厕所就有责任交代清楚。但邓肯的观察对极了，它不会说话，既然如此，克洛的粉丝就必须代表它发声。有些人声称，塔可在那里看见了上帝或某位上帝派来的代表；有些人则声称他在里头吸食毒品过量，体验了濒死的过程。另一派则认为他逮到女友跟他乐队的贝斯手在里头性交，但安妮觉得这理论有点离奇。在一间厕所看见一个女人跟一位乐手打炮，真的有可能导致二十二年的销声匿迹？或许有可能。或许是安妮没体验过那样热烈的激情，才会这样想。反正。不管是什么。你只需知道，有件极重大而使人改变一生的事，在一家小型摇滚夜店的厕所里发生了。

安妮和邓肯正在塔可·克洛朝圣之旅的半途上。他们已去纽约游历过，看了好几家曾经与克洛扯得上关系的夜店和酒吧，但这些饶富历史趣味的场所，如今多半变成设计师品牌服饰店或麦当劳。两人也去了克洛的童年住处，位于蒙大拿州的波兹曼。令人兴奋的是，那儿有位老太太从她房子走出来告诉他们，塔可小时候曾帮忙洗她老公的别克老爷车。克洛家的屋子小而怡人，现今的屋主是一家小印刷公司的经理，他很讶异两人大老远从英国来参观他的房子外观，但没邀他们进屋。后来两人又从蒙大拿飞到曼菲斯，造访"美国录音室"的旧址（原建筑已在一九九〇年拆除）。塔可曾在酒醉而伤心的状况下，在这间录音室录下他那张传奇性的分手专辑《朱丽叶》，这也是安妮最爱的一张。接下来他们还打算去加州的柏克莱，现实人生中的朱丽叶（曾当过模特儿和社交名媛，真名叫朱莉·贝蒂），至今仍

3

住在那里。两人将到她房屋外一直站着观看，正如他们在那个印刷商的屋外所做的事，直到邓肯再也想不出继续看下去的理由，或直到朱莉报警处理（邓肯从互联网论坛得知，有几位克洛迷遭到这种下场）。

安妮不后悔踏上这趟旅程。她去过美国几次，到过旧金山和纽约。而这次旅行由塔可带领，去了一些她自己根本不可能造访的地方。她蛮喜欢这样的方式。例如波兹曼，去了才知道是座美丽的山间小镇，四周围绕着名称富有异国风情的山脉，她之前听都没听过：大带山脉、烟草根山脉、西班牙峰群山脉。凝神观看那间不起眼的小房子后，两人步行到镇中心，在一家有机咖啡店外一边沐着阳光一边喝冰茶。远方可望见某一座西班牙峰，也可能是烟草根山脉的某一座，高耸得俨然要刺穿那寒冷的蓝天。这上午她过得算不错了，以前好几次假期原本更令人期待，结果过得比这次糟。对她而言，这趟美国之旅就是随机漫游，去哪里都好。当然啰，一路上老是听邓肯谈论塔可，烦都烦死了。不断地讨论塔可，听他的歌，企图了解他创作上或个人生活中所有大大小小决定的背后理由，她已经倒尽胃口。但在家里听邓肯老谈他也一样倒胃口。既然都是倒胃口，她宁可到蒙大拿或田纳西州，也不想留在谷儿尼斯。那是英国海滨的一座小镇，她和邓肯同住镇上一栋房屋。

有个重要地点没排进这趟旅程的路线，那就是宾州的泰隆镇。一般公认那就是塔可现在的隐居地。但既有正统说法，就伴随着异端分子：有两三个克洛迷团体都认定自九〇年代初，克洛就一直住在新西兰。邓肯觉得这理论虽然有趣，但荒唐透顶。两人计划行程时，根本没把泰隆镇当作一个目的地，连提都没提。安妮自认了解原因。几年前有个克洛迷到泰隆去瞎逛，后来找到一个地方，他认定就是塔可·克洛的农庄。那儿出现一位头发花白的男人手持猎枪朝他瞄准,场面令人发毛。他拍下这张照片,带了回来。安妮看过那张照片很多次,她觉得看了很痛苦。那位男人的面容因愤怒和恐惧而整个扭曲了,仿佛他的一切事业和信仰正被一台佳能傻瓜相机逐渐摧毁。邓肯忧心的倒不是克洛的隐私被侵害,而是那个叫尼尔·瑞奇的歌迷干了这件事,却在死忠粉丝群之间获得宛如泽普鲁德那种层级的名声和尊敬。安妮怀疑邓肯心里嫉妒得很。使邓肯忧虑的则是,塔可·克洛当面称瑞奇是"他妈的混蛋"。这令邓肯简直难以忍受。

参观完皮兹俱乐部的厕所后,两人采纳旅馆服务台人员的建议,去几条街外的河岸区一家泰式料理餐厅吃饭。原来,明尼亚波利斯市横跨于密西西比河的两岸。除了美国人和曾经专心上地理课的家伙,谁会知道呢?结果,安妮所看见的预期之外的东西,又要记上一笔。不过他们所在的河流这一端,景色较不浪漫,看起来像泰晤士河,着实令人失望。倒是邓肯兴致高昂,很有聊劲,言谈间依旧不敢相信自己已经进入那个多年来心神所系、再三想像的地方。

"你觉得我有没有可能用一整堂课来讲那间厕所的事?"

"你是说,你要坐在马桶上教课?你大概无法通过卫生安全单位的审查。"

"我不是那个意思。"

有时候安妮希望邓肯的幽默感能更敏锐些,或是至少能感觉出她想幽他一默。她知道,此刻想解释笑点已经太迟了。

"我的意思是,用一整堂课来讲皮兹俱乐部厕所的事。"

"行不通。"

邓肯看看她。

"你在逗我吗?"

"不。我是说,花一整堂课来讲塔可·克洛二十岁那年去上那间厕所的事,不会非常有趣。"

"我会把其它的东西包括进来。"

"音乐史上其他人上厕所的事?"

"不是。其他人生涯转折的关键时刻。"

"猫王在厕所发生的事可大了。那也是他创作生涯里很关键的时刻。"

"死亡是不一样的。那不出于他的意志。约翰·史密瑟在我那网站写过一篇文章,谈的就是这个。创作生涯之死与真实生命之死的差别。说得实在很有意思。"

安妮兴味盎然地点点头,心里却希望回家之后邓肯不会把那篇文章印出来,摆在她面前要她看。

"我答应你,这次假期过后,我绝不再那么以塔可为中心了。"他说。

"没关系。我不介意。"

"我想要这样做已经想很久了。"

"我知道。"

"我会把他从我体内驱除。"

"我倒希望不要。"

"真的?"

"如果你那样做,你岂不是什么都不剩了?"

她无意要毒舌伤他。她跟邓肯在一起将近十五年了,塔可·克洛一直是这段关系包裹的一部分,像是一种残疾。起初,症状并不妨碍他过正常生活。是的,他写过一本有关塔可的书(尚未出版),开课讲授塔可的音乐,参与制作了一支 BBC 有关塔可的广播纪录片,办克洛迷聚会。但在安妮看来,这些活动似乎总像孤立的插曲,像偶然发作的病情,他依旧能过着正常而多产的生活。

后来互联网问世,一切都变了样。邓肯比别人略晚才发现互联网的功用,他发现后便架设了一个叫做"谁能听见我?"的网站。(克洛的首张专辑令人痛心地失败后,灌录了一张鲜为人知的 EP。这网站名称就是取自那张 EP 里的一首歌名。)设站之前,离邓肯最近的克洛迷住在曼彻斯特,在六七十英里外,邓肯一年才跟他见面一两次。如今距离最近的粉丝就住在邓肯的笔记本电脑里,人数有好几百,来自世界各地,邓肯跟他们无时无刻不在说话。可谈的事情似乎多得惊人。网站设有"最新消息"栏目,安妮每次看到都很乐,屡试不爽,因为塔可不再是个所作所为多到讲不完的人了。(邓肯谈到他时,总要先来一句:"就我们目前所知……")但在死忠歌迷间,总是有东西可拿来充当克洛的最新消息,例如互联网广播电台上的一场"克洛之夜"特别节目、一篇新文章、克洛的前乐队成员发新专辑,或者某位录音师的访谈。虽然如此,网站大部分的内容都由文章组成,或分析歌词,或讨论克洛的影响,或臆测他销声匿迹的原因(似乎有无穷无尽的猜法)。邓肯也不是没别的兴趣。他是一九七〇年代美国独立电影和纳撒尼尔·韦斯特长篇小说的专家,最近也培养了看HBO 电视剧这个不赖的新嗜好,并自认在不远的未来说不定就可开课讲解《火线重案组》。但相比之下,这些都只是逢场作戏,塔可·克洛才是他一生的伴侣。假如克洛死了——也就是真实生命之死,而非创作生涯之死——邓肯会带领大家哀悼。(他已经写好讣告,偶尔还忧虑地自言自语,该不该现在就把文章给某家声誉良好的报社看一看,还是等到真正需要的时候?)

如果说塔可是邓肯的丈夫的话,那么安妮大概就成了他的情妇。当然,这个譬喻不太恰当,"情妇"这个词太怪了,而且意味着床第之事的频率不低,以两人如今的情况,大概会双双感到惊骇。就算在交往初期,那样的频率也会使他们吓得畏缩。有时安妮觉得自己不太像女友,比较像他的同校好友。假日去他家玩,接下来二十年就这么暂住在此。起先,两人大约同一时间各自搬到这个英国海滨小镇,邓肯来写博士论文,安妮则来教书。他们有一些共同友人看出两人应该会有交集,就算不来电,也可以聊聊书籍和音乐,一起看电影,偶尔做伴去伦敦看看展览和演唱会,于是介绍两人认识。谷儿尼斯是个单纯的小镇,既没艺术电影院,也没同志圈,连一家水石连锁书店都没有(最近的分店要往北走,一直到赫尔市的路上才有),所以两人便扑向彼此,相互救济。渐渐地,他们开始在一些夜晚喝点酒,在周末暂时一起过夜,到后来,暂时一起过夜又逐渐变成一种跟同居差不多的形式。两人就永永远远继续那样的生活,卡在万年研究生的世界里。听演唱会、读书、看电影在他们心目中很重要,但对其他同年龄的人来说,那些东西倒没那么重要。

两人从没决定过不生小孩,也没讨论过是不是要拖一段时间再下决定,这不是因为他们实际上仅仅是暂时一起过夜的朋友关系。安妮可以想像自己当妈妈,但没人认为邓肯想当爸爸,反正,如果要靠生小孩来巩固关系,两人都会不舒服。他们不赞成那种做法。可是现在,她正在经历大家都跟她说过她将会经历的事(居然被说中,真是令她气恼):她极度渴望有个小孩。所有寻常无奇的生活大小事情,或悲或喜,都会撩起她的渴望,例如圣诞节,或友人怀孕,连在

8

街上看见完全不认识的孕妇也会刺激她。就她自己判断,她想要小孩的理由很平凡。她想要感受无条件的爱,而非微弱且有条件的喜欢,她东拼西凑给予邓肯的就只是那种喜欢。她想被一个绝不会质疑这拥抱的人搂住,这个人绝不质问为什么抱、你是谁,或者抱多久。另外还有个理由是:她需要知道,她是能够生小孩的,她体内是可以孕育生命的。邓肯使她沉睡了,在这长眠中,她形同被阉割、不是个女人了。

她会熬过去的,大概吧。至少,有一天生孩子的念头将化成令她惆怅的遗憾,而不再是剧烈的渴望。但这趟假期不是计划来安抚她的。她心里很挣扎,与其到男生厕所鬼混、拍照,还不如替婴儿换尿布。感觉起来,她与邓肯相处时所做的事情似乎愈来愈……堕落。

两人住宿在旧金山闹区一家廉价的烂旅馆。在旅馆吃早餐时,安妮一面读《旧金山纪事报》,一面暗自决定她不去朱莉·贝蒂在柏克莱的住宅,不去朱莉家外面观看那排遮挡前方草坪的篱笆了。在湾区有太多事情可以做了。她想去看看海特·阿希伯里嬉皮士区,她想去城市之光书店买本书,她想参观恶魔岛,她想徒步跨越金门大桥。只要沿着旅馆前那条街走下去就是现代美术馆,现在有战后美国西岸艺术特展。塔可把他们诱到加州来,还蛮让她高兴的,但她可不想耗费一整个上午观看朱莉的左邻右舍判断两人是否危及治安。

"你开玩笑的吧?"邓肯说。

她呵呵大笑。

"才不是。"她说,"我真的在考虑做点其他更有意思的事。"

"我们好不容易大老远来到这里,为什么你突然要去其他地方?

你不感兴趣吗？假如我们站在屋外时，刚好碰到她从车库开车要出门？"

"那我会觉得更蠢。"她说，"她八成会打量我，心想：'我可不指望那个男的有何不同，反正一定是那种变态乐迷。但是女人来这儿是要干吗？'"

"你在唬我。"

"真的没唬你，邓肯。我们在旧金山只待二十四小时，而且我不知道下次什么时候会再来。我实在不想去看一个女人的房子……如果你去伦敦待一天，会花一天时间跑去……譬如福音橡区……然后待在某人的房子外面吗？"

"但是如果你去福音橡区就是为了看那个人的住宅的呢……况且，那不是随便某个女人的房子而已，你清楚得很。有些重大事件就是在那里发生的啊。我非去塔可当时站过的位置走一走不可。"

没错，它可不是随便一栋普通房子。每个人都知道这事……其实几乎每个人都不知道。当朱莉·贝蒂在一场大导演弗朗西斯·科波拉所举办的宴会上认识塔可时，就已经和任教于柏克莱大学的第一任丈夫住在那间房子里了。那一夜，她离开丈夫出走。然而非常短暂的时间后，她重新考虑，然后便回家与老公重修旧好。反正传闻就是那样。安妮一直无法理解，邓肯和那些克洛乐迷怎能确定一件发生于几十年前、极为微小的私人骚乱事件的来龙去脉？但他们就是这么笃定。

《朱丽叶》专辑的最后一首歌《你和你的完美生活》，七分钟长，被认为是描写塔可站在朱莉家外头那一夜的事情。有句歌词写道："我朝窗户丢掷石头/直到他来到门口/你在哪儿呢，史蒂芬·巴佛尔太太？"当然了，她丈夫并不叫史蒂芬·巴佛尔。塔可为什么选用这个假名，无可避免地在网站论坛上引发了无穷的猜测。邓肯的理论是，劳合·乔治曾经批评英国首相把上议院搞成了"巴佛尔的贵宾狗"，塔可借用史蒂芬·巴佛尔的名字来为她丈夫命名，暗喻朱丽叶已经沦为她丈夫的贵宾狗。如今这个诠释在塔可粉丝圈里已是公认的定论，如果你上维基百科查询"你和你的完美生活"，便可清楚地在注释里看到邓肯的名字，以及他那篇文章的链接。网站上居然没人敢出声质疑，塔可之所以选择"巴佛尔（Balfour）"这个姓氏，很可能只是为了与"门口（door）"押韵。

安妮很喜欢《你和你的完美生活》。她喜欢它毫不留情的愤怒，也喜欢塔可把这首歌从自传色彩转变成社会评议的手法，他在歌曲中大声批判，说聪明的女人被她们的男人抹灭了。通常，她不喜欢怒吼式的吉他独奏，但是《你和你的完美生活》里的怒吼式吉他独奏所表达的意思和愤怒，听起来就跟歌词一样直白，她很喜欢这种搭衬。而且她还很爱整首歌的反讽意味——塔可（也就是歌曲里朝史蒂芬·巴佛尔摇着手指的那个男人）对于朱丽叶的抹灭，较之她丈夫对她的抹灭更为彻底。她大概会成为永远使塔可心碎的女人吧。

安妮为朱莉感到难过，因为自从这首歌发表以来，朱莉必须应付邓肯这类偶尔来到她家门口、朝着窗户想像丢石头场面的人（说不定他们还真的动手丢呢）。但安妮也羡慕她。能使一个男人那么地热烈、那么地痛苦、那么地创作灵感泉涌，谁不想呢？如果你自己不会写歌，那么像朱莉这样刺激另一个人写出好歌，也算是退而求其次的好事吧？

虽然如此，她还是不想去看那间房子。早餐后，她便搭出租车到金门大桥的另一端，然后徒步跨桥走回市区。不知何故，吹着咸咸的

11

海风,她因独处而感受到的愉快,似乎变得更为鲜明而强烈。

少了安妮在旁,要独自一人去朱莉的住处,使邓肯感觉有些奇怪。以前不管两人去哪里,往往是她在安排交通路线。到达之后,怎么回到出发点,也是她才会知道。他宁可把心力专注在朱莉与《朱丽叶》专辑。本来他打算在路上把整张唱片一口气听个两遍,第一遍按照专辑原版的歌曲次序,第二遍则按照塔可·克洛最初想要的歌曲次序(此说乃根据《朱丽叶》的录音师透露)。但这计划现在行不通了,因为他得把全副心力都放在湾区地铁系统。他判断他得在鲍威尔街站上车,搭红线,往北坐到北柏克莱站。看似容易,其实不然,当然啰,因为他一钻下地面、进入月台后,便完全不知道怎么分辨哪个是红线、哪个不是。而且他不能问人。开口向人问路,会搞得好像他不是当地人。虽说在罗马、巴黎,甚至伦敦,问个路没什么要紧,但在旧金山却很要紧,有太多邓肯心目中觉得重大的事情就在此地发生。因为他不准自己开口问路,结果错搭了黄线列车,一直坐到洛克威治站才知道弄错了,这意味他得坐回第十九街/奥克兰站去换车。她是哪根筋不对劲呀?他知道她不像他那么疯塔可·克洛,但他以为近年来她已渐渐识货。好几次他从外面回来,都发现她在家里播放《你和你的完美生活》,虽然如此,他一直无法使她对这首歌的另一个版本感兴趣。那是塔可在“底线”酒吧现场演出的靴腿版,恶名昭彰,但效果更优,吉他独奏到了尾声时,塔可还把吉他砸成碎片。(他必须承认录音有点糊,而且在歌曲最后一节里,还有个讨人厌的醉汉朝着那位录音者的麦克风一遍又一遍地叫嚷:“摇滚乐!”不过,假如她要的是愤怒和痛苦的感觉,那么这版本就是最佳选择。)邓肯试着假装安妮不跟着来是情有可原的,但事实是,他感觉受伤。受伤,而且怅然若失，至少暂时如此。

　　光是到达北柏克莱站，似乎就是一大成就。所以他允许自己奢侈一下，可找人借问依迪丝街的方向，作为犒赏。仅仅是不晓得某个住宅区怎么去，应该没关系吧。就算本地人，也不能指望他们无所不知嘛。他问路的那名女子倒是个例外，他才一开口，她就知道他是哪里人，还很想跟他说她大学毕业后曾在伦敦的肯辛顿区住了一年。

　　他没料到这里的街道很长，而且陡坡超多，也没料到这里的房屋一栋一栋隔得非常远，他还没找到正确的那栋房子，就已满身大汗，口干舌燥了，同时他还很想尿尿，都快憋爆了。他刚才真该在地铁站附近找个地方喝点东西，上个厕所。到达目的地之前，他一直觉得口渴而且想上厕所，但他一直成功抗拒闯进某间陌生人房子的诱惑。

　　他走到依迪丝街 1131 号时，看到一个大男孩坐在屋外的人行道上。那个大男孩背靠着栅栏，仿佛那栅栏之所以竖立起来，就是为了防止他再踏进一步。他看起来大约十八九岁，蓄着油腻腻的长发，还有一小束山羊胡，当他意会到邓肯是来观看这栋房屋的，他站起身，拍拍身上灰尘。

　　"喂。"他说。

　　邓肯清清喉咙。他不太肯定要不要跟那人打招呼，但还是应了声"嗨"，而非"你好"，以显示他也能讲日常的通俗语。

　　"他们不在家。"大男孩说，"我想他们大概去了东岸，去了汉普顿之类的地方吧。"

　　"是喔。无所谓啦。"

　　"你认识他们？"

　　"不，不认识。我只是……怎么说呢……我是个……呃……克洛学专家。我刚好在这附近,所以我就想……怎么说呢……"

"你是从英国来的?"

邓肯点点头。

"你大老远从英国来,就为了看塔可·克洛丢石头的地方?"大男孩大笑起来,所以邓肯也跟着笑了。

"也不是啦。没那么夸张。嘿!我来旧金山出差,我想就顺便……你知道的嘛……别管啦,那你在这儿干吗?"

"《朱丽叶》是史上我最爱的专辑。"

邓肯点点头。好为人师的他,很想指出大男孩的答非所问。但,凡是克洛迷都可以完全听懂他的回答。怎么可能听不懂?邓肯不解的是,他干吗坐在人行道上?邓肯原本只是计划来观看一番,想像那些石头的投掷轨迹,也许再拍张照片,然后就离开。然而大男孩似乎把这栋房屋视为一处能使人进入深邃内在的平静圣地。

"我来过这里……差不多……已经有六七次了吧?"大男孩说,"每次来都感觉很震撼。"

"我明白你的意思。"邓肯说,实际上他并不明白。也许是因为他年纪大了,也许是因为他的英国人特质,他没感觉到什么震撼,而且他也没预期会被震撼。毕竟这不过是个外观怡人的独栋房屋,不是泰姬马哈陵。无论如何,此时此刻想要尿尿的需要,使他根本无法好好欣赏。

"请问你知不知道……你叫什么名字?"

"艾略特。"

"我叫邓肯。"

"嗨,邓肯。"

"艾略特,请问你知不知道附近哪里有星巴克?或者之类的地方？我需要上洗手间。"

"哈!"大男孩说。

邓肯瞪大眼睛看他。这算哪门子的回答呀？

"我倒是知道有个洗手间离这儿很近。但我曾发誓不再使用它。"

"这样啊。"邓肯说,"可是……如果我去使用有没有关系呢？"

"算有关系吧。因为我这样还是算打破承诺。"

"喔。嗯,由于我不了解你曾经对一间公厕许下什么承诺,我不确定我能否对你的道德两难帮上忙。"

大男孩笑着说:"我喜欢你这种英式谈吐。'道德两难'。真妙。"

邓肯没纠正他的发音。但邓肯也在纳闷,他在英国所教的学生里大概没几个人能够精确地复述"道德两难"这个词,更别说教会他们自行使用了。

"你是不是觉得你帮不了我？"

"喔。这个嘛,也许可以。如果我告诉你怎么走,但我不跟你一起去,如何？"

"坦白说,我并不指望你跟着我去。"

"对。没错。我应该解释的。离这儿最近的厕所就在那里面。"艾略特的手指顺着车道,朝向朱丽叶的房屋指去。

"是的,最近的应该在那里面没错。"邓肯说,"但那样帮不了我。"

"我知道他们把备用钥匙藏在哪里。"

"你在说笑吧？"

"才不。我已经进去里面差不多三次了吧？有一次是进去用淋浴间。另外两次只是进去参观参观。我没偷什么重要的东西。只偷过……呃……纸镇之类的小东西。当作纪念品。"

邓肯仔细端详大男孩的表情,想找出迹象显示他在开一个精心设计、刻意挖苦克洛学家的玩笑。最后他认定艾略特自从满十七岁后就没开过玩笑。

"你在他们出门时,擅自闯进他们家?"

大男孩耸了耸肩:"对呀,我觉得那样不太好,所以我不太确定该不该告诉你。"

突然间,邓肯注意到地上有一双用粉笔画出来的脚印,还画着一道箭头,指向那栋房屋。想必是塔可双脚所站的位置,以及塔可丢石头的方向。他真希望自己没看到这些线条。这下子他更没什么选择了。

"呃,我不能那样做。"

"不能。当然不能。我可以理解。"

"没有别的洗手间吗?"

依迪丝街很长,沿路行道树很多,若到下一条街转弯,还是路很长,树木很多。这是典型的美国市郊住宅区,居民就算只是要买一品脱的牛奶,也非得开车去不可。

"一两英里内没有。"

邓肯鼓起了双颊,当他一做这动作,心里就明白他准备做出这个他已经下好的决定了。其实他也可以到篱笆后面去尿尿;也可以马上离开,走回地铁站,找间咖啡店借厕所,然后再走回来。他没这么做,其实是因为朱丽叶家前方能看的东西,他都已经亲眼看见了。那是问题的根本。假如已经有那么多东西都替他这种朝圣者……准备妥当,那么他就没机会创造属于自己的兴奋了。用某种方式来把这

16

地方的意义标记出来,不会使她少块肉,对吧?挂上一块不起眼的铭牌之类的东西如何?他没有心理准备要去面对朱丽叶屋里的凡俗景象,一如他前几天面对明尼亚波利斯那间男厕的堵塞恶臭也没有心理准备。

"一两英里?我不确定我能等那么久。"

"你自己决定吧。"

"钥匙藏在哪里?"

"门廊那边有一块松掉的砖。很下面的位置。"

"你确定钥匙还在那里?你上一次看到是什么时候?"

"说老实话吗?你来之前我才刚进去过。我今天一样东西都还没拿哩。但我每一次进去都不敢置信,我居然就站在朱丽叶的屋子里,你知道吗?老兄,就是那个他妈的朱丽叶本人的屋子!"

邓肯知道,他与艾略特是不同的人。艾略特一定没写过任何关于克洛的文章——或者,如果他写过,他写的东西几乎可以肯定没到能出版的水准。邓肯也不太相信艾略特真的具有成熟的情感,能欣赏《朱丽叶》惊人的成就。(就邓肯所知,这张专辑比起被高估的《血泪交织》更为黑暗、深沉,所收歌曲的高度写实性也更强。)艾略特也无法说出《朱丽叶》受过谁的影响:迪伦与莱纳德·科恩,当然,但还有狄兰·托马斯、约翰尼·卡什、格兰·帕尔森斯、雪莱、《圣经·约伯记》、加缪、品特、贝克特,以及早期的多莉·帕顿。不过,不懂得上述这些东西的人们,若看到他与艾略特,大概会误下判断,以为他们两人某方面很相似。例如,两人都同样想要站进那他妈的朱丽叶本人的屋子里。这时邓肯跟着艾略特走过车道到屋子前,他看着这位大男孩摸索出钥匙,把门打开。

屋里很暗——因为所有窗帘都拉了下来——有股焚香的味道，或者是某种异国香料。邓肯是受不了这种味道的，但想必朱莉·贝蒂和她的家人居住时从不会觉得这味道令人恶心紧张，邓肯此时此刻正是这么感觉。这味道加剧了他的恐惧，他害怕自己会吐出来。

他犯了严重的错误，却根本没办法取消了。他已经在屋子里，所以即使他没用厕所，他还是犯法了。白痴。那男孩也是白痴，因为男孩说服他这样做是好主意。

"这边走下去有间小厕所，里面的墙壁上有一些很酷的东西。漫画之类的。可是到楼上的浴室，你就会看见她的化妆品、毛巾等所有东西。让人毛毛的。我的意思是，她自己大概不觉得毛毛的。但如果你对她这个人是否存在于世上只是半信半疑的话，就会觉得毛毛的。"

邓肯绝对能了解那种很想一睹朱莉·贝蒂的化妆品的内心冲动。但他的了解，更加深了他对自己的反感。

"嗯，我没时间闲晃。"邓肯一面说，一面希望艾略特不要指出这句话里明显的漏洞，"你只要告诉我楼下那间在哪里就可以了。"

他们进到一个偌大的走廊，两旁有好几扇门。艾略特朝其中一扇点个头，邓肯便迅速大步走向它，他得装出一个来到美国西岸急迫赶赴商务约会的英国人的样子，只不过这位英国人居然还从忙碌的行程表中挖出一点时间伫立在某处的人行道上，然后又为了芝麻小事闯入某人的屋子。

他尽量尿得很大声，只为了向艾略特证明，他真的急需小便。然而，他对于艾略特说的厕所墙上所挂的画作却觉得失望。共有两幅，一幅画的是朱莉，一幅画的是位中年男子，还蛮像邓肯曾经看过的朱莉的丈夫旧照片上的长相。但两幅画似乎都是摆摊画家所绘，就是

18

那种在观光客自投罗网的地方会有的街头画家。反正两幅画都是后塔可时期的东西，意味着那大概只是平凡的美国中产阶级夫妇的画像罢了。邓肯在小水槽洗手的时候，听见艾略特在门外叫着："喔，那幅画在那边。还挂在他们的用餐室。"

"什么画？"

"就是当年塔可为她作的肖像画。"

邓肯打开门，睁大眼睛看他。

"什么意思？"

"你应该知道塔可很会画画，对吧？"

"我不知道。"此话一出，他就觉得自己听起来很业余，连忙改口，"呃，我当然知道。但我倒是不晓得……"他自己也不知道自己不晓得什么，但艾略特没注意。

"到了。"艾略特说，"在这儿。"

用餐室位于房屋后段，那里装了落地窗，想必可以看见屋后的露台或草坪，只是现在窗帘都关上了。那幅画就挂在壁炉上方，很大，大概四英尺乘三英尺，画的是朱莉的头肩部侧面肖像。她半斜着眼，透过香烟的烟雾，正望着不远处的某个东西。她的眼神好像在细看另一件艺术品。这幅肖像画得很美，很虔敬，很浪漫，但并未刻意画得理想化——首先，它太悲伤了。不知何故，它似乎暗示着塔可与画中人的关系即将走到终点。不过，当然，这可能只是邓肯的想像。那个意义可能只是他的想像，那股能量和魅力可能只是他的想像。说不定连那幅画本身也只是他想像出来的。

邓肯凑近一看。左下角有个签名，光是这签名就够令人震撼，必须把它独立出来好好检视、沉思。他当了四分之一个世纪的塔可迷，却未曾见过塔可的亲笔字迹。就在他注视着那签名的同时，他察觉到另一件事：这是一九八六年以后他头一次面对自己没看过的克洛作品。所以他暂时不看那签名，而是退后几步，再次观赏那幅画。

"你真该在有日照的情况下看看它。"艾略特说。他把落地窗上的帘子拉开。顿时之间，他们便发现眼前有个园丁正在草坪割草。园丁看见两人，大叫起来，用手势比画来比画去。邓肯在惊魂未定之间，已经冲出前门，冷汗直冒地狂奔，他的双腿紧张得发抖，心脏跳得超快，他差点以为自己大概跑不到街道的起点，跑不到可能安全的地方了。

直到地铁车门关上，他才感到安全。事情一发生，他就跟艾略特失散了。他使尽全力跑出那栋屋子，但那位男孩动作更迅速，几乎立刻不见人影。反正邓肯无论如何都不想再看见他了。都是那男孩的错，无庸置疑；男孩提供了私闯的诱惑和开锁的方式。邓肯刚才太笨了，是的，但是他的理性思考力被快爆开的膀胱干扰了，还有……艾略特腐化了他，这才是事情的真相。像他这样的学者，总是会招架不住那些死忠狂热者的过分行为。是的，因为他们共有同一种 DNA 链。这时他的心跳缓和下来。他正在脑中想一些熟悉的故事来使自己镇静。每当他心里产生怀疑时，他总会对自己说那些故事。

然而当列车在下一站停靠时，有一位面貌略似那个园丁的拉丁裔人走进邓肯那节车厢，使他的胃猛然向下一沉，心脏差点没从喉管跳出来，再多的自我辩解，似乎都无法让他的内脏归位。

真正吓到他的是，他的逾矩之举，竟然得到十分惊人的收获。这些年来，他做的事情不外乎读书、听音乐、思考，虽然这些活动往往能使他兴奋，但他到底有何新发现？可是当他做了像那位头脑疯癫的少年混混那样的行为，反倒有了重大的突破。现在他是世界上唯一知道那张画的存在的克洛学专家（没人会认为艾略特是克洛学专家），他却不能对任何人说这件事，除非他希望自曝刚才精神一时错乱的事。与刚才几小时相比，他花在自己每隔两年选择的主题研究上的时间，可说毫无斩获。但那绝非他未来想走的路，对吧？他可不想变成那种成天把手伸进垃圾筒、期望找到什么信件或一片克洛嚼过又吐掉的培根硬皮的人。他回到旅馆之前便说服了自己，他与塔可·克洛之间，就此了断。

朱丽叶(唱片专辑)

维基百科,自由的百科全书

《朱丽叶》,一九八六年四月发行,是创作歌手塔可·克洛的第六张、亦是(本文写作时)最后一张录音室专辑。该年稍晚,克洛便引退,此后再无任何音乐活动。当时这张专辑佳评如潮,但销售成绩与克洛其他的作品一样只是平平,在公告牌(Billboard)音乐排行榜最高只到第二十九名。然而,自此以后,乐评家广泛认同《朱丽叶》是能与迪伦的《血泪交织》(*Blood On the Tracks*)、布鲁斯·斯普林斯汀的《爱的隧道》(*Tunnel of Love*)平起平坐的唱片。《朱丽叶》整张专辑都在描述克洛与朱莉·贝蒂的恋情,以《您是哪位?》开头,以《你和你的完美生活》,也就是当贝蒂回到她丈夫麦可·波西身边,作为痛苦的结束。贝蒂是众所皆知的美女,八〇年代早期曾在好莱坞演出一些花瓶角色。这张专辑B面的曲目顺序,被视为流行音乐史上最折磨人的曲目安排之一。

注记

数名参与录制《朱丽叶》的乐手都曾经谈到,克洛在灌录这张专辑期间,心理状态相当脆弱。吉他手史考特·菲利普曾描述,他弹奏《你和你的完美生活》那段狂暴的独奏之前,克洛还拿着用于金属切割和焊接的氧乙炔吹管来到他的面前。

克洛的最后几次访谈中有一次表示,他对《朱丽叶》造成的热潮感到惊讶。"是啦,大家一直跟我说他们喜爱它。但我实在不了解他们。在我看来,这张专辑的音乐活像某人的指甲被硬生生拔出来时的惨叫声。谁会想听呀?"

一九九二年,朱莉·贝蒂在一次访谈中宣称,她家里现在一张《朱丽叶》的唱片都没有了。"我的生活中不需要它。如果我想要有人对我连续吼叫四十五分钟,只要打电话找我妈就行了。"

数名音乐人曾谈到,《朱丽叶》对他们的音乐生涯产生过影响,包括已故的杰夫·巴克利(Jeff Buckley)、R. E. M. 乐队的迈克尔·斯泰普(Michael Stipe)、彼得·巴克(Peter Buck)、酷玩乐队(Coldplay)的克里斯·马汀(Chris Martin)等。巴克自己另组的负五乐队(The Minus Five)与酷玩乐队都曾在二〇〇二年发行的向《朱丽叶》致敬的音乐合辑《为何你是朱丽叶?》中灌录歌曲。

曲目

A 面:

1. 您是哪位?(*And You Are?*)

2. 通奸(*Adultery*)

3. 我们有麻烦了(*We're In Trouble*)

4. 陷太深(*In Too Deep*)

5. 你爱的是谁?(*Who Do You Love?*)

B 面:

1. 脏碗盘(*Dirty Dishes*)

2. 较棒的男人(*The Better Man*)

3. 这一天的第二十通电话(*The Twentieth Call Of The Day*)

4. 血缘关系(*Blood Ties*)

5. 你和你的完美生活(*You and Your Perfect Life*)

2

　　安妮看着电脑上的照片图库,拉动滚轴,一一检视旧照片,并开始纳闷她这半生是否都在浪费时间? 她希望自己不是一个怀旧或抵制新科技的人,她偏爱自己的 iPod,更甚于邓肯的老式黑胶唱片。她很享受有上百个电视频道可以挑选。她喜爱她的数码相机。因为,在以前的日子,当你从冲印店拿回相片时,你并不会穿过旧日时光,回到过去。你会把假期所拍的二十四张照片翻来看去(只有七张拍得还算能看),然后摆进抽屉,然后就把它们忘了。你不必把它们跟过去七八年里每一次假期的照片拿来比较。但现在她无法抗拒这样做。每当她上传或下载或不管干吗,新的照片都会在所有其他旧照片旁边出现,这种无缝衔接的性质令她沮丧起来。

　　看看它们。这张拍邓肯。这张拍安妮。这张是邓肯和安妮合照。这张拍邓肯站在小便斗前假装尿尿……有了小孩或许可以让电脑上的照片图库更有意思,但应该没有人因为这一点就生小孩。从另一方面来说,没生小孩,意味着你可以下一个结论(如果你心情正在不好的话），你的照片是有点乏味的。照片里没人日渐长大，也没拍什么重大事件的纪念性照片，因为根本没有重大事件。邓肯与安妮只是慢慢变老，并微微发福。（她在这方面倒是始终如一。她注意到，她根本没胖多少。）安妮有一些没生过小孩的单身朋友，可是他们的度假照片（拍摄背景通常是具有异国风情的地点）从来不会无聊——或许是因为他们的相片中不会老是同样的两个人一拍再拍，照片中的人也不会经常穿着相同的 T 恤，戴着同一副太阳眼镜，也不会经常坐在意大利阿玛菲海岸边，同一家饭店的同一座游泳池畔。

她那些单身、无儿女的朋友，似乎总会在旅程中认识新的人，并结交为朋友。邓肯与安妮从未在度假时交新朋友，因为邓肯总是恐惧与任何陌生人说话，以免他们"被缠住"。有一次，他们坐在阿玛菲海岸那家饭店的泳池畔，邓肯不经意瞄到有个人正在阅读一本跟他手上一样的书（某个名气不大的灵魂乐或蓝调乐手的传记）。有些人——说不定是大多数人——会视此为令人高兴、难得一遇的巧合，值得莞尔一笑，或跟对方致个意，说不定还一起喝杯东西，最后互换电子邮件地址。但邓肯不然。他大步直接走回房间，收起那本书，拿出另一本，以免那位读者想来找他搭讪。也许，她这半生并非全是浪费时间。也许只有她跟邓肯在一起的这十五年是虚度的吧。这样一想，她大半的人生就获救了！那大半生终结于一九九三年！这趟美国假期所拍的照片，对于解消她的郁闷帮不上什么忙。为什么她会允许自己在纽约皇后区一家老气的女用内衣店外被拍照，还摆出塔可在《我们俩一起吗？》（*You And Me Both?*）专辑封面上一模一样的姿势？

邓肯突然之间绝口不谈塔可，使这趟旅行变得更令人摸不着头脑。她一直问他：到底在朱莉家发生了什么事？但他只是说，其实他对克洛失去兴趣好一阵子了。去柏克莱的那个上午更加深了他痴迷于克洛这整件事的荒谬性。安妮才不信。那天吃早餐时，他还一直不断地说着有关朱丽叶的事情，而且，当天下午她在旅馆看见他回来时，他明显正因某事而不爽。由此可见，有一件类似于明尼亚波利斯厕所的转折性事件发生了，注定引起那些互联网上的克洛学专家们疯狂揣测不休。

她把照片图库关掉，下楼到客厅把他们早上回来时丢了一地的邮件捡起来。邓肯已经把他的亚马逊书店包裹都挑出来了，他对于其他寄给他的东西没兴趣，所以她把自己的信件都拆完后，便开始拆他的，以免有重要东西被丢进回收筒。其中有一封寄给英国文学教师的学术座谈会邀请函；两封申请信用卡的邀请信，还有一只牛皮纸信封装着一张信笺与一片装在透明塑胶收纳套内的CD。

亲爱的邓肯（她把信念出声来）：

　　好一阵没跟你聊了，不过，这阵子也没啥可聊的，是吧？我们将在几个月后发行这张CD，我认为应该先让你听一听。谁能料到呢？我没料到，我想你更不会料到吧？无论如何，塔可认为时候到了。CD里是《朱丽叶》所有歌曲的单把木吉他伴奏试唱录音。我们把这张命名为《赤裸的朱丽叶》。

　　你听过后把想法告诉我。好好享受音乐吧！

　　祝一切顺利！

保罗·希尔

PTO唱片公司发言人

安妮的双手正握着一张即将新发行的塔可·克洛的专辑，她却提不起兴奋之情，就好像倘若邓肯当选了英国首相，她大概也不会感到多高兴。他们交往的这十五年间，从没发生过这种事，其结果，她一时之间却不知道作何反应。她想打手机告诉邓肯，但他没带。那只手机就在她面前，正插在水壶旁的座充里充电。她想直接把CD里的歌传输到他的iPod里，但他把iPod随身带去学校了。(度假回来时，这两个电子用具的电池都耗尽了。iPod马上充电，但手机却忘了，直到邓肯出门前才想起。)那么她该做点什么来庆祝这个时刻？

她把CD从收纳套里拿出，放进他们摆在厨房的手提音响，手指在"播放"键上方盘旋了一秒，却没按下。她真的可以早他一步，先听为快吗？在外人看来，在这样的时间点做这样的事，看似对伴侣关系完全无害，但在她和邓肯的关系中，她若这样做却充满了含义和攻击性(天可怜见，他们的关系中这样的时刻非常多)。安妮可以想像她上班时告诉萝丝，只因为她在邓肯出门时放了张新CD，他就整个人抓狂。萝丝会一如预期地感到震惊和愤慨。但安妮不会把事情一五一十说出来。她会讲一个对自己有利的版本，省略事情的来龙去脉。如果萝丝不了解状况，感到困惑与义愤是合情合理的，这是当然的。可是安妮太熟悉邓肯了。她是了解状况的。她知道播放那张CD是一种赤裸裸的挑衅，那种赤裸裸是从窗户偷窥也无法看到的。

她把CD装回收纳套，然后煮杯咖啡。邓肯只是去学校拿新学期的课程时间表，所以他一小时内就会回来。她心想，喔，这真是荒谬。她进而自言自语起来(无论如何，比起在心里默想，自言自语其实是一种更为做作的自我沟通方式，因此也是更有效的自欺欺人的方式)。为什么她在厨房悠哉地喝咖啡时，不能播放她相当确定自己会喜欢的音乐？何不假装邓肯是个正常人，假装他与他的嗜好之间有着健康的关系？她把CD片放回音响，这一次她断然按下"播放"。

这时她的心中已经在准备即将来临的吵架的开场白了。

刚开始时,由于她被放CD的行为及其伴随而来的戏剧性与潜在凶险,搞得太过于思绪翻腾,以致忘了聆听放出来的音乐。她满脑子都在思考如何反驳邓肯。"只是一张CD嘛,邓肯!""我不晓得你有没有注意过,但我也很喜欢《朱丽叶》喔。"(她希望自己说出"很"字时,可以说得既无辜又随意,但又能很伤人。)"我压根儿没想过你会不准我先听!""喔,别那么幼稚好不好。"她这种敌意是打哪儿冒出来的? 倒不是他们的关系变得比以前更加岌岌可危,而是她现在可以看出,她体内某处锁着许多不满,这些不满像是闹哄哄、焦躁不安的东西,在她体内到处乱窜,寻找一丝发泄的隙口。她上次有这种感觉是大学时跟别人一起合租房子,她发现自己为了抓到一个她疑心偷吃她饼干的室友,设置了复杂而耗时的陷阱。她花了一段时间才了解,重点其实不在饼干,不知何故,她就是日渐厌恶那位女室友,厌恶她的贪心、她的自鸣得意、她的嘴脸、声音、她的晨袍。当年那种情形是否在此重演了?《赤裸的朱丽叶》扮演的角色就像那巧克力消化饼一样,它无可怪罪,但又煽风点火,大大撩起她心中对某人的厌恶。

最后她好不容易停止去想她是否讨厌自己的生命伴侣,而开始聆听音乐。传入耳里的音乐,正如她可能猜想到的(倘若她先在报上读到《赤裸的朱丽叶》的消息,并对音乐内容加以猜想):听起来就是《朱丽叶》那些歌没错,但缺少了所有的好料。那样说或许不公允。那些美妙的旋律都在,完整无缺,克洛显然在试唱阶段就已完成大部分的歌词,虽然有几首歌缺了副歌的部分。但这些录音听起来试验的性质很大,还未经什么修饰。就好像在午餐时间去看某个民谣音乐节,听见某个名不见经传的家伙上台自弹自唱。还没有放入任何音乐的血肉,没有小提琴,没有电吉他,没有节奏乐器,即使这么多年没听到塔可的新东西,里头还是一样没有任何质地或细节含有惊喜。她听不到一丝愤怒,也听不到一丝痛苦。假如她还在当老师,她会向班上那些中学六年级学生先后播放这两张唱片,如此,他们就可以了解艺术是有很大的矫饰成分的。塔可·克洛制作《朱丽叶》时,心情当然是痛苦的,但他不能只是冲进录音室嚎叫起来。那样的话,他会听起来既疯癫又可悲。他必须让愤怒镇定下来,驯服它,形塑它,好让它被包在这些宛如紧身衣的歌曲中。然后他得装饰它,好让它听起来更像它本身。安妮心想,《赤裸的朱丽叶》证明了塔可·克洛是多么地聪明、多么地具有创作技巧,但并非因为你确切地从中听到什么,反而是因为它缺漏了所有精采好料而得到证明。

倒数第二首歌《血缘关系》播到一半时,安妮听见前门开了。刚才听音乐时其实没在整理厨房的她,此刻开始装忙。尝试同时一心多用,本身就是一种表现"我不过是播放一张唱片罢了!没什么大不了的!"的形式。

邓肯走进时,她问:"学校怎么样?你不在的期间,学校有没有什么事?"

但他已经没在听她说话了。他僵直站立着,头部朝向喇叭动了动,宛如某种猎犬。

"这是……等一下。不会吧。那张东京广播电台现场的靴腿?一把木吉他自弹自唱的版本?"然后他又语带更深一层的恐慌说,"但那时他可没唱《血缘关系》啊。"

"不是啦,这张是……"

30

"嘘。"

两人又听了几个小节。

看他一脸困惑,安妮开始觉得挺乐的。

"可是这……"他顿了顿,又说,"这……这什么都不是嘛。"

她噗嗤一笑。但这是一定的嘛!如果邓肯没听过这张 CD,那么他也只能否定它的存在。

"我的意思是,这是他的东西没错,但……我放弃。"

"它叫作《赤裸的朱丽叶》。"

"什么?"他更加惊慌地说。他的世界的轴心正在倾倒,使他整个人快要滑出去了。

"这张专辑。"

"什么专辑?"

"我们正在听的这张。"

"这张专辑名叫《赤裸的朱丽叶》?"

"是的。"

"这世界上没有一张名叫《赤裸的朱丽叶》的专辑。"

"现在有了。"

她拿起保罗·希尔写的信笺,递给他。他读了一遍,再读一遍,然后又读第三遍。

"这是寄给我的。你竟然拆我的邮件。"

"我一向会帮你拆邮件。"她说,"我若不拆,你也不会去拆。"

"只要是有意思的信我都会拆来看。"

"这一封你就没拆,因为它看起来无聊。"

"可是它并不无聊啊。"

"没错。但得靠我动手拆它,你才会发现它不无聊。"

31

"你无权拆它。"他说,"而且……更无权播放它……我真是难以置信。"

安妮还来不及把刚才草拟好的呛声的话向邓肯抛射,他就大步走向音响,把 CD 拿出来,然后大步走了出去。

之前,当邓肯把某张 CD 放入电脑,然后第一次看见屏幕上居然能自动跑出该 CD 的一首首曲目名称时,他仍不敢相信自己的眼睛。他仿佛正在观看一个真正具有神通的魔术师在表演:没必要寻找解释,没必要寻找魔术的机关,因为根本就没有——就算有,也不是他能理解的。过了些时日后,论坛上那票网友开始用电子邮件寄给他许许多多的歌曲文件,歌曲居然可用文件来传输,让他觉得非常神秘。因为那意味着,录制好的音乐根本不是他以前所理解的一个物件(例如一张 CD、一张塑胶片,或一卷录音磁带)。你可以把它化约到本质,而它的本质在实际上是无形的、触摸不到的。就他所知,若能探寻其本质,音乐听起来将会更棒、更美、更神秘。那些知道他痴迷于塔可的人们,都认定他是个听黑胶的怀旧派,可是新科技并未使他的热情衰减,反而使他愈加浪漫。

但多年下来,在使用这套新科技魔术的过程中,他察觉到曲目命名的部分总是带给他一种啮咬人的不满足感。每当他把一片 CD 插入笔记本电脑,他就忍不住想像,互联网上似乎有个在监视他音乐品味的家伙,认为那些音乐太乏味、有点太主流了。你永远逮不到那个家伙的。在邓肯的想像中,有一个二十一世纪的阿姆斯特朗,头戴太空盔,头盔中内建 Bang & Olufsen 牌的耳机,在某个非常像老式太空的地方飘来飘去(但这个太空令人更难以理解,显然含有更多的色情内容)。这位阿姆斯特朗心想,喔,不要又是这种歌,来点更难的音乐吧。来点可以难倒我一下的音乐,来点可以让我急忙跑到互联网上的参考图书馆去查资料的音乐吧。有时候,电脑似乎嘎嘎作响得比平常久时,邓肯就会觉得自己给那位阿姆斯特朗出了某种难题。但后来有一天,他使用库存目录把一些旧歌灌到 iPod 时,电脑跑了将近三分钟才抓到《艾比路》(*Abbey Road*)的曲目名称。很显然,电脑有时候之所以会运转延宕,是连线不顺之类的缘故,并非耳机阿姆斯特朗先生被考倒了。近来每当阿姆斯特朗偶尔帮不上忙,邓肯便自行打字键入一首首的歌名,即便打字是件无聊事,他还是蛮享受的。因为这意味着他脱逸出千千万万人已走过的路径,而进入音乐丛林中冒险了。耳机阿姆斯特朗先生从未听过《赤裸的朱丽叶》,这点令邓肯觉得欣慰。倘若这张 CD 的资料不费任何人的吹灰之力就跳出来,邓肯是不可能受得了的,那会搞得他好像是这一天第七百个点播这些歌的人似的。

邓肯不想马上聆听《赤裸的朱丽叶》。他还在气头上,既气安妮,也隐隐约约在气这张专辑本身。她似乎比他更像这张专辑的主人。所以,能够花些时间键入每首歌的歌名,他是心怀感激的。他打赌《赤裸版》(他已逐渐学会这样称呼它了)的曲目顺序跟原先那张一样。因为即使这是试唱录音,最后一首歌依然长达六分钟,这表示曲目顺序应该一样。然后,当电脑把音乐吸入它体内,他也心怀感谢。她到底在想什么啊?他想为她的行为找一个善意的诠释,但怎么也找不到。她的行为是恶意的,纯粹是恶意的。为什么突然之间她如此厌恶他?他做了什么惹毛她吗?

他把 iPod 接上电脑,手指点一下鼠标,手腕轻轻一扭,把专辑传输过来,感觉上这一切仍像是个奇迹。然后,他拎起挂在楼梯下方栏杆的夹克,出门去了。

他走到滨海区。从小在伦敦市郊长大的他,仍无法习惯海洋离家只要步行五分钟这样的事。如果你想要看的大海,是那种带着淡淡的蓝色或碧绿色的大海,这里的就不太像。这里的大海似乎始终如一地呈现各种深浅的炭笔般的黑灰色,有时还带点泥巴色。但这时的气象正合他需要。海浪反复冲上海滩,活像一头笨斗犬,而那些游客的神情,全都好像他们在上午听闻了亲友的死讯(他们仍选择来此度假,真是莫名其妙,其实在这个时节他们大可以花三十英镑飞到地中海),人类愚行之可悲,莫过于此。他在长堤边一家串烤店买了杯外带即溶咖啡,坐在一张长椅上,眺望着海。他准备妥当了。

四十一分钟过后,他在口袋里匆忙翻找,想找个可以当作手帕用的东西。这时,一名中年妇人走了过来,碰碰他的手臂。

“你需要找个人谈谈心吗?”她温柔地说。

“喔,谢谢你。我不需要。我没事。”

他摸了摸脸,这才发现他哭得比自己以为的还厉害。

“你确定?你看起来状况不太好。”

“我不需要,真的。我刚才只是……只是情绪受到非常强烈的感动。”

他掏出一边的 iPod 耳机,仿佛这样就能解释。

“因为听这个。”

“你是为了音乐而哭?”

妇人看了看他,仿佛他是个变态似的。

“呃,”邓肯说,“我不是为了它而哭。那似乎不是正确的介词。”

她摇了摇头，便走开了。

他坐在长板凳上，又从头到尾听了两遍，然后步行回家，并边走边听第三遍。伟大的艺术有一种作用：它会使你更爱世人，使你原谅他们的过失。如果你仔细一想，会觉得它的作用其实跟宗教很像。安妮抢先他听了这张专辑有什么关系呢？就像当年他发现《朱丽叶》之前，不知道已有几千几万人听过了！就像他看到《出租车司机》(*Taxi Driver*)之前，不知道已有几千几万人看过这部片了！它的影响力有因此变弱吗？它带给他的感受有因此减少一分一毫吗？邓肯好想回家抱抱安妮，跟她述说，他刚刚经历了一个永生难忘的早上。他也好想听听她对这专辑的感想。她对克洛的作品颇有深刻的洞察，他还蛮重视的。若考虑到她并没有全心全意浸淫于克洛学之中，有时候她的观察会出人意料地敏锐。他想听听他发现的事，她是否也注意到了，例如《这一天的第二十通电话》少了副歌，反而给了这首歌一种你在"完成版"里察觉不出的冷酷和自我厌恶。他要把这个版本放给任何胆敢重弹"克洛是穷人的迪伦"这种陈腔滥调的人听。依邓肯之见，《这一天的第二十通电话》足以媲美《绝对第四街》(*Positively Fourth Street*)，但质地和劲道有过之而无不及。再者，不像迪伦，塔可有副好歌喉。谁能想得到，《您是哪位？》一曲，居然能让人听起来如此不祥？在《朱丽叶》中，这首歌讲述两个人一见面就立即来电的事——换句话说，这是一首简单（而十分优美）的情歌，是那场精神风暴自海上强袭而来之前的晴朗日照。但在《赤裸的朱丽叶》里，这首歌听起来却像这对恋人站在一片小小的阳光下，即使两人初次交谈时，那片阳光也不断在缩小中。两人可以听见雷鸣，看见雨滴了。把这首歌这样唱，使这张专辑更为完整，似乎更首尾贯串了。这是一件彻底的悲剧，从一开始，便透露出失败的厄运注定降临在他们头上。而《你和你的完美生活》改以平淡而克制的方式演唱，则赋予这首歌一种令人震惊的力量。摇滚版的夸张造作，反而使那种力量被裹得含糊不清。

他回到家时，安妮仍在厨房。她坐在餐桌前一边读《卫报》，一边喝咖啡。他走到她背后，张开双臂抱住她。大约是抱得有点太久，她开始有些不舒服。

"是怎么啦?"她带着温和而坚定的爱意说，"我以为你在生我的气。"

"对不起。我这笨蛋，小题大做。谁第一个听它有什么要紧呢?"

"我知道。我应该先提醒你，它有点闷。但早上的时候我心想，那样讲反而会让你更生气。"

他感觉好像肚子重重挨了一拳。他把手臂从她身上松开，深呼吸一口，等待那一拳的效应稍微消退，这才再度开口。

"你不喜欢这张 CD?"

"呃，还可以啦。如果听过原先那张，就会觉得这张只是还可以。我想，我不会再把它放来听了。你觉得呢?"

"我觉得它是大师杰作。我觉得它把原先那张炸烂了，再者，由于原先那张一直是我这一生最爱的专辑……"

"你在开玩笑吗?"

"你说它有点'闷'! 我的天啊! 根据你的标准，《李尔王》《荒原》都是'闷'的啰?"

"别这样，邓肯。你生气时总是会失去理性思考力。"

"我是在气你。"

36

"不……我们又不是在吵架。我们是试着讨论……怎么说呢……讨论一件艺术作品。"

"以你的标准,它不是艺术作品。以你的标准,我们正在试着讨论一坨狗大便。"

"你又来了。你觉得它是《李尔王》《荒原》等级的巨作,就说我觉得它是狗大便……你帮帮忙好不好,邓肯,我是很爱原先那张的。我相信大多数人跟我有同感。"

"喔,大多数人。我们都知道大多数人是怎么看待一切的。他妈的群众的智慧,大多数人宁可买一张电视真人秀捧红的某位跳舞矮子的唱片。"

"邓肯·汤姆森,你真是个伟大的民粹主义者。"

"我只是……安妮,我对你好失望。我以为你的程度在那之上。"

"嗯,是了。你下一步将会说,这是我的道德缺失、人格弱点。"

"很抱歉,但我得说,确实是如此。如果从这张专辑你听不出任何伟大之处,那么……"

"那么怎样?请说。告诉我啊。我很乐于知道你会怎么说我。"

"就是那样。"

"那样是指什么?"

"那样是指……怎么说呢……你是个傻瓜。"

"谢了。"

"我不是说你真的是傻瓜。我想说的是,如果你无法从这张专辑听出任何伟大之处,你才是傻瓜。"

"我确实听不出来。"

然后邓肯再一次离开房屋,回到那张长板凳,一面眺望海洋,一面听 iPod。

约莫过了一小时,他才想起网站。如果他手脚够快,他将是第一位在上面写文章评论这张专辑的人。他甚至将成为第一个把这张专辑问世的消息通报给克洛迷社群的人,那就更酷了!他已将《赤裸的朱丽叶》听了四遍,而且想出许多可以说的心得;无论如何,多等待一个片刻,他的优势就可能减少一分。虽然他认为保罗·希尔应该还没联络到论坛上的其他网友,但这张 CD 的拷贝可能在今天上午已经递送到众乐迷的信箱之中。他必须回家去,无论他现在觉得安妮有多么可恨。

邓肯成功避开了她。她正在厨房里讲电话,也许在跟她妈妈聊天吧。谁会在刚度完假回家时,就跟亲人说话呢?那岂不是证明了某事?某事是什么?他也不太确定。但在他看来,凡是仍与家人有密切联系的人(本质上,是跟童年有联系),几乎无法听懂散布于《赤裸的朱丽叶》十首歌中种种残酷的成人事实。或许有朝一日她会搞懂,但没经过几年的工夫,她显然是搞不懂的。

两人共用位于两层楼之间的同一间工作室。当初把房子卖给他们的房屋经纪人莫名其妙地深信,在两人决定搬出这个镇、另买一栋有花园的房子之前,会先把这个小房间当作婴儿房使用。他还相信,届时两人卖房子时,将有另一对小夫妻适时递补进来,买下这房子,然后做出跟两人一模一样的规划。邓肯曾纳闷,他们之所以没生小孩,是不是为了反抗那位经纪人口中那套令人沮丧的刻板人生?也就是说,那位经纪人是不是无心但有效地替他们做出不生孩子的决定?

如今,这间小房间的用途与婴儿房完全相反。里头摆了两部笔

记本电脑(在工作台上并排着)、两把椅子、一部能把黑胶转成 MP3
格式的机器,还有两千张 CD,其中包括塔可·克洛一九八二至一九
八六年间每一场演唱会的靴腿录音,但一九八四年九月在瑞典的马
尔默市的 KB 俱乐部那场演出例外,诡异,那一场居然完全没人录音。
这个缺憾一直是所有认真的克洛研究者的肉中刺。根据一个可靠的
瑞典消息来源,克洛在那晚选择只此一次、下不为例地翻唱《爱将拆
散我俩》(*Love Will Tear Us Apart*)。安妮在邓肯的电脑旁摆了一些帮
他拆好的银行对账单和信件,要他注意。他把这些东西扫到一边,开
启一个文档,开始打字。他在两小时内写出一篇三千字的文章,傍晚
五点多就贴到站上。当晚的十点前,已有来自十一个国家的各地克
洛粉丝、总共一百六十三篇的回应。

　　他将要到隔天才会察觉这篇文章写得稍微过火了。"《赤裸的朱
丽叶》一出,塔可·克洛所有其他的录音顿时失色,顿时变得有点太
老套、有点太好消化……如果《赤裸版》明显把克洛其他作品比了下
去,试想,其他人的东西怎么跟它比呢?"他不愿跟人争论詹姆斯·布
朗、滚石乐队或法兰克·辛纳屈等人的丰功伟绩能不能拿来比。他
的意思当然是指与克洛同为创作歌手的人相比,但那些拘泥于字面
意思的人恐怕不会那么想。"与《赤裸版》的《你和你的完美生活》一
比,你们原先熟悉的版本听起来就像是从西城男孩合唱团的专辑抓
出来的东西……"假如他在最初的震撼之后,再等待些时候,不要急
于论断,他就会发现《穿衣版》(无可避免,为了方便区别,《朱丽叶》
现在被称作《穿衣版》了)还是远远优于《赤裸版》。他真希望自己没
提起西城男孩,鉴于某些疯狂的西城男孩粉丝将在搜寻时无意间看
到这篇帖文,然后整天在这儿的论坛不断用下流的文字洗版。

　　他一开始并没多想什么,没预期可能会激怒谁。但后来他在心

里想像,假如自己闲来无事检索到这个名叫"谁能听见我?"的网站,想看一些八卦(譬如关于专访这张 EP 的封面设计者的消息),却发现网站上大家在谈论一张全新的、自己没听过的专辑。这种感觉就好像打开电视要看地方气象预报,却发现预报员说天快塌下来了。邓肯心想,如果是这样,他大概不会高兴,而且他肯定不会想在这个节骨眼读一篇由某个王八蛋写的沾沾自喜的乐评。他会憎恨这个评论者,绝对会,而且说不定他会刻意在这张专辑里到处挑毛病。于是邓肯开始担心,他的盛情赞誉,很可能帮了《赤裸版》一个倒忙:这下子,没有人——至少,没有一个真正的克洛迷(很难想像会有其他的人肯花费工夫去听)——能够在毫无偏见的情况下聆听它了。喔,爱好艺术可真是复杂的事业啊。因爱好艺术而招来的敌意,远比你想得到的更多。

对他意义最重大的几个回应,都是通过电子邮件寄给他,寄件人都是他熟识的几个克洛学专家。艾德·威斯特在电子邮件上只说了区区一句:"靠。把歌传给我。现在就传。"吉欧夫·欧菲尔德在信中说(语气之间还带着不必要的残酷,邓肯心想):"我的朋友,这真是你发光发亮的一刻啊。你这辈子再也不会有这么好的事了。"约翰·泰勒则在信中引述《较棒的男人》的歌词:"好运是种疾病/我不希望它接近我。"邓肯做了一份邮寄名单,开始把所有曲目一首接一首寄给全部的人。到明天早上时,将会有一小群中年男人后悔前一夜太晚去睡觉。

3

　　安妮原以为她大概要教书教一辈子了,她对老师这工作之痛恨,使她即使今天仅迟到了十或十五分钟才抵达她上班的博物馆,也觉得爽快。对学校老师来说,迟到那十五分钟,表示一场令人难堪的灾难即将发生,班上学生会大肆吵闹,校方会给她一顿训斥,同事们会纷纷摇头;但她是否在这家乏人参观的小型博物馆开放时间之前的三分钟或三十分钟抵达,根本没人在乎。(事实上,就算她在开放时间之后的三分钟或三十分钟才姗姗来迟,也没人在乎。)

　　之前当老师时,她经常早上工作到一半时做一个寒酸的白日梦,幻想自己能开个小差去买杯咖啡,在上午十点的休息时间享受一下。如今她告诉自己,每一天都要做这件事,无论需不需要咖啡因。也是啦,确实有些事情她觉得不舍:当一堂课进行得很顺利,底下学生一双双发亮的眼睛,专注力浓得像潮湿的水汽,仿佛要黏上你身上的衣服似的;有时候那种在任何孩童身上都能找到的能量、乐观态度、生命力(无论表面上有多么粗鲁,折损有多么严重),是能够赖以支撑她教学的。但能够成功爬出那道围绕着中学的带刺铁丝网，走到外面的世界，她大多时候还是感到高兴。

她上班大多时间都独自工作，内容多半是募款，虽说募款这差事感觉愈来愈像在浪费时间：似乎大家再也没有任何闲钱能捐给一间欲振乏力的滨海区博物馆，未来大概也不会捐。有时候她必须为当地的学生参观团担任解说员，她之所以获得逃离教室的机会，原因在此。平时总有个义工坐在服务台，通常是薇伊、玛格莉特、乔伊丝，或其他那些老太婆之一，她们强烈渴望展现自己还有用处，这一点使安妮感到心痛（当她实在闲到发慌而想到她们的时候）。每逢筹办特展，安妮就会与萝丝联手工作。萝丝是一名自由接案的策展人，也在邓肯那所大学兼课教历史。当然啰，邓肯从未主动与她谈话，以免以后哪一次在教职员室被她"缠住"。现在，萝丝与安妮正打算办一场以"一九六四年热浪夏天"为主题的老照片特展。那一年有好几件大事，例如旧的镇民广场重建，滚石乐队在小镇干道上的 ABC 剧院开演唱会，有一条身长二十五英尺的鲨鱼被冲上海滩。她们向镇民征求照片，并在她们所能想到的相关地方史与社会史网站登广告，但至今她们仅收到区区两张相片。一张拍的是那条鲨鱼本身，它显然死于某种菌类感染疾病。对于一场打算要纪念一个金色夏天的展览来说，这画面太过骇人了。另一张则是某四位友人的合照，画面是他们在滨海步道上十分尽兴的模样。

这张照片在互联网广告张贴没几天就邮寄过来，它实在非常适合这场展览，适合到安妮不敢相信。两个男的穿着吊带裤和西装衬衫，两个女的穿着印花布洋装；他们哈哈笑着，露出了口中蛀牙，脸上皱纹颇多，头发抹了发油，他们看起来一副这辈子没这么快活过的样子。她一看见这照片，便对萝丝说："看看他们！好像这一天是他们一生中最美好的日子似的。"她开怀地笑了起来,她相信他们那乐不可支的模样,是由于拿相机的人在耍宝,或是喝了酒,或是讲了黄色笑话,反正可能是任何原因,但绝不是由于这天的出游与这里的环境。萝丝只简单地说:"嗯。你说得没错。"

安妮觉得自惭形秽(这时的她,即将踏上为期三周的美国之旅。到蒙大拿州看那些群山时,她会觉得蛮惬意的,但也还没到乐翻天的地步)。对英国人来说,一九六四年(也就是她出生的五年前)那个时代,去一趟北部滨海小镇,度个一天的假,玩得兴高采烈,仍然是一件可能的事。她又看看那四人,很想知道他们是做哪一行? 在快门按下的那一瞬间,他们的口袋里有多少钱? 他们的假期有多长? 他们各自的寿命多久? 安妮从来不是有钱人,但她去过每一个她想看的欧洲国家,也去过美国,甚至澳洲。她心中一时纳闷起来,我们是怎么从过去的时代,变成现在的时代? 是怎么从过去的样子,变成现在的样子? 本来她对于自己正在构思和筹划的这场展览,毫无真正的热情或目的感,但顿时之间,她悟出了这场展览的核心道理。不只如此,她还悟出了在她所住的这座小镇中,她与她所认识的每个人正逐渐丧失想像的能力。这一点对人们想必意义很重大。她一向很认真看待自己的工作,这时她更是决心设法使前来博物馆参观的人感受到她的领悟。

接下来,在那张死鲨鱼的照片后,民众的提供似乎就枯竭了。她已经放弃一九六四年特展(虽然她尚未告知萝丝),而一直在思考一种能够扩大征求范围,但不会令展览失焦又笼统的方式。休了三星期的假后,她重振希望,尤其是现在,她面前有了堆积十八天的邮件要拆封整理。又有两张照片寄来了。一张是由某男子顺路投入信箱,他最近整理刚过世的母亲的遗物时发现了它。照片中,一位小女

43

孩站在野台木偶戏棚的侧边,拍得相当好看。另一张是邮寄来的,没附信笺说明,拍摄的是那条死鲨鱼。安妮觉得她似乎使那条死鲨鱼变成了主角,她真希望没在广告上提到它。之所以征求广告中会提到它,只是当作小小刺激,以唤起小镇的高龄人口对那一年的记忆。不然,她发出的通知还不如写:"征求亡故鲨鱼的照片。"这张照片的拍摄重点似乎在呈现那鲨鱼侧面的一个洞,洞中的鱼肉明显已经腐烂了。

她一一看完了其余的邮件,回了几封电子邮件,又出去买杯咖啡。一直到走回博物馆途中,她才想起前一夜邓肯的疯狂行径。她知道他写的评论引发了许多回应,因为他一直楼上楼下来回跑动,查看电子邮件,或读读站上的回应,不时对着他所栖息的那个奇异、突然活跃起来的世界摇摇头,咯咯发笑。但他没把写的东西拿给她看,而她觉得自己应该读一读。不只觉得应该读,她意识到自己很想读。她已经听了音乐,甚至早他一步,这意味着有史以来第一次,她心中对于克洛作品形成了某个尚未被邓肯那吓人的传道狂热所过滤的意见……她想亲自看看他究竟会错到什么地步,他们的歧见又会大到什么程度。

她连上那网站(也不知为什么,她把它设为书签),把那篇文章列印出来,这样她便能更专心读。还没读完,她就已对邓肯一肚子火了。她气他那股自鸣得意的口气,她气他摆明了就是要对那些理应与他是同一伙的克洛迷们耀武扬威一番,她也气他器量狭小,气他不能在那个日渐萎缩、坐困愁城的歌迷社群中,与他人分享某种明显价值贵重的东西。但她最生气的,还是他颠倒黑白。那些歌曲的初步试唱,怎么可能比最终完成的版本来得优越?半成品怎么可能比精心编曲,推敲润饰,赋予层次、质地、形体,直到音乐表达出想表达的东西的完成版还要棒呢？愈看邓肯那篇荒谬绝伦的文章，她就愈生气，最后她的怒气强烈到连她自己都开始对这股怒气本身感到好奇：这股怒气使她一时困惑了。塔可·克洛是邓肯的嗜好，而拥有某种嗜好的人总会有些特异之举。可是听音乐毕竟不像集邮、飞绳钓鱼或制作玻璃瓶模型船。听音乐也是她常常会做，而且相当享受的事。当初邓肯似乎成功地让她以为自己对音乐根本一窍不通，而破坏了她对自己欣赏音乐的信心。是这样吗？她又把他文章的结尾读一次。"我已经与塔可·克洛那些了不起的歌曲生活了将近四分之一个世纪，而只有今天，我一面望着海洋一面听，这才听到了上帝与克洛真正希望《你和你的完美生活》这首歌达到的境界……"

她之所以生气，并非觉得自己被他比了下去，并非对于自己和自己的品味失去了信心。事情正好相反。直到现在她才认清，他根本什么都不懂嘛，而她居然从未发现这一点。她一直以为他对音乐、电影、书籍的强烈兴趣是聪明才智的表现，但是当然，如果他老是误解这个、误解那个，就不必然是什么聪明才智了。如果他真的很聪明，为何他只能开课教那些受训中的水电工与饭店接待员如何观赏美国电视节目？为何他只能在一些默默无闻的网站上撰写数以千计，但根本没什么人会读的文章？为何他如此坚信，一个乏人问津的歌手是足以媲美迪伦和济慈的天才？喔，这股怒气，意味着麻烦大了。当她动手检视，才发现她的伴侣原来如此脑残。而他还敢说她是傻瓜！不过有件事邓肯倒是说对了：塔可·克洛确实了不起，他揭露了世人自身难以面对的真相，使世人原形毕露。起码，邓肯这下子露出原形了。

当萝丝进来问照片的事有无进展时，安妮的电脑上仍开着那个网页。

"塔可·克洛。哇。我大学时的男友蛮喜欢他的。"她说,"我倒是不知道克洛还继续活跃着。"

"他早就不唱了,真的。你大学时交过男朋友?"

"对呀。后来才知道他也是同志。无法想像当年我们为何会分手。我不懂,塔可·克洛有自己的网站吗?"

"人人都有自己的网站。"

"真的?"

"我想是的。再也没有人会被遗忘了。站上有七个澳洲克洛迷、三个加拿大人、九个英国人,还有数十个美国人,他们几乎每天在此讨论某个二十年来没录过新东西的歌手。这就是互联网的功用吧。不然就是色情,此外没别的功用了。你会想知道克洛在一九八五年在俄勒冈州波特兰市演唱了哪几首歌吗?"

"不是很想。"

"那这个网站就不适合你了。"

"你怎会对这个东西知道这么多? 你就是那九个英国人之一?"

"我不是。女生不会想花时间在这上头的。但我的……呃……我的邓肯是。"

安妮该称呼他什么才对? 两人没结婚,但是两人的关系渐渐变得令她厌烦,厌烦的程度,直追真正的已婚夫妇。她不想称他是男友。看在老天的分上,他都超过四十岁了。伴侣? 终身伴侣? 朋友? 这些词语似乎都不足以定义两人的关系,如果讲起"朋友"一词,其不足尤其令人心酸。而且她很讨厌别人跟她交谈时一开口就说起彼得或珍如何如何,而你根本不知道他口中的彼得与珍是谁。也许事实是,她根本不愿在别人面前提起邓肯。

"他写了上百万字的胡说八道,贴在网站上给全世界的人看。我的意思是,如果世人有兴趣的话。"

安妮请萝丝看看邓肯那篇评论,她读了前几行。

"嗯……蛮可爱的。"

安妮做了个鬼脸。

"别打击那些有强烈个人兴趣的人嘛。"萝丝说,"尤其是对艺术有兴趣的人,他们一向最有意思。"

看来,人人都屈服于那个迷思。

"是呀。下次如果你去伦敦西区,到音乐剧院的后台侧门逛一逛,找那些等着索取签名的可悲王八蛋,然后跟其中之一交朋友,看看你会觉得他们到底多么有意思。"

"他写得好像我应该去买这张 CD 来听。"

"别费事了。我就是为了这个在生气。我已经听了这张 CD,他完完全全讲错。不知道为什么,我好想把这句话说出口。"

"你应该写下你的评论,贴在他那篇下面。"

"喔,我又不是克洛专家。我写的东西不会被认可的。"

"他们需要像你这样的人。不然他们全都封闭在自己的世界里当井底之蛙。"

安妮的办公室门是开着的,这时传来敲门声。一位戴着兜帽的老妇人站在那儿,正要递给她们一个信封。萝丝走过去拿。

"鲨鱼照片。"老妇人说,然后蹒跚地走开了。

安妮翻了翻白眼。萝丝打开信封一看,笑出声来,把照片递给安妮。拍摄的重点又是那个大大洞开、烂掉的伤口,她已经在别张照片看过了。但这一张不同之处在于,有人别出心裁把一位小女童摆在鲨鱼身上。坐在鱼身上的她,赤裸的双足就在洞口上几英寸的地方悬荡着;这位学步女童脸上淌着泪水,鲨鱼的伤口则渗着血水。

"老天。"安妮说。

"一九六四年滚石乐队到这小镇办的演唱会,说不定根本没人去听。"萝丝说,"光是那条死鲨鱼就够镇民乐的了。"

当晚,安妮开始写她的评论。她无意给谁过目,把它写下来,单纯是一种检视的方式,检视她心中所想的东西是否对她有意义。这也是把叉子叉入她的怒气的一种方式。她的怒气就像烤架上的香肠那般逐渐肿胀起来。如果它爆开,不难想像会有什么后果,但她尚未准备好要面对那种后果。

她上班时也经常得写些信件、展览文案、图片说明,以及博物馆官网上一些零零碎碎的东西。在她看来,大多时候她必须编出东西,无中生有地创造出一种意见。但写这篇评论就不同了;唯有写出它,她才能使自己别再关心这几天她再三咀嚼的每一缕思绪。《赤裸的朱丽叶》似乎开示了她,使她对于艺术、艺术成品,对于她的恋情、塔可的恋情,对于那种默默无闻之人的神秘吸引力,对于男人与音乐,对于歌曲中副歌的价值,对于加入和声的时间点,对于胸怀抱负的必要性,都有了一些想法与了解。每当她写好一个段落,下一段便浮现在她脑海,它自动跳出来,却又跟上一段没什么关联,真是伤脑筋。她决定有朝一日会把上述那些东西试着写出来,但不可能现在就写。她希望这篇文章的焦点集中在那两张专辑,并写出前者与后者简直天差地远。也许还会谈到,那些人(其实指邓肯)自以为在《赤裸版》听出的种种妙处,实际上不存在;还会谈一谈为何那些人(也就是他)会听出那些不存在的东西,以及这说明了那些人的问题何在。也许她还要写出……不。那样就够了。《赤裸版》让她的心思大为混乱,以至于一时心中纳闷：这张专辑会不会真的是天才之作？但她摒除了这想法。她从自己参加读书会的经验得知，即使是所有读书会成员都觉得难看死了的小说，也可能产生仿佛很有一回事（有时甚至有益）的讨论；正是因为《赤裸版》（以及邓肯）欠缺了什么，而非呈现了什么，这才刺激她去做种种的思索。

与此同时，邓肯的网友也陆续听到歌了，又有好几篇长文被贴上网站。此时在这塔可国度，仿佛进入圣诞假期；那些相信佳节到来的网友们，显然停止了工作，开始欢庆，与那些情同家人的网友们团聚。由几篇文章隐约可以看出，他们庆祝时还喝喝啤酒，吸吸大麻。某篇乐评的标题是："不是大师级巨作，但在水准之上"。另一篇的标题是："唱片公司高层何时才会发行所有真正从未发表的东西"。文中还提到，他知道唱片公司库房里锁着足以发行十七张全新专辑的录音。

安妮试读了一段这位网友那狂热、时而令人动容的文字后，问："这家伙是谁？"

"喔，他呀，可怜的老杰瑞·华纳。他曾经在一所公立中学当过英文老师，几年前被逮到跟一名高三男学生搞在一起，之后他就一直有点疯疯癫癫的。他空闲时间超多。话说回来，你干吗一直看这个网站？"

此时她已完成她的评论了。《赤裸的朱丽叶》（或者说安妮对它的感觉）似乎把她从一场深沉的睡眠中唤醒：她开始有了种种想要做的事。她想要写东西，她想要邓肯读一读她的评论。她颇以此自豪。她甚至开始心想，这篇文章说不定对社会有某种助益。她希望某些克洛迷怪胎会读，并感到深深羞愧，然后回归他们人生的常轨。她想做的事似乎愈想愈多，无止无尽。

"我写了篇文章。"

"谈论什么?"

"谈论《赤裸版》。"

邓肯瞪大眼睛看着她。

"你?"

"是的。我。"

"天啊!这样啊。哇!哈!"

他露出微笑,站起身来,开始在房内来回踱步。就算她告诉他,他即将变成一对双胞胎的父亲,他的反应差不多也是这样吧。听到这个消息,他并未大感兴奋,但他也知道他不能很直接地浇她冷水。

"你觉得……呃,你觉得你有资格写东西?"

"写东西跟资格有关系吗?"

"这问题有意思。我要说的是,你绝对有自由写你想写的任何东西。"

"谢了。"

"可是要在这个网站写东西……理应有一定的专业程度。"

"杰瑞·华纳的这篇帖文的第一段说,塔可·克洛现在住在葡萄牙一间车库里。这样的专业程度如何?"

"我不认为你应该拘泥他字面上的意思。"

"所以,克洛是住在一间想像中的葡萄牙的车库啰?"

"也是啦,杰瑞是太偏激了。但至少他能唱出克洛每一首歌的歌词。"

"那只表示他有资格在酒吧外面当街头艺人。不表示他有资格写乐评。"

"不然先这样好了……"邓肯用很反感的语气说,仿佛他的公司的董事会居然必须提供一个董事席位给送茶水的小妹似的,"让我看看。"

文章一直拿在她手中。她递给他。

"喔。好的。谢谢你。"

"我不吵你,让你自己看。"

她上楼去,躺在床上,试着拿起书来看,但她无法专心。她仿佛听见他摇头的声音穿透地板传了上来。

邓肯把文章读了两遍,只是为了拖延时间;事实上,他读第一遍就知道他有麻烦了,因为这文章既写得好,又错得厉害。他在安妮的文中找不到任何事实错误(每次他在论坛上写东西,总是有网友能指出某个明显、完全自相矛盾的错误),但是她无法听出这张专辑的不同凡响之处,则表示她品味差,这令他大感惊讶。以她这么差的品味,怎么有办法阅读、观看或聆听任何东西,并正确得出它是优是劣、是深是浅的结论呢?往昔她的一切表现只是运气好?或者,她不过是吸取了报纸周日专刊上那些无趣的生活品味内容罢了?所以她也喜欢《黑道家族》(The Sopranos)——嗯,但谁不喜欢呢?这一回,他有了机会来看看她展现她自己的评判能力,而她搞砸了。

但是邓肯不能拒绝把文章贴上去。那不公平,而且他也不想扮黑脸。而且她倒也不是不理解塔可·克洛的伟大:毕竟,她这篇评论可说是针对《穿衣版》的绝佳赞颂文。他就贴到站上,让其他人告诉她他们怎么想好了。

他又从头到尾读一次,只是为了确认,但这次他却沮丧起来,因为他看得出她比他厉害,各方面都是,除了判断力(到头来唯一重要的),但这不能改变她各方面都厉害的事实。她文笔甚佳,既通畅又具幽默感,说理很有说服力(倘若你还没听过那些音乐的话),而且亲切可人。他的文章总是显得刺耳、盛气凌人、自以为是,这些问题连他自己都看得出来。她不应该这么擅长写文章,这让他的脸往哪摆? 假如网友们没有狠狠把她击垮怎么办? 假如,他们反而用她来打击他怎么办? 现在差不多大家都听到《赤裸版》了,反应非常两极。他生怕那些反面意见就是被他那篇过于热烈拥戴《赤裸版》的评论所激出来的。他正想改变主意,不接纳她进入克洛迷的世界了,这时,她却来到他面前。

"如何?"她紧张地说。

"这个嘛……"他说。

"我觉得我好像在等考试结果出炉。"

"抱歉。我只是在思考你的文章。"

"如何呢?"

"你知道我不同意里头的观点。但写得真的不坏。"

"喔,谢谢你。"

"我很乐于把它贴到站上,如果你很想的话。"

"我是很想。"

"你必须附上你的电子邮箱,你知道吧?"

"一定要吗?"

"对。虽然一定会有几个怪胎联系你,但你可以直接把他们的信删掉,如果你不想跟别人辩论的话。"

"我可以用假名吗?"

"何必呢? 反正没人知道你是谁。"

"你从没向任何朋友提过我?"

"我想大概没提过吧,没有。"

"喔。"

安妮看起来吓了一大跳。但那会很怪吗？那些克洛学家又不住这座镇上，而邓肯跟他们谈话的内容除了塔可，还是塔可，顶多偶尔谈到相关的歌手。

"曾经有女生向你投稿吗？"

他假装寻思。他经常纳闷为何站上只有中年男人的声音，但他从未因此太过忧心。这时他提起了防卫心。

"有。"他说，"但久久才一次。即使有，那些女的只是想谈谈……怎么说呢……谈谈她们觉得克洛有多么帅。"

看来，他能杜撰出来的唯一一种女人，是那种刻板到不行、脑袋空空、没有能力在严肃讨论中有所建树的女人。他只有几秒钟去想像她们，但即使如此，他能够、也应该做得更好。假如他真要自己创作小说，他就非留意那点不可。

"那些女生觉得他帅吗？"

"老天，当然！"

他的语气听起来很怪。呃，其实也不能说怪，因为同性吸引力并不怪，当然不怪。但他说到塔可的外貌很帅时，语气显然太过情感澎湃，超出了他的本意。

"反正，你把文章用附加档案传给我，我今晚就会把它贴上去。"

然后他在心里又挣扎了一下子，就真的说到做到了。

隔天上班时，安妮不知不觉每个小时上那网站好几次。起初，她觉得希望看见自己写的文章获得回响，似乎是很正常的事——由于她从未写过乐评，所以她一定会对过程感到好奇。不过这天稍晚，她便意识到自己其实是想赢，想把邓肯彻底打败。他的评论发表后，对他的回应多半都带有敌意、挖苦、不相信以及嫉妒。她希望人们给她的回应比他的好些。她希望人们能认可她无碍的辩才与敏锐的观察力是在邓肯之上的。令她大感欣喜的是,他们确实如她所愿。这天傍晚五点钟之前,已有七个人在"回应"栏写了东西,其中六人态度友善——没表达什么具体内容,简短得令人失望,但仍看得出态度友善。"安妮,写得不错!""欢迎来到我们这小小线上'社群'——干得好!""我完全赞同你,邓肯大错特错,错得离谱,连雷达都侦测不到他了。"唯一表明不喜欢安妮文章的人,似乎是个看什么都不顺眼的家伙。"塔可·克洛已经完蛋了,忘了他吧,你们这群可悲的家伙,只会没完没了地讨论一个二十年没发新片的歌手。当年他就被高估,现在还是被高估。如果跟'莫里西'比,他连提鞋的分都没有。"

她心里纳闷,怎会有人吃饱太闲写这些文字?不过,对互联网上任何事几乎都无法问"怎会有人吃饱太闲干吗干吗……"这样的问题,否则,互联网上大部分的东西会变得像棉花糖那样虚,一入口就什么都没有了。况且,她自己又何必吃饱太闲写这篇文章?别人又何必呢?整体说来,对于这些吃饱太闲的好事者的行为,她是支持的;就此而言,MrMozza7,谢谢你的贡献。所有其它网站的所有人,也谢谢你们。

就在她准备下班、要把电脑关机前,她又查看一次电子邮件。她本来怀疑邓肯要她附上电子邮箱,是为了吓唬她,让她打退堂鼓;因为直接在"回应"栏写东西,显然是比较好的回应方式。邓肯暗示,可能会有一大堆有杀人倾向的互联网变态写信来纠缠,对她恶言相向,并威胁报复。但是目前为止,什么也没有。

然而,这时却来了两封新信件。寄件人是艾福瑞德·曼塔里尼。第一封的主题写着"你的评论"。内容非常短,仅说:"谢谢你这篇体贴而敏锐精辟的文章。我非常欣赏。祝一切顺心。塔可·克洛谨启。"第二封的主题写着"PS",信中说:"我不知道你跟网站上那票人有没有来往,他们这群人似乎很怪异。希望你别把我的电子邮件传给别人,感激不尽。"

有可能吗?就连提出这问题都显得愚笨,她刚才一惊之下的暂时停止呼吸,简直蠢得可悲。当然不可能。显然是个玩笑,完全看不出笑点在哪里的玩笑。何必多事?别回信问了。她把夹克披在椅背上,把包包放地上。来写个打趣的回信如何?"去你的,邓肯"?或者干脆不理会?可是如果……

她想再度嘲笑自己,但她明白,唯有当她用邓肯的思维去想事情的时候——亦即,如果她真的相信塔可·克洛是世界上最有名的人,而罗素·克洛写信给她的几率还高于塔可·克洛——这个自嘲才会成立。然而,塔可·克洛其实是一九八〇年代一位名气不大的歌手,如今的克洛,除了晚上浏览那些专门回顾他过去所作所为的网站,不敢置信地一直摇头之外,大概也没什么事可做。她很笃定为什么克洛不想联系邓肯与其他网友:因为他们对克洛的痴迷太过一厢情愿、太病态了。但为何化名艾福瑞德·曼塔里尼?她谷歌了这个名字。艾福瑞德·曼塔里尼是《尼古拉斯·尼克贝》中的一个角色,似乎是名游手好闲、爱玩女人的人,最后害自己的妻子破产。嗯,蛮符合克洛的,不是吗?尤其是塔可·克洛一向喜欢自我嘲讽的话。她不再多想,迅速点选了"回复",并键入:"不会真的是你吧?"

十五年来,这个男人在她生命中既在场又缺席,一想到自己刚刚寄了讯息给这男人,而讯息将出现在他的家中(如果他有家的话),她就觉得荒谬可笑。她在办公室等了一两个钟头,看看塔可有没有回信,接着她就回家了。

塔可·克洛

维基百科,自由的百科全书

塔可·杰洛米·克洛(一九五三年六月九日出生)是美国创作歌手与吉他手。克洛于七〇年代中后期逐渐成名,他最初担任"欢乐政治学"乐队(The Politics of Joy)的主唱,后来单飞。他受到其他北美创作歌手,诸如鲍勃·迪伦,布鲁斯·斯普林斯汀,以及莱纳德·科恩以及吉他手汤姆·魏尔伦的影响。克洛出道时发展并不顺遂,后来逐渐获得乐坛好评。一九八六年发行《朱丽叶》,被视为音乐生涯的巅峰杰作。这张专辑以他与朱莉·贝蒂的分手作为创作素材,日后经常名列"史上最佳专辑榜"之中。然而,克洛在宣传这张专辑的巡回演唱途中,据说在明尼亚波利斯市某间摇滚夜店男厕所里,发生了一件改变他一生的事件,此后他便极其突兀地从公众人物生活急速退隐。尔后再无任何音乐作品或演出,也没有现身媒体谈论何以销声匿迹。

生平

早年:

克洛生长于蒙大拿州的波兹曼市。父亲杰洛米经营一家干洗店,母亲辛喜雅是音乐家教。克洛初期的几张专辑里有不少歌曲皆取材自他与父母的关系,例如《四氯乙烯与干洗凭单》(*Perc and Tickets*)收于《塔可·克洛》同名专辑,"perc"是干衣程序中使用的化学物质四氯乙烯(perchloroethylene)之缩写,《她的钢琴》收于《外遇以及其它家庭调查》专辑。克洛的母亲于一九八三年死于乳腺癌后,克洛为纪念她而谱写了这首歌。克洛的兄长艾德一九七二年死于车祸,年仅二十一。警方调查发现,艾德血液中的酒精浓度"相当可观"。

生涯初期:

克洛在蒙大拿州组了乐队"欢乐政治学",辍学后与乐队四处走唱。"欢乐政治学"尚未获得任何唱片公司签约便宣告解散,但多数队员后来在克洛的个人专辑以及巡回演唱会中续任乐手。第三张个人专辑取名为《塔可·克洛与欢乐政治学》。克洛首张同名专辑于一九七七年发行,是音乐界一件出了名的灾难:由于唱片公司对克洛深具信心,竟然在许多音乐杂志与街头看板上刊登一系列广告,写着霸气十足的广告文案:"布鲁斯+鲍勃+莱纳德=塔可",文案下方的照片中,画眼线、头戴牛仔帽的克洛,噘着嘴,露出一副不爽的样子。一九七七年十月,克洛在酒醉的情况下,意图撕毁位于加州好莱坞日落大道的一幅巨型海报,遭警方逮捕。摇滚乐评毫不留情——格雷尔·马库斯在《Creem》杂志的文章结尾处写道:"大型宣传活动+中邪-约翰·丹佛=没啥搞头。"大受刺激的克洛,于是灌录了一张作风狂野的四首歌的EP《谁能听见我?》(如今一个乐迷网站便以此命名。该网站对于克洛音乐的讨论相当认真严肃,但有时流于浮夸)。《谁能听见我?》扭转了克洛的运势,乐评对他的接受度也开始有所翻升。

巡回演唱:

一九七七年至退隐之间,克洛巡回演唱的次数极多,但一般认为现场演出品质落差很大,主要原因是克洛的酗酒问题。有些演出场次,克洛可以只唱四十五分钟就草草结束,歌与歌之间空当很长,有时克洛一首歌唱到一半就中断,开始对观众辱骂与冷嘲热讽。另有些场次,诚如备受好评的"密西西比大学演唱会"的靴腿录音所呈现,他向满场如痴如醉的死忠观众表演了足足两个半小时。但克洛的演唱会经常变调为谩骂与暴力冲突:一次在德国科隆,他从台上跳进观众群,挥拳殴打某个一再向他点唱一首他不想表演的歌曲的观众。克洛的歌手生涯到尾声时,大多"欢乐政治学"队员都已离开,他们大多表示,离开的原因是不堪克洛的辱骂。

私生活:

塔可·克洛被认为是朱莉·贝蒂的女儿奥菲莉亚(生于一九八七年)的亲生父亲。但贝蒂一直否认这个说法。据信,克洛现已戒酒成功。

退隐:

一般认为,克洛现今居住于宾州的一座农场,但过去二十年间的活动则几无任何讯息。经常传出复出的谣言,迄今尚无根据。有些歌迷在"发飙家族"乐队(The Conniptions)与"真情实习"乐队(The Genuine Articles)的最近几张专辑中,察觉克洛参与的身影;"欢乐政治学"后来重组,并于二〇〇五年推出《是的,又来了》(Yes, Again)专辑,歌迷认为其中两首歌出自克洛之手,但该乐队驳斥了这个传言。此外,《赤裸的朱丽叶》(《朱丽叶》专辑的试唱录音)于二〇〇八年发行。

专辑目录

《塔可・克洛》(*Tucker Crowe*)(1977)

《外遇以及其它家庭调查》(*Infidelity And Other Domestic Investigations*)(1979)

《塔可・克洛与欢乐政治学》(*Tucker Crowe and the Politics of Joy*)(1981)

《我们俩一起吗?》(*You And Me Both?*)(1983)

《朱丽叶》(*Juliet*)(1986)

《赤裸的朱丽叶》(*Juliet, Naked*)(2008)

得奖与提名

克洛在一九八五年获颁蒙大拿大学荣誉学位。一九八六年,《朱丽叶》获格莱美奖"最佳专辑奖"提名;同年,克洛以《你和你的完美生活》一曲获格莱美奖"最佳摇滚男歌手奖"提名。

4

安妮在办公室抱着希望等待塔可·克洛回信的同时,克洛正与他六岁的小儿子杰克森在住处附近的超级市场里闲逛,打算为一个他们都不太认识的人,买份简单但让她觉得暖心的食物。

"热狗好吗?"

"好呀。"

"我知道你爱吃热狗。我是在问你,你觉得丽琪会不会爱吃呢?"

"我不知道。"

他根本没理由会知道这件事。

"我又忘记她是谁了。"杰克森说,"对不起。"

"她是你姐姐。"

"对呀,这我知道。"小男孩说,"可是……为什么她会是我姐姐?"

"你懂得姐姐是什么吗?"

"这种姐姐我不懂。"

"她这种跟其他种都一样啊。"

她当然不一样。塔可讲话不老实。就一名六岁男童所知,所谓姐姐,就是一个每天会在早餐桌看到的人,一个会跟你抢电视的人;你会尽量避开她的庆生派对,因为太粉红了;她的朋友会嘲笑你,让你没命地一溜烟逃离房间。等会儿即将与他们共聚的这位女生,现年二十岁,之前没跟他们见过面。杰克森甚至从未看过她的照片,所以不能期望杰克森会知道她是不是个吃素的人。突然有神秘的兄弟姐妹冒出来相认,这种事杰克森倒也不是头一次面对了。几年前,塔可也曾带他认识一对双胞胎,之前他并不知道他们的存在,之后那两个哥哥也没有常常出现在他的生活中。

"我很抱歉,杰克森。对你来说,想必她是个不同种类的姐姐吧。她之所以是你姐姐,是因为你们有同一个爸爸。"

"她爸爸是谁?"

"谁? 你觉得是谁? 你爸是谁?"

"所以你也是她爸爸?"

"答对了。"

"就好像你也是库柏的爸爸。"

"对。"

"也是杰西的爸爸?"库柏与杰西就是新近加入他兄弟名单的那对双胞胎。

"你愈来愈懂了。"

"那这次她妈妈是谁?"

杰克森问,语气带着一股苍凉和痛苦,使塔可忍不住笑了出来。

"这一次是纳塔莉。"

"我幼儿园的那个纳塔莉?"

61

"哈！不是。不是你幼儿园的纳塔莉。"塔可心里突然对杰克森的幼儿园那位纳塔莉闪过一丝好感。担任助理的她，今年十九岁，金发，个性阳光。塔可突然有种"想当年我也曾经……"的感觉，一如詹姆斯·布朗所吟唱的。

"不然是谁？"

"你不认识她。她现在住英国。当年我认识她的时候，她住纽约。"

"那我姐姐呢？"

"她一直跟她妈住英国。但现在她要来念美国的大学。她很聪明。"

他生的孩子都很聪明，他们的智力是他可以自豪的——也许不应该自豪，因为只有杰克森的教育是他真正从旁辅导的。但，他只选择让聪明的女人怀孕，至少这笔功劳要记在他头上吧？大概不能。因为他也跟一些笨女人上过床。

"她会念故事书给我听吗？库柏和杰西都会念给我听。葛瑞丝也会。"葛瑞丝是塔可的另一个女儿，她是长女：每次听见她的名字，塔可都会蹙起眉头，想不蹙眉都做不到。对于丽琪、杰西、库柏，他一直是位不合格的父亲，但不知何故，他的不合格似乎可以被原谅。至少，他自己觉得可以原谅，即使这几个孩子与他们的母亲并不是那么宽容。但葛瑞丝……葛瑞丝就完全不同了。杰克森曾与她见过一次面。那次葛瑞丝来访，塔可从头到尾一直冒冷汗，即使这位长女跟她妈妈一样天生长相甜美，但似乎反而使他感觉更不舒服。

"你来念给她听如何？她一定会大为赞叹的。"

塔可拿起法兰克福香肠，放进购物车，然后又把它们拿出来。百分之多少的聪明女生吃素呢？不可能高达百分之五十吧？所以她吃荤的可能性很大。他又把香肠摆回推车。麻烦的是，即使是吃荤的年轻女性，也不一定吃红肉。嗯，法兰克福香肠的颜色呈现半粉红、半橘色。这算"红"肉吗？他很肯定那奇怪的色调是色素而非血液。素食者可以吃色素，对吧？他又把它们拿了起来。他真希望自己生的孩子是个生长于得州某地、今年三十岁、爱喝酒的修车工。如此一来，他只需买牛排、啤酒、一整条万宝路香烟，事情就解决了。然而那种假设若要成立，大概意味着他曾经使某个火辣的三十岁得州餐馆女服务生怀孕，可是，塔可把自己的青春浪掷在那些皮肤白得像死人、瘦得颧骨（而非双乳）突起的英国女模身上，如今他不断地在付出代价。这样一想，当年他也付出了代价。当年他的脑袋到底在想什么呀？

"爸，你在干吗？"

"我不知道她吃不吃肉。"

"为什么她会不吃肉？"

"因为有些人相信吃肉是不对的事。另外有些相信吃肉有害健康。也有些人两种都相信。"

"那我们相信什么？"

"我们大概两种都相信吧。但我们并不是很在乎，所以还是照常吃肉。"

"为什么有些人相信吃肉有害健康？"

"他们觉得吃肉对心脏不好。"杰克森不懂的东西还很多，所以跟他谈论大肠是讲不通的。

"所以如果你吃肉，心脏会停止跳动啰？可是爸，你吃肉啊！"杰克森的口气恐慌而颤抖。塔可暗自咒骂自己真是个笨蛋，什么不好说，居然直接提起这话题。近来，杰克森发现他的爸爸将会在二十一世纪上半叶的某个时间点死掉,他那早熟的悲伤,随时可能被任何事物(包括素食主义的主要信条)引发。雪上加霜的是,杰克森既有的绝望感,不巧又叠合在塔可自身的绝望感上,并使之加剧。塔可过了五十五岁的生日之后,似乎有一阵格外剧烈的忧虑感在心中发作,他觉得未来的任何生日似乎都无法令他振奋起来。

"我吃肉的数量不多。"

"爸,你骗人。你吃一大堆肉。今天早上你吃了培根。昨天晚上你做了汉堡排。"

"小杰,我只说有些人这样相信,我可没说这是正确的。"

"如果这不是正确的,那我们干吗相信?"

"就好比我们相信费城人队每年都将赢得世界大赛冠军,但事实上并不正确。"

"我从没那样相信过,是你叫我那样相信的。"

塔可最后一次把香肠摆回架上,然后就带杰克森走到鸡肉区。一方面,鸡肉既非粉红色,亦非橘色;另一方面,他知道怎么跟杰克森说鸡肉有哪些有益健康的成分,不会感觉自己像个大骗子。

他们回到家,把购物的东西丢在家中,然后一路开车到纽瓦克机场去接丽琪。塔可一直希望自己会喜欢她,但目前为止并无迹象能保证:他和她用电子邮件通信了一阵子,感觉上,她似乎愤愤不平、难以相处。但他必须承认,这未必表示她真的是个愤愤不平、难以相处的人:因为他所生的两个女儿都难以原谅他当父亲的方式。几个较早出世的孩子的生命中,他几乎完全缺席。他现在开始逐渐察知,有些子女总会挑选某个重大的转折时刻与他相认,要么就是他们各自人生的转折时刻,要么就是他们母亲的人生转折时刻。那往往使父子或父女相认的场面变得相当沉重。光是他对自己的反省，就已经多到他要想办法减少，所以实在不需要外界再敦促他反省。

往机场的路上，杰克森话说个不停，聊了学校、棒球、死亡，直到他睡着。塔可把一卷在卡车货台上找到的节奏布鲁斯老歌合辑录音带拿出来播放。如今，他仅剩的卡带屈指可数，等它们全都坏掉，他就得筹一笔钱去换一辆新卡车。他无法想像开车时没有音乐。他和唱着"芝加哥之光"乐队的歌曲，但声音尽量轻，以免吵醒杰克森。然后他想起了那个女人在电子邮件问他的问题："不会真的是你吧？"唉，真的就是他没错，他几乎可以肯定，但他开始烦恼要怎样才能向她证明？就他看来，根本没有证明的好方法。他的音乐里已经找不到任何那批克洛迷还没发现的琐碎细节，所以，跟她说谁谁谁曾经在哪几首歌不具名地担任和声、为他出力，无助于证明他就是克洛本尊。而且就他所知，互联网上那些宛如太空垃圾般漂浮的关于他生平的各种琐细资讯，几乎无一是事实。例如，那批变态歌迷里根本没人知道他分别跟四个女人生了五个孩子，他们全都以为他跟朱莉·贝蒂有一个私生女，事实上他生平唯一曾刻意避免使之"中标"的女人，大概就是贝蒂了。还有，到何时他们才会停止唠叨明尼亚波利斯那间厕所发生的事件？

他非常用力地试图不要过度膨胀他在这世界上的重要性。多数世人已把他遗忘了，但有两三次他曾在心里假想，世人也许会在一些乐评上撞见他的名字（因为某些老一辈的记者有时仍会把他当作一个评价基准），或者，某甲在自己的老黑胶收藏中恰好发现一张克洛的专辑，他也许会心想："喔，对了。我的大学室友以前蛮爱听他的音乐。"但互联网改变了一切：再无任何人被遗忘。塔可以谷歌自己的姓名，并得到几千个链接，结果使他开始以为自己的歌手生涯似乎仍在继续,而非在很久以前就已死去。假如你浏览到的恰好是克洛迷聚集的网站,他就成了神秘、隐居的天才塔可·克洛,而不是"前音乐人""曾经有这么一个人"的塔可·克洛。起先,那批把精力投注于互联网上、讨论他音乐的人们,使他受宠若惊;退出歌坛后的种种遭遇,使得他的风光被消磨殆尽,但那些互联网乐迷似乎帮助他恢复了其中一部分。过了一阵子之后,那票人只让他反感,尤其当他们把胡思乱想的目标集中到《朱丽叶》上。尽管如此,倘若他没退隐,继续一张张地做新专辑,现在的他八成已变成乏味的老梗,了不起变成一名在摇滚酒吧演唱以维持生计的小众英雄,或者偶尔出面钦点、推荐某个号称受他影响的新人乐队(就算他压根儿听不出自己对他们的音乐有何影响)。所以,中止音乐生涯是非常聪明的一步(如果你无视于不可避免地少掉一种谋生之道的话)。

塔可与杰克森迟到了,他们看到丽琪在一排豪华轿车司机举着牌子等人的地方走来走去,她原以为塔可会派专车来接她。他拍拍她的肩,她转过身,吓了一跳。

"嗨。"

"喔。嗨。塔可?"

他点点头,试着无言地表示,她想要做什么动作他都没意见。她可以伸出双臂环住他的脖子大哭;她也可以在他脸颊上轻轻吻一下,跟他握个手,然后就不理他,默默走到卡车边。他逐渐变成一位以"父子或父女相认"为专门领域的专家,说不定可以开班授徒。这年头会使用到这种专门技能的,大有人在呢。

若非塔可不赞同用国籍的刻板印象看人,他就会把丽琪的打招呼方式形容为英国式的。她客气地微微笑,轻吻他的脸颊,她的神情似乎还暗示着：反正他就是那种会花天酒地、搞到无法到达机场的人渣。

"我是杰克森。"小男孩用令人印象深刻的严肃语气说，"我是你弟弟。非常高兴认识你。"不知何故，杰克森认为动词缩略形式①在这种等级的场合是不得体的。

"同父异母的弟弟。"丽琪不必要地加了这句话。

"正确。"杰克森说。丽琪笑了。塔可暗自庆幸他把杰克森带来。

开车回家的前半段路途中，谈话相当轻松自在。他们聊了她的班机、在机上看的电影，以及一对夫妇因行为不当而遭空服员斥责的事（在杰克森不断追问细节后，丽琪说，那对夫妇在"搂搂抱抱"）；塔可问候她母亲，然后她谈了一些关于求学的事。换句话说，就两个陌生的人共乘汽车而言，他们的表现已经好得不能再好了。有时候，塔可被社会对亲生父亲的执着搞得挺迷惑。他所有的孩子都由称职的母亲、慈爱的继父抚养，那么，这些孩子为何需要他呢？他们（或他们的妈妈）老是说想弄清身世，但这种话塔可听得愈多，就愈不明白。他觉得他其实一直都很清楚自己的身世。但他不能把这种感觉说出来，否则他们一定会认为他是狼心狗肺的混蛋。

回家的后半段路程中，谈话的方向变了。这时他们刚下高速公路。

"我男朋友是玩音乐的。"丽琪突然说。

"很好呀。"塔可说。

"我跟他说你是我爸，他难以置信。"

---

① 缩略形式是指按一定的规则将一组单词中的部分字母省去，以达到简略的目的，例如"have not"变为"haven't"，"will not"变为"won't"。文中是指杰克森一板一眼地说"I am"，而非"I'm"。——译者注

"他几岁了？四十五？"

"才不是。"

"我只是开玩笑。大多数年轻人不知道我的作品。"

"喔，原来如此。没有啦，他知道你的作品。我觉得他蛮想认识你的。也许下次我可以带他一起来。"

"没问题。"下次？看来这次的拜访就算不是面试，肯定也算是试用吧。

"也许就圣诞节吧？"

"好呀。"杰克森说，"圣诞节的时候，杰西和库柏会来。你也来的话，应该会很好玩。"

"杰西和库柏是谁？"

喔，该死，塔可心想。怎会发生这种状况？他很确定自己已经把双胞胎的事情告诉纳塔莉了，他以为纳塔莉一定会转告丽琪。但显然没有。如果他还有点当爸爸的样子的话，这种事情应该由他亲自来做好才对。他是个失格爸爸的例证，似乎不断出现，无穷无尽。他会好好钻研育儿知识，如果他认为那东西有帮助的话，但是就那些育儿指南来说，他犯的错误似乎老是太过基本。"务必告诉你的孩子，他们有兄弟姐妹……"他难以想像有哪位育儿大师会费事写下这样的句子。说不定育儿市场上的供需之间有一道鸿沟。

"他们是我的哥哥。"杰克森说，"我们有一半血缘相同。跟你、跟我一样喔。"

"凯特之前跟别人生过孩子？"丽琪问。就连这个只擦到边、方向搞反的讯息，显然也使她不爽，似乎这是她有权知道的事情。如果连凯特以前生过丽琪不知道的孩子，都能使她不爽的话，塔可猜想，当她发现那些孩子是他跟别的女人所生，想必会更加被激怒吧。或者，

68

他是以小人之心把丽琪想错了？也许当她知道自己的兄弟姐妹比原先以为的更多,她会很开心。更多兄弟姐妹等于更多乐趣,对吧？

"错。"塔可说。

"所以……"

塔可不希望她自己解答出来。他很希望自己能够说,早在双胞胎出生时就告诉过她这个消息,虽然搞到最后,他是事隔十二年才对她说。

"杰西和库柏是我的孩子。"

"你的?"

"对。双胞胎兄弟。"

"什么时候生的?"

"喔,已经好几年了。他们今年十二岁。"

丽琪摇摇头,露出苦涩的表情。

"我以为你知道。"塔可说。

"我不知道。"丽琪说,"如果我知道,我向你保证,我不会假装不知道。我没道理假装嘛!"

"你会喜欢他们的。"杰克森说,"我就很喜欢他们。但是别跟他们比赛玩任何一种 DS 游戏机。他们会把你打到挂。"

"我的老天!"丽琪说。

"没错。"杰克森说。

"他们来跟你住过吗?"

"目前为止只来过一次。"塔可说。

"所以我只是工厂输送带上的另一件产品啰?"

"对呀。明天你就得离开,不然下一件产品会撞上你,会造成连环车祸。我曾经因为这样失去一些孩子呢。"

"你觉得这种事可以拿来开玩笑？"

"不。我很抱歉，丽琪。"

"但愿你真的感到抱歉。塔可，你真是不可思议。"

丽琪的母亲在塔可记忆中的形象，早已不知不觉简化成一张美丽的照片。那是一九八二年时理查得·阿维顿为她拍摄的一张化妆品广告照片，至今塔可仍收藏着。他似乎把纳塔莉的驽钝、傲慢、脆弱、极度缺乏幽默感等个性，遗落在过去。他怎会忘记这些呢？那四项个性，大概就可以解释他们俩为何在丽琪出生前就分手的半数原因吧？（他思忖，说半数恐怕是客气了，但有鉴于他曾与许许多多丝毫不具上述缺点的女人分手，照理来说，他也应该有部分过错。）而且，为什么他从未跟哪位热情的得州餐馆女服务生风流过？为什么冷冰冰的英国女生在他眼中极度迷人呢？本来，他只是把纳塔莉当作朱莉·贝蒂的替代品；认识纳塔莉时，他正过着酒鬼人生。当时他流连于派对，只因为他持续收到邀请函。他开始猜想，有一天，不会再有人发邀请函给他，而他也不会再有机会搭上那些女模，所以纳塔莉算是他最后的"赚到了！"。当然，这并不是说她曾经用那种粗俗的调调发出热情的欢呼声。

"你们别吵了。嘿，丽琪，"杰克森神情愉悦地说，"你吃肉吗？"

"不吃。"丽琪说，"从你这个岁数起，我就没碰过肉了。吃肉会让我不舒服，而且从道德层面来看，我觉得整个肉品产业都很令人反感。"

"但你吃鸡肉，对吧？"

塔可笑了。丽琪没笑。

凯特一听见车子驶进屋前车道的声音，便打开纱门，站在门廊

70

处,一面约束波慕斯,以防它扑到客人身上。塔可注视着凯特,揣测她现在是什么心情。双胞胎来访那次,她完全冷眼旁观,但那主要是双胞胎的母亲凯莉的缘故:塔可跟凯特在一起不久,便曾对她说,他跟凯莉分手很难受,言语间还隐约提到那是因为跟凯莉的性爱太棒了。塔可很讶异这个讯息竟然使凯特很痛苦。他本来还以为告诉她有些旧恋情是难以说摆脱就摆脱,他也要历经辛苦的煎熬,并非毫发无伤,她听了会感到欣慰。

塔可把丽琪的袋子提进屋内,为凯特和丽琪互相介绍,然后大家僵硬地站着微笑了片刻。丽琪的微笑是那种抿着嘴唇、淡淡的、客套性的微笑,并未显露什么热情或喜悦。塔可意识到,既然屋子里来了个真正的少女,就突显凯特不再是少女了:凯特的眼睛和嘴巴周边已看得出岁月的痕迹,甚至她的腰也是。他再也不能算是个吃嫩草的老变态了!凯特是个熟女了!但从另一方面来说:是他和杰克森把她给毁掉!她把自己的青春浪费在他们身上,而他们的回报,却是使她的面容变得忧愁和苍老!突然间塔可好想抱抱她,向她说对不起,但在做客的女儿抵达的这个节骨眼,大概不是好时机。

"去后院坐吧。"凯特说,"我会把喝的东西拿出去。"

他们穿过屋子,杰克森一路指指点点,指出一些具有历史和文化意味的地方——例如他曾在哪个位置弄伤自己,哪张图画是他画的。丽琪似乎兴趣缺缺。

"我本来以为你住在一座农场里。"她说,这时大家刚坐上椅子和长凳。

"为什么你会那样以为?"

"我在维基百科读到的。"

"那你在上面读到过关于你或杰克森的资讯吗?"

71

"没有。上面只说,传闻你有一个孩子,是跟朱莉·贝蒂生的。"

"那你何必相信他们说我住在农场?无论如何,你有我的电话号码和电子邮箱,何不直接问我住哪儿?"

"问自己的亲生父亲这样的问题似乎很奇怪。也许你应该上维基亲自撰写你的那一页。这样你的子女们就可以知道一些关于你的事情。"

"我们家的确有养动物喔。"杰克森辩解说,"鸡、波慕斯,还有一只兔子,但已经死了。"

由于杰克森一直害怕他爸爸即将死掉,有人建议他们可以借由养兔子,来减轻杰克森的恐惧:塔可已经忘记提出这个办法的人所持的道理何在——或许是,孩子在照顾宠物由生到死的过程中,能学到自然万物的律则,是这样吗?刚开始是讲得通的,但那只兔子才来两天就死了,现在杰克森变成三句不离那只死兔子了。不过,认定塔可再过不久就会死掉的杰克森,现在对于塔可的生命随时可能终结,似乎比较能淡漠以对了。

"兔子就埋在那里。"杰克森指着草坪边缘的木头十字架,对丽琪说。

"之后爸就会去陪他,对不对,爸?"

"对。"塔可说,"但是时间还没到。"

"可是快了。"杰克森说,"也许是我七岁的时候吧。"

"还要更久些。"塔可说。

"嗯。也许吧。"杰克森语带怀疑地说,仿佛这段对话的重点在于安慰塔可,"丽琪,你妈死了没?"

"还没。"丽琪说。

"她好吗?"塔可问。

"她非常好,谢谢你问。"丽琪说。她话中是否有酸意? 大概有吧。"就是她认为我应该来看看你的。"

"了解。"塔可说。

"因为那个……"丽琪说。

"嗯。"因为这个,因为那个……搞到后来大都是指同一件事,所以何必坚持在定义上做文章?

"当你发现自己快要有自己的孩子,就会想要了解更多其他的事情。"

"的确。"

"你猜到了,对吧?"

"猜到什么?"

"我刚才讲的事。"

塔可觉得她似乎传递了某种讯息,但他尚未适切地处理。也许他不该把"初次见面、彼此认识"的对话当成一种文艺类型,非得在其中解读出什么含义不可。

"等一下。"杰克森说,"那意思是说……你是我姐姐,对吧?"

"同父异母的姐姐。"

"所以……我快要当……那该怎么说呀?"

"你快要当舅舅了。"

"太酷了。"

"而他快要当爷爷了。"

塔可总算明白她要告诉他什么了。突然间,杰克森哭了出来,冲去找他妈妈。

几分钟后,塔可带着杰克森回来时,丽琪终于变得略微友善,至

73

少她跟杰克森谈话时是如此。

"这不表示你爸老了。"她说,"他并不老。"

"就算是吧,我的学校里有多少小孩子的爸爸已经当爷爷了?"

"我敢说不会很多。"

"完全没有。"杰克森说,"半个都没有。"

"小杰,这件事我们之前讨论过了,"塔可说,"我今年五十五岁,你六岁。我还会活很久。等你变成大人,我都还没准备要挂掉。说不定我会活到你四十岁。你将会觉得我很烦。"

其实塔可并不敢为自己预测的岁数打包票。抽了三十年的烟,酗了十年的酒……假如他能活到七十,连他自己都会惊讶。

"你不会知道我活不活得到四十岁。"杰克森说,"你可能明天就死了。"

"才不会。"

"有可能。"

塔可老是会被这些对话中的逻辑搞得思路岔开。他很想说:是的,我明天可能会死;但就算你没发现我即将当爷爷,明天我依然可能会死。不过,他没走这条路,而选择胡扯就好。胡扯一向管用。

"我不可能死。"

杰克森注视着他,重新燃起希望。

"真的?"

"真的。如果今天我没什么不对劲,明天我就不可能死掉。时间不够嘛。"

"如果你出车祸呢?"

你这傻瓜,任何人在任何年纪的任何时刻,都可能出车祸。

"还是一样不可能死。"

"为什么?"

"因为明天我们不打算开车去任何地方。"

"后天呢?"

"后天也不出去。"

"那我们怎么取得食物?"

"我们已经有一大堆食物了。"

塔可不愿再接下去想什么"如果他们不开车出去,会不会有饿死的可能"之类的东西。这时的他很想好好思考,自己有多老?他是不是很快就会死掉?他的一生是如何在不知不觉之间好像一转眼就溜走了?

不久前,塔可曾暗自许诺,要好好坐下来拿张纸,试着描写过去二十年的人生。他要在纸张左侧按顺序写下年度,然后在每个年度的右侧写一两个字词,提示那十二个月他大概在忙什么。八〇年代末期那几年,可以用"喝到茫"以及几个"同上"记号来提示。那时的他,偶尔会抓起吉他或笔,但多数时候他是一边看电视,一边把苏格兰威士忌往喉咙里倒,直到不省人事为止。之后的几年,他可以另外用比较健康的字眼来提示了:"画画""库柏与杰西""凯特""杰克森",但实际上,即使这些词也无法充分把那几年交代清楚。在那段画画的岁月中,他究竟花了多少时间待在那间租来充当画室的小公寓?六个月?再来,儿女们相继出生的那几年,他又花了多少时间在他们身上?他曾带他们散步,这个当然,但有很多时间他们不是在喝奶,就是在睡觉,而他会待在一旁看着。在旁看顾,不也是一种活动?当你看顾孩子,不太可能做什么别的事。

有一两次他曾想过,如果他父亲面对一张列出所有成人岁月的纸,他会写些什么字眼? 父亲的人生既长又多产: 他生了三个孩子,有一段美好、坚固的婚姻,并经营自己的干洗店。譬如在一九六一到一九六八年旁边,父亲会写下什么词?"工作"? 单单这个字眼就足以完全涵盖父亲人生中的七年。而且塔可很确定,父亲会在一九八〇年旁边选择什么字眼,想必是"欧洲",不然就是:"欧洲!"父亲等待重返欧洲很久了,他享受每分每秒回到欧洲的时光,这个他毕生唯一一次的假期持续了一个月。只占该年五十二个星期中的四个! 塔可并非要抹消他与父亲的差异,他很清楚父亲是比他好的人。但任何想用这种方式描写自己人生岁月的人,都很想知道那些岁月跑到哪儿去了? 自己是不是遗漏、错过了什么?

接下来的下午和傍晚,杰克森一直以泪洗面。他玩井字游戏输给丽琪时哭,大人帮他洗头时他也哭,一想到塔可快死他又哭,然后他吃冰淇淋时,大人不准他用巧克力酱包住冰淇淋,他也哭。塔可与凯特原本以为他会熬过去,跟他们一块吃晚餐,但他被自己的情绪震荡搞得精疲力尽,结果早早就睡了。小男孩睡着后,塔可这才意识到今天一直把他当作人质利用,人小,但很有效:杰克森在场的时候,没人可以朝塔可开枪、叫他挨子弹。但等到他下楼、回花园走到凯特和丽琪身边时,正好听见丽琪苦笑着说:"唉,他一定会那样对你的。"

"谁一定会怎样对谁?"他打起精神说。

"丽琪告诉我,她妈妈当初刚被你抛弃时,竟然被送去住院。"

"喔。"

"你怎么没跟我说过!"

"我们交往时,我只是没想到这件事。"

"这可怪了,嗯?"

76

"并不怪。"丽琪说。

然后她俩就聊开了。凯特认定自己在这位新来的继女身旁已经相当自在,可以坦诚将自己对婚姻状况的评估告诉丽琪;丽琪则把对塔可缺席之后给她妈妈和她所造成伤害的评估,也坦诚地回报给凯特。(塔可注意到,她诉苦时,从头到尾都小心保护地捧着肚腹,好像塔可随时会持刀攻击未出世的宝宝似的。)她们说话过程中,塔可有好几次神情睿智地点点头,偶尔同情地摇摇头。两个女人常常话讲到一半,便气得瞪着他,他便耸耸肩,低头看地面。他似乎没什么道理企图为自己辩护,反正他也不知道要讲什么自辩之词。在她们彼此诉说的故事中,嵌着若干事实上的小错误,但都不值得费事纠正;例如,纳塔莉在悲苦与愤怒的心情下告诉丽琪,塔可曾经在纳塔莉的公寓跟别的女人上床。这个错误又有谁真的在乎呢?她只是把地点搞错了,劈腿的行为本身却是真有其事。多数情况中,唯一能解释这一切的字眼就是"喝醉了"。他或许可以一直在她们谈话的间隙把"喝醉了"说出口,甚至她们每讲一句他就说一次,但几乎肯定不会有帮助。

夜深时,他带丽琪到为她准备的客房,向她道晚安。

"刚刚说了那些事,你还好吗?"她故作一副苦瓜脸,仿佛塔可一整晚都在应付急性胃灼热。

"喔,嗯,没事的。是我欠你的。"

"我希望你跟凯特好好解决你们之间的矛盾。她是个讨人喜欢的人。"

"是呀。谢了。晚安。好好睡。"

塔可回到楼下,但没看见凯特。她利用他上楼的空当当作借口,径自去睡了,她没等他,也没多作解释。现在大多时候他们都分房睡,但两人的关系还没到把分房视为理所当然,所以他们每晚都要讨论这件事。起码会提一下。凯特会说:"你睡客房可以吗?"塔可则会耸耸肩,点个头。有几次十分激烈的争吵,吵到似乎要决裂的时候,他会跟在她后头走进他们的卧房,到最后他们会把情况挽回。但,今晚只字未提。她直接消失。

塔可爬上床,读了点东西,然后把灯关了。可是他睡不着。那女人问,不会真的是你吧? 他开始在脑海里构思回答这个问题的字句,最后他起床,到楼下打开电脑。安妮即将收到的回答,将超乎她预期地多。

5

寄件人：塔可（<u>alfredmantalini@yonderhorizn.com</u>）
邮件主题：Re：Re：你的评论

安妮，你好：

　　真的是我，但我想不出什么好方法向你证明。下面这个如
何：我在明尼亚波利斯市的厕所根本没遇到任何事。或者这
个：我跟朱莉·贝蒂没有私生女。或者这个：做完《朱丽叶》专
辑后，我完全没录过任何东西。所以我没有足以发二百张专辑
的录音锁在库房里，我也没有不时使用化名发表歌曲。上述这
些说辞，有助于证明我是我吗？大概没帮助，除非，你的神志够
清醒，足以了解其实任何人的真面目都是令人失望的，而我的真
面目尤其如此。之所以会出现这个落差，是因为事情不幸出现
令人意外的变化：我愈是啥也不做（除了看电视、喝酒），有一小
群想像力超丰富的人似乎愈相信我一直在做一连串稀奇古怪的

事。例如,与科罗拉多州的劳伦·希尔合作嘻哈音乐专辑,或者与洛杉矶的史蒂夫·迪特科联手制作电影。真希望我真的认识希尔或迪特科,我对这两位素来十分景仰(如此一来我也许可借此赚一笔钱),但是我真的不认识他们。事实上,这些神话之中有些部分实在非常缤纷迷人,它们使我不想复出;在我看来,我消失所获得的乐趣,似乎比我出现时更多。假如我接受专访(譬如接受某个对我这样的人还感兴趣的音乐杂志专访),你可以想像吗?不论记者问什么,我都回答:"不,那件事我没做。不,我没有那样。不,我们没有怎样怎样……"这会无聊到没人相信我是实话实说。随便什么阿猫阿狗都可以说他啥也没做。

今天,我得知自己即将当上祖父。由于我不是非常熟识这位怀了身孕的女儿(附带一提,我一共生了五个孩子,其中四个我不太熟),我无法感到喜悦;对我而言,这个消息唯一真正牵动我情绪的地方,是它的象征意义,是它所反映的我的状况。我倒也不是特别为此觉得心中不快。当一个你不熟的人告诉你她怀孕了,本来就没道理要假装高兴,虽然如此,由于我过去种种的决定与逃避,使得我的亲生女儿变得像陌生人,这点确实让我心里不舒服。无论如何,其象征意义是……当我得知自己即将成为祖父,那感觉,好像我在阅读自己的讣闻,而讣闻的内容使我极为悲伤。无论我有什么天赋,我这一生都未曾善加利用(不管你那票网站上的朋友怎么想),而且我这一生在其他领域也从未获得什么了不起的成就。那些我未曾照养的孩子们,都是我过去因为怠惰和酗酒而搞砸的恋情的产物。我唯一照养的孩子,也就是我挚爱的六岁儿子杰克森,则是一段我正在搞砸的关系中的产物。至今,他母亲已养我几年了,所以我亏欠她很多,但是我显然逐渐令她觉得讨厌了,她讨厌我,又使我变得暴躁、好斗。她原本以为,因为我跟她是不同的人,所以这段感情能成功维持。她是个务实的人,有敏锐的财务头脑(她从事有机农产品批发),就算跟那些关心金钱与水果的人们开冗长的商务会议,她也能够乐在其中,但是后来证明,她这些特质对我们的相处没什么助益。我应当要很看重她这些特质,但我看重的程度并不够。总之,我不务实的个性,不再与我写歌的能力相辅相成了,因为我不再写歌了。假如毫无创作成品,那么空有艺术气质,便格外显得百无一用。(我必须坦承,一直以来,每当谈到相容性这个概念,我都困惑不已。我曾经跟和我共有类似感性气质的女人同居,不出所料,产生灾难性的后果;但如果走相反的路线,看来也一样行不通。我们与别人之所以会在一起,或者是因为物以类聚,或者是因为相异互补,可是,到头来我们又出于一模一样的理由跟他们分道扬镳。现在我得到的结论如下:一位会对不上进、懒惰的男人产生爱慕之心的女人,才是我需要的女人。无论那女人是华尔街银行的CEO,还是涂鸦画家,对我而言没区别。)

我早已把那些《朱丽叶》试唱录音的存在忘得一干二净,直到几个月前我有个旧识在某处的架子上发现它们。他就是那位把它们编辑、发行成CD的人。你说它们很粗糙,我同意,你说的每个字我都同意,但我不介意:当年我把那些歌琢磨了千百次,我的乐队也是。一想到有个有耳朵的人,听了两种版本的录音后,居然判定粗制滥造、草稿性质的那张优于我们呕心沥血的那张,实在令我大感不解。(老实说,我很想把那位仁兄收藏的每张靴腿录音——那蠢蛋自夸拥有一百二十七张——往他的头上

81

砸,勒令他永世不得再听音乐。)不过,《赤裸版》的发行,是我对自己的一种提醒,提醒我曾经有能力有某种作为;无论如何,我拿到一笔预付版税,可以直接交到我太太手中。拿到钱的那天下午,我终于觉得自己像个养家糊口的男人了。

我想,我已透露太多讯息了,我认为你很难不相信我是塔可·克洛本人。我的确是我,但今天我非常希望我不是我。

祝你一切顺利!

塔可·克洛

安妮抵达上班的地方时,塔可的回信正等着她。她本来也可以在吃早餐前待在家中查看电子邮件,而且她兴奋得很想这样做。但如果对方真的回信了,恐怕会被邓肯看见。此时此刻她生活中最棒的事,无疑就是她的秘密。昨天她也不过收到两封客套性质的信,没透露什么,但已令她惊喜,足以令她觉得是最棒的事了,今天这封信就更不用说了,她拿到了邓肯会视之为解开宇宙奥秘的钥匙。出于各式各样的理由(小人之心的成分居多),她很不愿他拿到那把钥匙。

她把电子邮件读过两三遍,然后提早去买咖啡。她必须整理思绪。或者说,她必须把现在脑中转个不停的东西停止下来,不然她今天根本无法好好思考事情;本来在她脑中想个不停的,甚至还不是塔可·克洛及其复杂的人生,而是《赤裸版》是怎么把她家中的气氛搞得乌烟瘴气?

昨夜,邓肯很晚才回家,而且身上有酒味;当她问他去了哪里,他只是随意搪塞一两句话,甚至显得不耐烦。邓肯很快就睡着了,但她一直睡不着,听着他的鼾声,觉得他真是讨厌。她很明白,每个人偶尔会对自己的伴侣心生厌恶。但是她在黑暗中花了几个钟头思索,她真的喜欢过他吗？过去这些年头如果独自一个人过，真的会比较差吗？为何她吃东西、看电视、睡觉时，非得有另一个人跟她共处一室不可？拥有伴侣，被认为是成功的某种表现：拥有一位每夜与之同床共眠的人，表示自己是能干的，不是吗？某方面能干？但是在她看来，她跟邓肯现在的关系，似乎昭示着失败，而非成功。当初她和邓肯会变成一对，是因为他们是俊男美女大队挑剩的最后两个人，但她觉得以自己的长相，不该落到被挑剩的结果。

"哈啰，美女。"咖啡吧的老板法兰克说。

"哈啰。"她说，"老样子，麻烦啦。"

假如她的长相在某种程度上是抱歉的，他还会说"哈啰，美女"吗？抑或她过度解读来自一个男人的虚伪问候语了呢？这句话他可能一天要说上二十遍？

"那句话你一天会说几遍？"她说，"我蛮有兴趣知道的。"

"要我说实话？"

"说实话。"

"只有一遍。"

她笑了，而他则装出一副受伤的样子。

"你可没看见平常来我这里的是哪些人。"法兰克说，"我也可以对长得像我妈或我奶奶的女人说'哈啰，美女'。以前我曾经这样干过。但感觉不对。所以我只把这句话保留给你，我最年轻的客人。"

他最年轻的客人！难道一切都是地缘因素造成的偶然吗？法兰克说的话摆在这座小镇，是可信的。倘若法兰克的咖啡吧开在伦敦或曼彻斯特，他就不会那样说了。倘若她住在伯明翰或爱丁堡，她也不会跟邓肯梦游似的维持十五年的关系了。谷儿尼斯，就是个强风、海洋、老人的小镇，油炸食物的味道似乎总是在空气中弥漫，就算根本没人在炸东西也可以闻到;冰淇淋摊似乎总是用木板封着,即使有游客造访也不开张。这里也有过值得一提的历史。有一九六四年,滚石乐队,那条死鲨鱼,以及快乐的度假游客。这里必定住着某个他最年轻的客人。倒不如就是她吧。

回办公室途中,她想起今天是星期四。每周四负责坐服务台的是茉伊拉。茉伊拉是博物馆义工之一,她深信安妮没生孩子是因为欠缺了什么所导致,而这种欠缺是可以治愈的。茉伊拉是对的,但安妮真正欠缺的东西,跟茉伊拉所以为的不同。在茉伊拉插手这件事之前,安妮跟她没有任何交谈,茉伊拉插手完全是因为安妮的年纪,而非她向这位全然陌生的妇人表达了什么期盼。安妮讨厌星期四。

今天茉伊拉带来的,是芹菜。她是位精神矍铄的八旬老妪,有一头染成紫色的漂亮头发,她正站在服务台前等待安妮,手中握着一大把芹菜。

"哈啰。"安妮说。

"你需要的是芹菜的叶子。应该说他需要。随便啦。"

"谢谢你。"

"你家有果汁机吗?"

"应该有。"

"只要把叶子放进去打一打、让他喝下去就行了。"

"我这次不用试什么吗? 茶、种子,或浸过牛奶的水果,都不用吗?"

"这个呀,我们在你身上已试遍所有东西了。所以一定是他的问题。"

严格说来,茉伊拉没说错,问题确实在他。因为他戴了保险套嘛。

"今晚我一定试试看。"

"如果你今晚就要试，就必须整套过程都来。你明白我的意思吧。他一喝下，你们就立刻上楼。"

"那我星期六再试。"

喔，老天。她干吗跟这个女人透露他们房事的时间表呢？

"喔。原来他是位周六夜之男？"

"我得去做事了。"

"没什么好难为情的。"

她当然难为情。这些对话里的单调无聊使她难为情，没有能力叫这位多管闲事的老太婆闪远一点也使她难为情。

"喔。艾伦。你好。真是稀客呀。"

茉伊拉正在向一位七十几岁的男人说话，他身上同时穿着大衣和雨衣，还披着两条（甚至三条）围巾。双手抓着一瓶玻璃制果酱罐，里头好像有一颗腐烂中的腌洋葱，浸泡在混浊的醋液中。

"有人说，你们对那条鲨鱼有兴趣。"

"没错。"茉伊拉很笃定地说，"非常有兴趣。"

"我有它的一只眼睛。"

寄件人：安妮·普拉特（<u>annie@annienduncan.net</u>）

邮件主题：排除合理怀疑……

真的是你。我读过不少小说，我懂得小说之所以看起来逼真，是因为细节。无论如何，若有人大费周章编出那么多的细节，是值得我回信的。假如你不是塔可·克洛，老实说，我也不怎么在乎。反正跟我笔谈的人，是个有趣而思虑深刻、住在远方的人，于我何伤？（我要用另一种方式来看待这件事也不是不行，也就是把你看成疯子，而你所讲的那些孩子和孙子，全都只是你心智失常的产物。假如之后真的被我发现你是疯子的话，我向上帝发誓，我一定宰了你。但是如果你不是，请别理会这些话。我会在假设你是克洛的基础上继续谈下去。）

　　诚如你大概已经猜想到的，我认识那些对你的作品、对你个人的事情想很多的人。有时候我也会想想你的事，但没他们那么频繁，直到最近才比较频繁些。我最近去了一趟旅行，你的名字在旅程中出现过一两次。你的新专辑《赤裸的朱丽叶》（或者说，是几个过度狂热的粉丝对它的反应）刺激我去思考你以及《朱丽叶》，思考得比从前更多。我也未曾写过那样的文章，但那两张专辑帮助我想通了一些事情。我对于艺术以及那些如饥似渴地吸取艺术的人，似乎一直有所思考，但之前我的思路一直缺乏清楚的焦点，现在我想通了。当然，我想问许多关于你失踪二十年的事情，但你八成不想被访问。

　　我敢说，假如你随机把两个互相陌生的人摆进同一个房间，让他们谈论各自的生平，各式各样的话题和对照将会出现在他们的对话中，数量多到仿佛这两个人根本不是随机挑选的。例如：你有很多连自己都不熟识的小孩，而这令你不开心；我则一个小孩也没有，而且我不认为我将会生下任何小孩，而这令我不开心。如今这不开心的程度，又比三四年前想像的更加强烈了。所以，我跟那个我不打算与之生儿育女的男人在一起的这所有岁月，看起来愈来愈像你那般醉茫茫、什么专辑都没做的岁月。不论你或我，都不可能追回那些时光了。伤脑筋的是，现在还为时不太晚。你有这样想过吗？我希望你有。

我正在办公室里写这封信,地点位于英国北半边某个滨海小镇的博物馆。我本来正筹备一场以本镇一九六四年之夏为主题的特展,但我们能拿出来展的东西只有几张不悦目的死鲨鱼照片(它在那一年被冲上海滩)。今天早上,我们又拿到据说从前属于那条鲨鱼的一颗眼珠。事情是这样的,几个钟头前有个男人走进博物馆,手中捧着一瓶装着醋液的玻璃罐,有一颗非常像是鲨鱼眼的东西在其中载浮载沉。那男人宣称,他的兄弟当年用削笔刀从那条鲨鱼头上剃了出来。目前为止,这是我们最重量级的展示品。你大概不会想创作一张以某英国滨海小镇一九六四年之夏为主题的概念专辑吧?

虽然多了一颗鱼眼睛,但我能展出的东西还是一样少。

安妮暂停打字。如果她用纸笔写字,大概会嫌恶地把纸张揉掉,但是对付电子邮件这种东西,你可没有相当于揉掉纸张的做法,因为各种防止犯错的功能在键盘上都设计好了。此时的她需要一个"去死吧"键,用力敲下时,会发出令人满足的"喀噗"一声。她在干什么呢?她刚收到一位遁世整整二十年的男人寄来的信,而她居然跟他说玻璃罐中鲨鱼眼珠的事情。他真的会想知道这个吗?她想生小孩的事,他想听吗?为何不把这件心事跟别人讲呢?例如告诉某个朋友,甚至邓肯也行,就她所知,邓肯并不知道她为了这件事闷闷不乐。

而且,安妮正运用(她特有的)含蓄而复杂的方式向塔可放电。希望塔可对她有好感。不然,当她提到那趟以追寻塔可为目的的美国之旅时,提到她与"对他的作品思考很多的人们"的关系时,要如何解释她言辞上的闪烁呢?直接说出她同居的男人,她不会与之生儿育女的男人,就是一个塔可·克洛狂,岂不干脆?但她不想让塔可知道这些。为何不想？难不成她以为，只要他没发现她的同居人是哪一种人，他就会跳上飞机，来到这里使她怀胎？纵使她跟塔可展开一段热烈的婚外情，她也能想像，考虑到他已经有人数众多而且不幸的子女，要说服塔可不采取避孕措施是挺困难的。喔，天啊！这些想像就算拿来自我嘲讽也嫌可悲。她居然还想像要说服一位素未谋面的男人不避孕，实在荒谬可笑。

可是，如果她不写鲨鱼眼的事，她要说些什么？她对他作品的所有想法，他都读过了，而且她不能只是拿一堆问题来轰炸他——她觉得如果那样做，他必定从此不再联络。由她来与塔可·克洛进行电子邮件笔谈，显然找错人选。她知道的东西不够多，她从前对塔可·克洛的着迷程度不够深。她还是别回信好了。

她此时该做的正事，是构思一封措辞小心的信，寄给镇民代表泰瑞·杰克森，他是最先提出举办一九六四年特展这个蠢主意的人，但她心思无法集中。她再度打开刚才那封写给塔可的电子邮件。

《朱丽叶》的创作源泉是什么？你知道吗？你有没有读过鲍勃·迪伦的自传《编年史》？书中有个地方提到，某个人（大概是制作人吧）对迪伦说，他们需要一首类似《战争贩子们》(*Masters of War*)的歌（是这首吗？），来完成当时迪伦正录制的专辑（这是八〇年代的事）……

但她记不得那张专辑的名称，而且，当那位她记不得名字的制作人向迪伦要求一首类似那首她记不得歌名的歌，来完成那张不知叫啥名称的专辑的时候，迪伦回答了什么话，她也记不起来。于是她把那几句或许会蛮有意思的问话删掉了，当然，如果是邓肯就会全都知道,应该由他来写信给塔可才对。但是,塔可不会想收到他写的信。她当然还没把电子邮箱里的发现告诉邓肯,而且她也不想告诉他。

最后安妮想通了,她其实不必知道关于迪伦的任何事。她刚才是用一本书替她说明要讲的重点,那是学院人士的搞法。

《朱丽叶》的创作源泉是什么?你知不知道?那股源泉后来怎么了?被丛生的杂草掩盖了吗?或者,有朝一日你可能在偶然间再次与之邂逅?如果我显得太多管闲事,那真是抱歉。我才刚刚暗自许诺,别拿一堆问题来轰炸你。假如你想要看看那些死鲨鱼照片,尽管大声讲。我能回报的,似乎只有那些照片了。

附带一提,昨晚我回家后,开始读起《尼古拉斯·尼克贝》这本书,算是向你致敬。

最后一句会不会太肉麻?如果会,算她倒霉。反正她讲的是事实。这一次她不等自己改变心意,就直接按下"发送"。

6

邓肯曾经心想,他和安妮从未真正坠入爱河,应该不碍事吧。他们的关系很像相亲结婚,而且运作得十分理想:一些共同朋友仔细比较他和安妮的兴趣和气质,并撮合两人,结果也确实很相配。他从未觉得心痒,就好像两片契合的拼图,彼此是不会心痒的,至少一般而言是如此。为了论证这一点,请试着想像一片片的拼图是有思想、有感情的,它们可能会对自己说出这样的话:"我要一直待在原地。不然我还能去哪儿?"假如这时有另一片拼图跑过来,花枝招展地突显凸部与凹部,试图把某一片拼图诱离原位,若要抵抗诱惑,应该是轻而易举的吧。诱惑者所欲勾引的那片拼图会说:"听好,你的图案是公用电话亭的一小部分,而我的图案则是苏格兰玛丽女王脸部的一小部分。我们若放在一起,看起来就是不对。"事情就是这么简单。

现在他开始纳闷,用拼图来比喻男女关系究竟正不正确? 这比喻并未考虑到人类具有存心唱反调的劣根性,有时候人与人就算不适合,偏偏就是铁了心要黏在一起。人们并不在乎拼起来的角度很怪异，也不在乎电话亭与苏格兰玛丽女王是否不搭。驱策着人们的，并不是无缝且合理的契合，而是眼睛、嘴巴、笑容、心意、乳房、胸膛、臀部、言谈风趣、亲和力、魅力、过去的罗曼史，以及各种其他事物，使得人们永远不可能拼出平直的边缘。

　　而且说真的，没听说过拼图有什么热情。人们对于玩拼图或许会有热情，但拼图本身是一板一眼、规规矩矩的，甚至可以说是冷冰冰的。在邓肯看来，热情是人之所以为人的一部分。他看重热情，他喜好的音乐、书籍、电视节目之中都有热情：塔可·克洛就是热情洋溢的人，托尼·瑟普拉诺也是。但邓肯在自己的人生中却未曾真正重视热情，或许他正在为此付出代价（在不适当的时机坠入爱河）也说不定。然后他又纳闷，《赤裸的朱丽叶》是不是在他身上起了什么作用——使他内心某个已经麻木的部分震动起来。自从他初听《赤裸的朱丽叶》以来的这几天里，可以肯定的是，他变得比以前更容易动感情，动辄内心突然恸动，有几次还莫名地涌出泪水。

　　吉娜是"进阶表演艺术课程"新聘的教师成员。这个课程，就是要教会那些脸上还长着青春痘、被蒙骗的青少年们，他们永远都不可能成名（至少，不可能在他们所选的领域中成名），但邓肯怀疑他们之中有些人的心智很疯狂，日后可能会跟踪，乃至于谋杀自己崇拜的偶像。吉娜身兼歌唱、演戏、舞蹈三种专长，虽然她仍心怀成为职业歌手、演员或舞者的梦想，但生活已把她心中所有的梦幻色彩消磨殆尽。在"进阶表演艺术课程"工作的人，都是些步入中年的男女（怪的是，这些人的容貌颇为年轻），他们总是在等待巡回剧团和经纪人打电话来，也总是空等。如果说吉娜还在吹气，欲使那些希望能保持微微的火光，她也是下班时间才会这样做。她也不会老是谈论自己，尽管她有一头挑染了棕红色的头发，还戴着一大堆笨重的首饰。她第二天上班时，就在咖啡休息时间坐到邓肯旁边，问了他一些问题，聆听他的回答，并证明了她有能力听懂某些他看重的事物。隔天，她问邓肯可否借她《火线重案组》第一季，还对他说，她来这儿接下这份工作，是为了摆脱一段重病临终的恋情，这时他便知道自己陷入麻烦了。两天后，他很想知道，如果一片拼图对与他相连的那片拼图朋友说，他想要加入另一幅全然不同的拼图，会发生什么事？还有，他也很想知道（这就没那么异想天开了）与吉娜做爱会是什么滋味？他有没有可能尝到呢？

他与学校的教职员几乎不往来，主要原因是他觉得那些同事是没文化的讨厌鬼，即使是开艺术课程的同事也一样。同事们则反过来视他为怪物，在同事眼中，他总是在追踪主流之中某条默默无闻、受到冷落的支流，想要从中找出他本周恰好感兴趣的事物根源。同事们认为他喜爱追逐短暂的时髦，但依邓肯之见，那是因为他们的品味僵固不化，倘若下一个迪伦来到教职员室为他们演唱，他们一定会翻翻白眼，然后继续看《教育指南》，以寻找下一份工作。邓肯厌恶他们，而他之所以对吉娜深有好感，部分原因在于吉娜似乎能认同"每一天都有重大的艺术作品被创造出来"的想法。她将会成为他的知音，在这样的小镇上（除了寒冷的灰色海洋、赌博游戏店、靠年金过活的发抖老人，让人想不起还有什么），知音是数百年难得一遇的。在这些情况下，怎么可能不想到性爱呢？

邓肯带着《火线重案组》去上班的这一天，便与吉娜一块去喝酒。他出门前先用报纸把光碟遮住，然后摆进书包，这样安妮就看不到他在搞什么鬼。当然，他偷偷摸摸的举动反而会令她觉得奇怪。但就算她看见他偷偷摸摸，也只会推测他必定是在偷偷为他自己（而非为她）投资一般债券，而看不出任何劈腿的迹象。后来，邓肯打电话给安妮,跟她说会晚回家,但她还没下班,而且似乎不担心他要去哪,甚至也不好奇。她这几天怪怪的。如果她也认识了什么人,他一点也不会惊讶。那岂不理想? 话虽如此,在他确定跟吉娜有没有发展的可能性之前,他还不希望安妮离开。毕竟他跟吉娜还没真正约过会,事情连个眉目都还没有。

在邓肯的坚持下,吉娜与他骑脚踏车到镇上另一边的某家安静的酒吧,地点就在码头区的另一侧,远离学生和教职员。她点了苹果酒。邓肯欣赏这个选择,虽说以他现在的心情,不管她点什么来喝——白葡萄酒、百利甜酒或可乐——大概都会让他觉得她浑身散发着世故与奇异。顿时之间,一品脱的苹果酒,似乎成了他毕生追寻的饮料。

"敬你。欢迎加入这学校。"

"谢谢你。"

他们喝下一大口酒,然后嘴唇啧啧有声,表示赞赏。这意味着(一)这杯好酒是他们应得的;(二)他们不太知道要跟对方说什么。

"喔,对了,"他把手伸进包包,拿出一个光碟盒,"东西在这儿。"

"太好了。它有没有像什么? 我的意思是,像哪部电视剧?"

"什么都不像。不骗你。就是因为这样,它才这么棒。它似乎打破了所有的成规。它是绝无仅有、独一无二的。"

"就像我。"她笑了起来。邓肯逮到了一个示好的机会。

"我想,你说得对。"他说,"我的意思是,很显然从许多方面来看,怎么说呢,你不同于……呃……不同于一部以巴尔的摩下层社会为素材的电视剧。这一部实际上也牵涉许多别的东西,但所有那些别的东西并不使它更像你,如果你懂我的意思,所以我不打算深谈。"这番话讲得颠三倒四,但无论如何,他得拗到底,"但是从一些重要的方面来看,它跟你是一样的。"

"真的?请说下去。我非常地好奇。"她神情愉悦,而没有惊讶。也许他可以侥幸把这番话成功拗过去。

"是这样的,我才刚认识你。但是你今天早上坐在教职员室时……"他原先只是想恭维,跟她说他觉得她很迷人,说他很高兴她来到这所大学教课,可是此刻他却被这番关于《火线重案组》的蠢话给困住了,"怎么说才好呢,你在众人之中显得很突出,格格不入。我是指好的格格不入,而不是坏的。那里其他人都好古板、好悲惨,而你把那个地方点亮了。你神情愉快、有活力,而且亮丽,而且……好吧,《火线重案组》内容并不愉快,也不亮丽。但是你看看其他电视剧。怎么说呢,只要看了你就会懂。就像只要看了你,就会明白我刚才的意思。"他心想自己拗过去了,应该差不多了吧。

"谢谢你。希望到最后不会令你失望。"

"喔,绝对不会的。"

吉娜丢弃在曼彻斯特病危临终不管的那段恋情,对象是一位编舞家,他把自己的母亲当偶像崇拜,已经两年没碰吉娜,三年不曾对她说过任何甜言蜜语。几乎可以肯定他是男同志,而且他恨吉娜,恨吉娜未能治好他会受男人吸引的病。她极度想要在这世界上找到一位对她亲切、殷勤,明显觉得她很迷人的男人。有时候,如果道路够笔直,并且有两辆汽车在同一线道上朝彼此迎面驶去,你很早便可以预料车子的相撞。

吉娜不太记得有塔可·克洛这么一号人物,但她很乐于受教。这一天,他们喝完酒,便去了吉娜位于小镇后方山丘的住处,这是间狭小的单间公寓,家徒四壁到了令人心酸的程度,邓肯就在这处远离海洋、远离安妮的地方,用她的 iPod 扬声器先后把《赤裸版》和《穿衣版》放给吉娜听。然后,当吉娜说出《赤裸版》有着未经加工的纯净与未经装饰的简约这样一番正合邓肯心意的话,两人便上床做爱。至少在邓肯看来,这才像性爱,像是一种极渴望受到对方关照、难以控制而令人惊慌的东西,而非每周六他和安妮看一片租来的 DVD 后所做的例行事务。事后,在度过四十八个痛苦不堪的钟头后,他告诉安妮他认识了别人。当时他们正在街角一家印度料理餐厅里。

当他把事情告诉安妮时,她很冷静。

"好。"她说,"我想,你所谓的'认识',应该是不止认识吧。"

"是的。"

"你跟她上过床了。"

"对。"

邓肯冷汗直冒,心脏跳得好快。他觉得身体不舒服。十五年的关系! 甚至更久! 真的可能就这么从一段长达十五年的关系里,轻易地一跳,迎向万里晴空? 这是许可的吗? 或者,会有人强迫他和安妮去上伴侣关系课程,强迫两人找心理医生咨询,一起离开这座小镇一两年,并且探索他们是哪里出了问题吗? 但,谁来强迫他们? 答案是,没有人。而且他所受的约束少得令人惊恐。他老是爱批评国家对于私人生活的入侵愈来愈厉害,但是说实在的,难道国家对这种男女之事不该多点介入吗? 保护墙或安全网在哪儿? 那些约束人的机制,或者使你难以从桥梁上跳出去,让你抽不了烟,无法持枪,或者无法当上妇科医生。那些机制怎么会容许你轻易离开一段稳定而运作良好的关系呢? 不应该容许的。如果新恋情运作不良,那么他可能会在一年内变成酗酒的无业游民。那样子对他健康的伤害,将比一包万宝路香烟来得更大。

"我应该修饰一下你这句话。但没有错，我做了，我做了，怎么说呢，是的，我跟她上床了。诚如你所说，这大概是个错误吧。我可否问你：你是否觉得这件事令你非常生气？因为我必须说，我觉得这件事令我非常生气。我没有彻底考虑清楚就糊里糊涂做了。"

"那你干吗告诉我？"

"对你而言，不告诉你，算是一个选项吗？"

"这种选择不能明讲，对吧？这个选项是给你的。但你绝不能真的开口问我想不想知道你是否跟别人上床。如果你这样问，我就会知道你心里有鬼。"

"除非我是在没跟别人上床的情况下问你。假如我一开始就先这么问，然后又继续……"

"邓！肯！"

他吓得跳了起来。他从未听过她这般大声吼叫。

"是。对不起。我离题了。"

"你是不是要跟我说你想分手？"

"我不知道。我不知道。但现在我不想分手。我们好像突然变得像在谈一件严肃的大事。"

"难道刚才讲的还不是大事？"

"不……正常来说它应该是大事，但我刚才没把它想得那么大。"

"说，你正在跟谁上床？"

"不……我不会用现在进行式来问这句话。它是一件已经发生的小插曲。所以或许这样问才对：'你跟谁上了床？'或'这件可能只发生一次的小插曲，你是跟谁一起做的？'"

安妮狠狠瞪他，一副很想拿刀叉宰了他的样子。

"她是学校的新同事。"

"嗯。"

她等他说下去,而他则含糊其词起来。

"她……呃,我只是当场被她迷住了。"

安妮仍一语不发。

"事实上,上一次我跟一个女人互相被对方迷住,已经是好久好久以前的事了。"

默不作声。但这场沉默变得更加深沉、更加强烈,且具威胁性。

"而且她喜欢《赤裸版》。我前天放给她听……"

"喔,看在老天的分上。"

"对不起。"

邓肯知道应该道歉,但其实他不太清楚为何道歉。倒不是觉得自己无辜,他甚至不觉得有任何辩解的余地。只是,他连自己到底犯了多少错都弄不清楚了。安妮一听到他提起《赤裸版》就不高兴……是因为他播给吉娜听,所以惹安妮不高兴?还是因为安妮自己不喜欢,所以对于吉娜喜欢感到不高兴?

"我不想在谈论这件事时把他妈的塔可·克洛扯进来。"

看来,八成就是为了这个在不高兴。他真不该提起塔可。他这下子明白了。

"容我再说一次,对不起。"

这几分钟以来,邓肯总算鼓起勇气直视安妮的眼睛。关于熟悉感,如果你好好去想的话,可以说的东西实在太多太多了。熟悉感是一种极度不被重视的美德,人们总会忽略,直到即将失去熟悉的事物或人(如房屋、景观或伴侣)的那一刻,才会意识到它的存在。这真是荒谬至极。他必须让自己摆脱跟吉娜的纠葛。顶着染成棕红色的头发、戴着铿铿锵锵首饰的吉娜,想必常搞一夜情,错不了的。喔,那样

97

子说听起来很恶劣,他不是那个意思。他只是要说,想必她曾经厮混过一些圈子,在那些圈子里一夜情不算什么特别惊世骇俗的事情。她确实参与过那些巡回音乐剧团啊,看在老天的分上。明天起,他只要对吉娜来个不理不睬,假装这件事没发生过,上班时在咖啡休息时间尽量避开她就可以了。

"我不会搬出我的房子。"安妮说。

"不搬。当然不搬。又没人叫你搬。"

"那就好。你清楚这一点我就放心了。"

"我非常清楚。"

"那怎样做算合理?"

"那怎样做算合理? 你是指什么?"

"我是指明天怎样做算合理?"

"明天有什么事?"

他希望她指的是,明天他们的行程中已排好某个社交聚会,只是他一时忘记了。他希望生活的常轨又重新回到他和安妮身上,然后他们两人就可以把这件倒霉事抛诸脑后。

"你明天就搬出去。"安妮说。

"喔。哇! 啊! 不,不,这不是我的意思。"邓肯说。

"或许不是。但我的意思就是这样。邓肯,跟你在一起已经浪费了我大半人生了。我不想再浪费我残余的青春,一个日子都不想浪费。"

她拿起包包,掏出一张十英镑纸钞丢在桌上,便径自走了出去。

7

"那你对这件事的感受是什么?"

"麦尔坎,我觉得很操蛋(shitty)。不然你认为我的感觉是什么?"

"请定义……那个词。"

"感觉像大便(shit)一样糟。"

"安妮,你的表现让我不太满意。你应该是一个表达能力很好的年轻女子才对。我要替你在罚钱箱里投进十便士。"

"拜托。"

"第一次说,我可以放过你,但第二次就没理由了。我想,破坏规则是不好的。无论在什么状况之下都一样。"

麦尔坎摸索一下口袋,找到一枚硬币,投入他头部后方书架上的新型小猪扑满。这只小猪扑满的设计是,钱币投入后会在里头不断旋转,直到它掉到最后的休息处。于是接下来约莫一分钟的时间,两人都沉默下来;两人都想等到钱币的旋转停止再开口。那声确认这枚十便士加入其他钱币的喀啷声响起,似乎花了比平常更久的时间。里头所有的钱币都代表了安妮过去在情急之下发出的咒骂(其实那些脏话都没什么大不了,即便十岁小孩听到也觉得稀松平常)。

几个月前安妮曾对萝丝说,在她所有功能出现障碍的人际关系之中,与麦尔坎的关系最令她焦虑。在星期五的咖喱店事件之前,邓肯并不算特别令她烦恼;至于她妈妈,她每周只跟妈妈讲十五分钟的话,而且自从妈妈搬去德文郡之后就很少跟她见面了。可是麦尔坎,她每星期六上午都会看见麦尔坎一个钟头。每次她一提出不再每周六上午都来看他(或者以后都不再来看他),他就会变得十分沮丧。每当安妮考虑辞掉工作,离开这个小镇,搬去曼彻斯特或伦敦或巴塞罗那,说来尴尬,她第一个想到的好处竟然是这些地方“没有麦尔坎”(或许她会最先想到“没有邓肯”这个好处,接着才是“没有麦尔坎”,最后才会想到这些地方的美食、天气或在地文化等吸引人之处)。

麦尔坎是她的心理医生。之前她因为没生小孩而开始有忧郁倾向的时候,她去了镇上的医院,并在布告栏看见麦尔坎的名片,但见到他后,她几乎当场就知道自己找错人选了:他太容易紧张兮兮,年纪太老,太容易大惊小怪(甚至连安妮这样一位中规中矩的人,也能惊吓到他)。可是当她试着告诉他,他并不适合她,他却恳求她再考虑,还降低收费,从一小时三十英镑降为十五英镑,最后还降到五英镑。原来,安妮是他的第一位,也是唯一的一位顾客。他原先是公务员,后来提早办退休,并受训成为心理医生。当上心理医生,是他怀抱了十余年的梦想。他自认会学得很快,至少他是谷儿尼斯镇上唯一一个认真投入于心理治疗的人,而且他这辈子还没看过像安妮这么有意思、这么敏感的人……安妮纯粹是硬不起心肠丢下他一走了之,就这样,至今钱币投入小猪后的旋转她已忍受两年了。她一点也不觉得罚钱箱的主意哪里有趣,所以,每次都是麦尔坎自掏腰包投进十便士。为何他那么热衷于罚钱箱?她百思不解。

"为什么你对罚钱箱那么热衷?"

"我们在这里是要谈论你的问题。"

"可是,你平常不看电视吗?人们随时都在说……那个词啊。"

"我会看电视。我只是不看那些节目。观众似乎不觉得有必要朝着《古董巡回秀》骂脏话。"

"你瞧,麦尔坎。就是这种言论,让我觉得我们彼此不适合。"

"什么?我说'观众不咒骂那些我会看的节目'的这个言论?"

"可是你说这番话的方式实在太过正经八百。"

"很抱歉。我已经尽力在学习别那么正经八百。"他平和而卑屈地说,语气中明显有一种自我鞭笞的意味。这使安妮感觉很糟。每回跟麦尔坎闲话家常,就会冒出同样很糟的感觉。因此她最后总会让步,向他吐露那些原本就应该与心理医生分享的内心事(诸如关于她父母的事,以及她那不幸的爱情生活)。于是,他们总算免于陷在令人沮丧而且尴尬的东拉西扯之中。

"被羞辱。"她突然说。

"抱歉,你说什么?"

"你不是觉得我对自己现在的感受描述得不够文雅吗?我的感受是被羞辱。"

"你当然会这么觉得。"

"我气他,但也一样气我自己。"

"因为?"

"因为这件事老早就注定发生。他注定会认识别人,或者我注定会认识别人,就这么简单。所以我早就该离开他了。我们之所以还维持着，只是出于惯性。结果搞得现在我被当作大……被甩。"

麦尔坎默然不语。安妮知道这是心理医生会用的一种技巧：如果心理医生静静等候的时间够久，受分析者最后就会大声喊出："我跟我爸上了床！"然后大家就可以回家了。她也深知，如果这位心理医生是麦尔坎，那么反过来也可以成立。倘若安妮等候的时间够久，他就会说出笨话来填补他的沉默，然后两人就会争执起来。有时，两人会把面谈的五十分钟全都耗在争执不休上，但这样子至少时间很快过完。不过，只要安妮能克制自己不被那些空洞的言语所激怒，麦尔坎插入的那些笨话，倒也不会令她觉得有任何损害。

"你们这一代的人……怎么说呢……还真奇怪。"听到这话，安妮只能尽力克制自己别露出眉飞色舞的神情，因为她已料到麦尔坎在说出这样的开场白之后，接下来会来一段老古板调调的挑衅。

"怎样怪，麦尔坎？"

"呃，我认识不少婚姻不幸福、遭受挫败或者无聊的人。"

"然后呢？"

"可是你知道吗，他们都很知足，真的。"

"他们在自身的悲剧中感到满足。"

"他们隐忍、迁就。是的。"

安妮突然有种感觉，这是她头一次听见麦尔坎如此干净利落地简述他所追求的那种既荒谬又自相矛盾的生活理想。他是旧时代和保守阶级的英国人，出身英国保守的地区。像他这种英国人都相信，世间几乎没有什么事情是残酷到令人无法忍受的。人若抱怨，就是在暴露自己的软弱，于是，事情便每况愈下，而人们也变得更加甘于逆来顺受。然而人若是不吐出怨言，心理咨询根本就不能成立。老实说，心理咨询的基础，就在于把不满与痛苦发泄出来，以期获得解决。想到此处,安妮不禁笑了出来。

"我说错了什么吗?"麦尔坎不耐烦地说。

安妮似乎听见了她妈妈的声音。每当她妈因为说爱尔兰共和军乱杀人或小孩不能没有父亲而遭到安妮斥责时,就会摆出这种语气对安妮说话。(如今安妮可以理解,其实在八〇年代初期那奇异的政治气候下,那些相对来说没什么争议的陈腔滥调,听起来却像是煽动性的法西斯口号。)

"你真的认为你入对行?"

"为什么说我入错行?"

"怎么说呢?我之所以找你,是因为我不愿满足于我那不幸福、无聊、令人挫败的婚姻。我想要更多的幸福。而你却认为我像婴儿在哭闹。往后任何来你这里、坐这张病患椅的人,八成都会被你当成哭闹的婴儿。唉,真是的。"

麦尔坎用力盯着地毯看,仿佛认为这道难题的解答就在那儿似的。

"呃,"他说,"我不认为是你说的那样。"

"不然呢?"

"你说你不愿满足。"

"对,我不愿满足于这种一、塌、糊、涂、的、人、生。"她一字字大声地说,仿佛他耳聋似的。喔,说不定他还真的是个聋子。一时之间她的思绪岔开了,她试着在心中判断,他们的面谈疗程之所以一直令人不满意,耳聋是否为原因之一?假如她说的话麦尔坎总是听不进耳里,是不是因为他耳朵真的听不见?"上下文很重要,你别断章取义。"

"可是,人若知足,就不会有你所谓的一塌糊涂的人生。"他说。

103

安妮把嘴张开,准备向他发射一句嗤之以鼻的俏皮话(每当麦尔坎提出任何见解,而那见解又出乎意料地一无是处,她脑海中就会冒出那句话)。但她张着嘴,却没发射出来。会不会他其实是对的?知足比生活本身更重要?在她的经验里,这还是头一遭把麦尔坎说的话拿来深思玩味。

安妮从未告知邓肯,她每周六上午要去找心理医生谈她的问题。邓肯一直以为她是去健身房或买东西。其实就算他发现,也不会因此不高兴。他会把去看心理医生视为一种荣耀,好像在身上戴了一枚勋章,即便他从未直接踏上心理治疗的战场冲锋陷阵:对他而言,他和安妮是比谷儿尼斯其他居民高出一等的,而去看心理医生,不过是他们高人一等的又一例证罢了。这便是她对此事保守秘密的理由之一。理由之二则是,除了邓肯带给她的苦恼,她其实没有别的心理问题。他是不会想知道这一点的,至少一开始是如此(不过一旦他真的知悉了,接着就会想知道一切,那将会使事情弄到不可收拾)。所以她周六出门总会带着泳具,或者返家时去慈善义卖商店买本二手书回来,或者买一双廉价鞋子,或者买一整袋的杂货。就这样,她去看麦尔坎的事,邓肯一直都不知道。

这一天,当她离开麦尔坎位于一所重点中学附近的家,开始走回镇中心时,她才意识到,今天她不必买任何东西来向邓肯证明自己并未对一个陌生人述说邓肯是多么地令她失望。双手空空地走回家,感觉蛮怪的。是蛮怪的,有一点冒险,当然,也有一点悲哀。在过去,正是上述那些欺瞒的举动提醒着她,她回到家有个伴在里面。但今天她回到应该是空无一人的家时,却看见邓肯坐在里头等她。

"我煮了些咖啡,我们可以喝。"他说,"用咖啡壶煮的。"

"咖啡壶"三个字别有深意,不然他就不会特别提。邓肯一向认为所谓真正的咖啡,是吃饱太闲的讲究,又要等,又要慢慢压。邓肯总是说即溶咖啡他就很满足了。这天上午他特意用咖啡壶煮,大概是为了他的出轨而进行的某种忏悔苦行吧。

"呃,谢了。"

"别这样。"

"我干吗在乎你喝哪种咖啡?"

"如果我没跟别人上床,我煮这种咖啡来喝是可以取悦你的。"

"如果你没跟别人上床,你现在喝的就是即溶咖啡。"

邓肯默认,并端起马克杯啜饮了一口。

"不过你说得对,这确实比较好喝。"

安妮纳闷,邓肯得做出多少次类似的让步,然后两人才会进入那种打算白头偕老的关系? 一千次? 一千次让步后,他大概又会故态复萌,继续大搞那些让她很受不了的事情吧。

"你在这里干吗?"

"呃。我的意思是,我仍然住在这里,对吧?"

"你说呢?"

"我不认为你可以单方面对某人说你是否跟他住在一起。这种事情应该是共识的成分居多吧。"邓肯说。

"你想住在这里吗?"

"我不知道。我把自己搞得一团乱,不是吗?"

"没错,你是搞得一团乱。邓肯,我应该警告你,我不会争取你回来。像你这种人,是没有人会想要争取你回来的。你是我安逸度日的轻松选项。一旦你无法让我轻松,你就根本不是选项了。"

"好的。呃。你说得很直接。谢谢你。"

105

安妮耸耸肩，一副"什么"的样子（她本来觉得这几分钟她的表现已经无懈可击了，而这个耸肩的动作又更胜一筹）。

"你可否说说看，有没有什么办法可以让我回来，如果我想要回来的话？"

"我不想说。如果你用这种说辞，我不要说。"

有一件事情显而易见：邓肯星期五晚上过得并不好。安妮很想逼问他昨晚的细节，就算她仍在气头上，也意识到这种冲动是不健康的。但是，不难想象，当邓肯出现在那个女人家门口时（如果他昨晚去的是那里的话），那女人应该会感到极为困惑和不安。即使是当年安妮跟邓肯刚开始交往，他也不太有交际手腕、直觉或魅力，而他那仅有的一点点交际手腕，在十五年来的缺乏运用之下，大概也已经荒废殆尽了。显然，那位可怜的女子很孤独——会从他乡来到谷儿尼斯的人，八九不离十，几乎都是为了逃离一堆不愉快和挫败而来——但是一个会在星期五晚间十一点急着把邓肯直接引进生活中的人，大概连工作都无法做，她甚至可能正在接受精神治疗。所以安妮猜想，邓肯昨晚大概是睡在沙发，一夜难眠吧。

"不然我该怎么办？"邓肯这么问，并非那种不期望对方回答的修辞性反问，而是确实期望安妮能给他某种忠告。

"你得另外找个地方住，最好今天上午就找到。之后呢，我们再看看。"

"可是怎么办呢，我的那些……"

"你做出那种事之前，就该考虑到那些了。"

"我会上楼去，把……"

"你要做什么，就做什么。我会出门两个小时。"

接着安妮心里不禁纳闷，邓肯会如何把那句话问完呢？他的那

106

些"什么"该怎么办呢?假如有人持枪逼她下注,赌"邓肯若缺少什么就活不过两天?"她会把钱押在塔可·克洛的靴腿录音上。

邓肯打包时,安妮去博物馆加班。她对自己说(真的用气音小声地说出来),她积了一大堆电子邮件赶着回,但就算是麦尔坎,也能从所有相关讯息推论而知,她是想看看自己是否又收到塔可的信。这是她的办公室恋情,对象却是一个远在他洲、素未谋面(而且很可能永远也不会见面)的男人。

周六的博物馆要到下午两点才开放,所以现在馆内四下无人。她逛了逛馆方颇引以自傲的"永久馆藏",消磨掉了她答应不在家的两小时的前几分钟。距离她上次观赏馆方要求民众付费观看的那些东西,已经年代久远。她本以为会内心很不安,但结果还好。大多数位于滨海小镇的博物馆,馆藏都有"游泳更衣车",这是维多利亚时代的特殊产物,是一种装了轮子的小棚屋,可防止女士们在海边浸浴、嬉游时,暴露在旁观者的视线中。不过十九世纪的野台木偶戏棚(还附有一整组奇形怪状的木偶),就不是每家博物馆都有了。此外,谷儿尼斯是英国最后一个还雇用浸浴女工、男工的小镇,女工协助女士浸入海水,而男工则协助男士。这种职业到了一八五〇年代几乎完全消失,然而谷儿尼斯落后时代甚远,馆藏中有几帧摄于十九世纪晚期的女工和男工两组人马的照片,可兹证明。她此时才惊觉,他们馆内的照片收藏其实相当杰出。她在自己最爱的那帧照片前停下脚步,拍摄的想必是一场举办于十九、二十世纪之交的筑沙堡竞赛。里头没看到几个小孩,只见一名小女童站在照片最前方,她穿着及膝连身洋装,戴着可能是用报纸折成的遮阳帽。这场比赛似乎吸引了几千名群众(萝丝会不会对她说,这一天,说不定也是某位贫穷的煤矿工人生命中最美好的一天,他就站在众人的最前排,观看了谷儿尼斯镇一九○八年的沙堡大赛?)。但,安妮的眼光总是被照片右方的一位女子所吸引,她跪在地上,双手忙着雕一座教堂的尖塔,她穿着一件长大衣,戴着一顶似乎是苦力所戴的遮阳帽,使她看起来赤贫而悲情,活像越战中的老农妇。你已经作古了,安妮每次看见她总会这样想。你现在会不会希望自己当时没有浪费时间堆那座沙堡?你现在会不会希望自己当时在脑海中想着"去他妈有的没的规矩",然后脱掉大衣,好让背能感受到太阳呢?我们活在人世的时间何其短暂,为何我们要花时间筑沙堡呢?安妮将会浪费接下来的两个小时,因为她不得不,然后,她就再也不要浪费一分一秒,无论下半辈子她还剩多少时间。除非她最后又莫名其妙地跟邓肯同居,或者一直做这份工作做到退休,或者在一个下雨的星期日收看《东伦敦人》,或者阅读任何不是《李尔王》等级的东西,或者涂脚趾甲油,或者到餐厅花超过一分钟挑选菜单,或者⋯⋯人生实在没啥希望。从一开始就全盘皆错了。

邓肯那天在咖喱店告诉了安妮自己出轨的事、然后眼睁睁看着她走掉,已让他觉得极为悲惨,他不会相信自己有可能经历比那更悲惨的时刻了。但打包行李,居然又比那更加不舒服一点。没错,向安妮自曝劈腿的同时,他必须承受那是他有生以来最令他煎熬的眼光;他在安妮的眼眸中看见的受伤与愤怒,大概要再过一段时间,他才能将之忘却,而且,若不是对她毕竟有一定的了解,他说不定还会以为她眼中带着恨意,甚至还带着些许的轻蔑。可是此时当他把衣服一件件收进行李袋,却觉得很不舒服。这个地方,有着他的人生啊,无论他打包多少东西到袋子里,都带不走那段人生。即使他把自己拥有的一切物品带走,那段人生还是会留在这里。

昨晚邓肯是跟吉娜一起过的,就在她床上过。依他判断,吉娜见到他半夜过来,并未感到讶异。正好相反,她说话的口气仿佛正等着他到来似的。邓肯试着向她解释,他比较想把她视为一个可以去她家睡沙发、借住一宿的朋友。但吉娜似乎听不懂那种差别,这可能是因为:邓肯既没有言明他正处于无家可归的状态,也没解释为何无家可归。

"为何你那晚想跟我做爱,而今晚却想去睡沙发?我实在不懂。"她说。

"呃,当然,它们又不是连续的夜晚。"邓肯说。他仿佛听见安妮翻白眼时眼珠子转动的声音。

"对,不连续,但间隔的那晚可没发生什么事,对吧?除非你是来跟我一刀两断。若是这样,你甚至不该睡沙发,而是一走了之啊。"吉娜说着笑了起来,于是邓肯也笑了。

"对,对,可是……"

"那就好。那就解决啦。"

"我只是……"

吉娜伸出双臂环住他的脖子,吻他的双唇。

"你有啤酒味。"

"我……我喝了些淡啤酒……当……"

他试着回想自己到底有没有跟她提过安妮。他敢肯定自己跟吉娜谈话时曾说了很多次"我们我",例如"我们我看完《火线重案组》第一集之后就欲罢不能",或者"我们我在夏天时去美国小小旅行了一趟",不过吉娜对这个特异的新主语的由来,丝毫没有好奇。然后,等到他总算习惯把安妮的存在排除掉之后,他又不得不用匿名的方

109

式重新提起，因为他觉得如果把她排除，他说的话听起来会很怪，仿佛他过去十五年间都是独自一人去看电影、听音乐似的。于是他便会说出如下的话："对，我看过那部片。是跟我当时交往的女友一起看的。"

"其实今晚我过得很煎熬。"他说。

"我很遗憾。"

"嗯。我不记得我有没有跟你提过……反正，今晚我有件事要跟你讲明白。由于你的缘故。"

"你是指……在爱情方面?"

邓肯很想修饰、淡化吉娜所用的副词"在爱情方面"，跟她解释，他跟安妮之间并非爱情关系，而比较像是拼图关系。但他明白，说这些话大概无助于吉娜理解。

"我想是的。对。"

"一段长期的爱情?"

邓肯一时没答话。他其实很清楚这个问题的答案。十五年的关系绝对是长期的。这一点毫无模糊空间。所以如果他回答"你的意思是?"或"请定义你的长期是多久"，他就太不老实了。

"对你来说，多久算是长期?"

"一年吧?"

"嗯……"邓肯装出一副正在心算的表情，仿佛他正在脑海中数着手指头，"是的。是长期。"

"喔。喔，天啊。很惨烈吗?"

"有一点。对。"

"你想要睡沙发，是因为这个?"

"我想应该是吧。对。"

"你现在还跟她在一起吗?"

"没有。"

"那就好。"

吉娜没再多问什么,她对于邓肯前一段感情的关注,似乎只到这个程度而已。邓肯整夜都好想家,因此睡得不好;不过,吉娜似乎状况外地兴高采烈。邓肯不得不做出这样的推论:她根本没搞懂他跟安妮分手的严重性有多么大,这也许是因为她太肤浅、欠缺感同身受的能力吧。但过了一会儿他便意识到,她不可能搞懂这件事的严重性,因为他在有意无意间欺瞒她,把事情轻描淡写了。他刻意把这段关系少说了十四年,然后居然还要求吉娜承认她破坏了别人的家庭。他嘴上对吉娜说,他只是受了点皮肉擦伤,可是当吉娜没有提供吗啡,他居然又要生她的气。

邓肯回到家,无助于消解想家的苦,反倒加深了这种苦。他本来想多逗留些时刻,甚至看片 DVD,假装这是个平常的周六上午,但他不认为这样做能带来多少帮助。于是他把行李袋装满(东西大约够他生活一星期,再多也装不下了),便离开了。邓肯对于塔可·克洛多次的情海浮沉所知不多(其实不论是谁,都所知不多,虽然互联网上有很多臆测),但在他的想像中,塔可在感情路上应该是充满了剧烈的纷乱震荡吧。塔可怎么受得了? 塔可有过多少次必须像他这样打包行李、向家说再见的经验呢? 不知是第几次了,邓肯再次希望自己与塔可私底下真的认识。他很想问问塔可,当他迁离这一个人生、搬进另一个人生时,会带什么东西一起走? 内衣裤是关键吗? 不知为何,在邓肯的想像中,塔可会教他诀窍,比方说"别为 T 恤伤脑筋"或"千万要带走你最爱的图画"。邓肯最爱的图画,是一张《007 之诺博士》的原版电影海报(这是他和安妮在谷儿尼斯一家跳蚤市场发现

111

的，不可思议吧）。他很确定当初付钱的人是他，所以他是有权把它带走的。可是，它很大张，而且覆盖住卧房墙上一片很大的潮渍。如果把海报取下，使潮渍暴露出来，会有麻烦的。他决定改拿第二喜欢的图，也就是他从 eBay 买到的一幅十八乘十二英寸的塔可照片。摄于七〇年代末期，地点可能是纽约的"底线"酒吧，照片中的克洛看起来清新健康、年轻、自信、快乐。邓肯把它拿去裱了框，但安妮一直不愿挂在客厅或卧房，所以照片被摆在工作室地上斜倚着墙壁。她不会介意邓肯拿走的——的确，若他没拿走，说不定她才会介意——而且拿走这幅照片似乎很恰当，因为起初建议他"千万要带走你最爱的图画"的人就是塔可。不管怎样，至少是邓肯想像中的建议。带着装满衣服与日用品的小行李袋与一大幅照片走进吉娜的公寓，似乎有点儿令人尴尬，但吉娜倒是很欢喜，至少她嘴上是这么说的。吉娜对许多东西似乎都充满着热忱。

整个周末邓肯几乎都与吉娜做伴。两人去吃美食，看了两部电影，沿着海滩散步，做了两次爱（周六夜与周日夜各一次）。但一切都感觉不对劲，失常，怪异。邓肯觉得他正过着别人的生活，这种生活比起前一阵子所过的生活来得有趣，但似乎不适合他。他无法摆脱这样的感觉。

接着，星期一早上，他和吉娜一同骑脚踏车上班，就在第一堂课要开始前，吉娜当着同事们的面，向邓肯吻别，吻在他的唇上，并俏皮地捏他屁股一下，同事们都被刺激得目瞪口呆。午餐时间还没到，他俩成了一对的事，学校里已无人不知、无人不晓了。

8

要说什么好呢？塔可想不出任何话语。或者应该说，他想不出丝毫有帮助的话语。"就让我俩再试一次吧。""我一定可以改变的。""你想不想去婚姻咨询？"他昔日那些大量的失败情史经验，用处很有限：说实在的，那些经验反而使他更快地屈服于不可避免的结局。如今的他，就像个老练的修车工，对一辆老车只需看一眼，就能够对车主说："这个嘛，是啦，我是可以修修看。但是老实跟你说，两个月后你就会再回到我这里，同时再花上一大笔钱。"塔可也曾试图改变自己；他去找过婚姻咨询，后来又尝试了一次，但这种种举措，只稀释了一些痛苦。可见所谓的"老经验"，是一种使你可以做什么都问心无愧的东西，是一种评价被高估的素养。

当凯特告诉塔可，她"好像跟别人恋爱了"（但"大概还是半柏拉图式"的状态），对他来说倒是新闻一桩。（出于一种恶作剧的心态，他很想追问凯特所谓"半柏拉图式"的定义为何？但他又怕万一凯特真的挤出一种定义来，接着，不论他或她，都应付不了随之而

113

来的尴尬。）然而不论塔可怎么重视这消息，他都无法把此事当作头版新闻看待，甚至连体育版的大标题也排不上。凯特年纪还轻，虽然她并不赞同"一夫一妻式的性关系是注定失败、无意义、悲惨、没有希望的"这种想法，他感觉总有一天她终究会赞同的，但短期内还不会。她当然正在跟别人恋爱，其实不必她说，他也应该猜得出来。塔可纳闷的是，他认不认识那位男子。最后他决定不去碰触这个问题。他可以预见会出现什么状况；凯特会对他说，是的，塔可见过他，接着，塔可就不得不承认自己想不起有这号人物。除非凯特的恋爱对象是他的朋友，要不然，凯特说出的人名对他不可能有什么意义。

此刻，凯特正注视着塔可。他搅拌着咖啡，已经搅拌了几分钟之久。她是不是问了他什么？他在脑中倒带，直到耳里传进她的声音。"我想，我们已经走到尽头了。"她这句话，并不是一个问句，不过，显然要求对方给一个接收的确认。

"我很遗憾，甜心。但我想你说得没错。"

"你就只有这句话要说？"

"我想是的。"

杰克森走进那个房间，看见塔可和凯特面露期待地坐在那里，便跑了出去。

"我早跟你说了吧。"塔可说。他尽力压着脾气，但心里对她实在有气。杰克森是个聪明的孩子，只花了三秒便嗅到那间房里有危险：那股静默，以及他爸妈脸上表情明显的紧张，这一切都不寻常。

"你去把他叫过来。"凯特说。

"你去。这全是你的主意。"话才说完，塔可就意识到凯特即将反呛,连忙又说,"我的意思是,是你主张用这种正式的方式告诉他的。"

塔可并不确定他们该怎么做才正确,但他知道现在这个方式是错的。为何凯特认定这个小房间是合适的地方?他们三个根本没人使用过这间。这里又暗又有霉味。与其来这里,倒不如半夜把杰克森摇醒,手持扩音器对他大吼:"有一件奇怪而且令人不愉快的事情即将发生啰!"房间不合适,而且两人摆出的姿态也怪,因为实际生活中,凯特与塔可很难得肩并肩坐在同一张沙发上。夫妻俩习惯面对面坐着。

"你也知道,我去叫他是行不通的。"凯特说,"除非你去,不然他一定不会来的。"

是的,凯特这句话,言简意赅地述说了她面临的难题。不久之后——不是今天,不是此时此刻,而是最近某个时刻——杰克森将被迫选择跟爸爸住还是跟妈妈住。老实说,根本不必选。因为凯特就好像一般的美国爸爸,自从杰克森六个月大之后就不常照顾他。为了家计,她一直在外奔忙。塔可认为,凯特其实很清楚自己若是离婚,便少有机会跟儿子一起吃早餐了,但她仍毅然决然要结束这段关系,实在令人印象深刻。塔可倒是心知这注定要拆散的命运不会降临在他与儿子之间,但他这种安全感却也可能把他本应努力挽回情况的急迫感消减了大半。他和杰克森是一对,他们不需找律师打监护权官司。

杰克森正在他的房间里玩一款廉价的电脑游戏,他拼命地用力猛敲按键,仿佛要把东西砸烂似的。塔可打开房门时,杰克森的头抬也不抬。

"想不想到楼下?"

"不想。"

"我们三个在一起，会比较好讲话。"

"你们要说什么，我都知道。"

"什么?"

"'妈妈跟爸爸出问题了，所以我们即将分手。但这不表示我们不爱你。点点点点点点。'好啦。现在我不需要下楼了吧。"

天啊，塔可心想。现在的小孩，才六岁就已经懂得把婚姻失败的语言拿来模仿嘲讽了。

"这些话你是从哪学来的?"

"五百个那样的电视节目，加上五百个那样的学校同学。加起来是一千，对吧?"

"对。五百加五百等于一千。"

杰克森脸上忍不住闪过一丝得意的神色。

"好吧。你不必下楼。但是请对你妈好一点。"

"她知道我想跟你一起住，对吧?"

"对呀，她知道。而且她为了这个正在不高兴。"

"爸，我们得搬家吗?"

"我不知道。如果你不想搬，我们就不搬。"

"真的?"

"当然。"

"所以，就算你没有钱，也不要紧?"

"不要紧。一点也不要紧。"

能用这种对钱嗤之以鼻的口气说话，让塔可颇感愉快。只有对于人世的运作之道完全无知的孩童，才有可能问出这样的问题。

"真酷。"

塔可于是回到楼下向太太说明,她必须放弃她的孩子与她的房子。

到这个地步,塔可已毫无疑问地接受他是不适合婚姻(或任何类似婚姻的东西)的人了。(塔可从未真正确定自己跟凯特到底有没有结婚。凯特总是跟别人声称他是丈夫。这称呼听在他耳里总是有点儿怪,而他一直无法开口直接问她,她口中的夫妻关系到底有没有法律基础。如果凯特得知塔可忘记了,一定会很受伤的。塔可可以确定,自从他戒酒成功后,并没有举行任何仪式,但是戒酒成功前就难说了,任何事情都可能发生过。)他是那种不管跟谁在一起狗改不了吃屎的人。他有一些朋友的第二春很幸福,他们总是说,他们意识到第一段婚姻之所以失败,是因为个性不合,而非他们先天的内在缺点所造成,他们都如释重负。可是当好几个女人(每个都不太一样)都抱怨塔可一些相同的缺点,他不得不接受问题根本无关乎个性不合。问题全都在他自己。他与她们在交往初期,某种东西(或许是糊涂,或许是希望)使他的真面目有所掩饰。可是后来当潮水一退,他的真面目便揭露无遗,丑陋,黑暗,粗糙,令人不快。

她们最主要的抱怨内容之一是,他啥事也不干。对于这一点,塔可不禁觉得不公平;倒不是因为这个抱怨没有根据(因为它显然有凭有据),而是因为在某些圈子里,塔可本来就是最出名的米虫之一。这些女人都很清楚他自一九八六年以后再无任何作为;而在他看来,这一点正是他的独特卖点,也是他之所以魅力无穷的根源。可是交往之后,他持续毫无作为,对方就气愤到难以容忍了。公道何在呢?塔可可以看出,她们之中有好几位(包括凯特在内),都自以为是地认定——她们从未说出口,甚至从未在心里承认——她们有能力拯救

117

他,使他重新活跃起来。她们自视为缪斯女神,并认定塔可将会创作出毕生最优美、最热情的音乐回报她们的爱、启发与照顾。但接下来,当她们心中的美事无一发生,并发现她们得到的是一个整天穿着运动长裤坐在家里喝酒、看比赛转播、阅读维多利亚时代小说的"前音乐人",她们就很不喜欢了。谁能怪她们? 他那副德行的确不讨人喜欢。不过跟凯特在一起的时候,他有所不同了,因为他逐渐戒酒成功,并肩负起照顾杰克森的责任,可是仍然让她失望。其实塔可对自己也很失望,但这样帮不了任何人。

塔可倒也不是以当懒惰虫为乐。对于自己"才气"的流失,他一直无法释怀(姑且称之为"才气",因为找不到更精准的字眼描述他曾有过的那个难以言喻的东西)。当然了,他也心知肚明,自己近日之内不可能发新专辑,甚至连一首新歌也写不出来,对于这样的状态他早就习以为常。但他一直认定自己写不出歌的状态其实只是暂时性的,这意味着他的心永远处于动荡状态,仿佛他一直在机场的候机大厅等待班机。从前那段经常搭机巡回演唱的日子里,不到班机起飞,他总是无法专注地读一本书,所以登机前的时间塔可会随手翻翻杂志,逛逛礼品商店,他过去二十年的生活正是这种感觉:好像一直在翻一本杂志,翻了很久。假如塔可知道他在人生的候机大厅里将会待多久,他可能会做出不同的旅程安排,可是他不知道,所以只能干坐在那儿,又是叹息,又是烦躁不安,并且咒骂身边的旅伴(咒骂的频率已超乎一般人可接受的范围了)。

"你接下来到底要做什么?"所有的凯特们、纳塔莉们、别的妻子、情人以及他子女的母亲们都会这样问(有时候,她们的名字会在他脑海中模糊成一片,让他有点内疚)。而塔可总会说出他认为她们想听的话,譬如"我最近要去找工作"或"我要去学会计"。然后她们就会叹口气,翻个白眼,对塔可而言,她们这些反应,只是徒然加重他无可救药的程度:除了说他要去找个工作、做点别的事、不再像以前那样之外,还能回答什么呢?

几个月前当凯特又给他白眼,塔可要她解释为何白眼,问她有何好建议,她寻思片刻后表示,她认为他应该当创作歌手,而且是一位真正在写歌、在演唱的创作歌手。当然,她没直接用上述那些字眼,没说得那么白,但意思差不多就是那样。塔可听了之后大笑,她很生气。他们两人正攀附在一条绳索上,但两人抓绳子的手,又有一根手指被扳开了。

近几年来,塔可在附近一带最亲近、也是唯一的朋友是"农夫约翰"。他本名叫约翰,又恰好住在农场,所以附近居民便用过去那个首相乐队的歌曲《农夫约翰》(Farmer John)替他取了这个绰号。后来,有件怪事发生了,而事件所产生的后果之一是,跟农夫约翰交情最好的几个人,开始昵称他为"法可"。(这个小圈子也包括杰克森在内,凯特为此感到羞耻,而塔可则孩子气地觉得高兴。)那件怪事是这样的:二〇〇三年的某一天,有个号称是克洛学专家的疯狂歌迷驾驶了一辆运土卡车,驶进农夫约翰的农场,显然他认定塔可住在里头。当约翰走近这位陌生人的车、要跟他交谈时,驾驶座的车门开了,那位歌迷现身,并开始用一架外观酷炫的相机不停地狂拍约翰。塔可一直不清楚约翰靠什么谋生(但绝对可以确定,他根本不是农夫)。每次有人问他,他就会急忙闪躲,甚至一副再问他他就要揍人的样子。大家的臆测是,他秘密从事着某种虽然轻微非法、但无伤大雅的活动,这大概就是为什么约翰要作势攻击那位拍照者(他不断按快门,甚至他坐进车里、准备落跑时仍按个不停)。不出几天,这批照

119

片中最吓人的一张，就在互联网上大肆流传（那张照片中顶着一头乱蓬蓬灰白长发的约翰，除了吓死人，别无他词可以形容）。尼尔·瑞奇，也就是那位拍照者，顿时爆红，成为逾十五年来第一位拍到塔可身影的人。时至今日，如果你在互联网上检索塔可的图片，得到的第一个结果仍然是这张图。

起初，塔可对于这张照片竟然可以轻易流传于互联网感到大惑不解。竟然无人质问：一个在一九八六年长那样的人，到了二〇〇三年怎么会变这样？没错，人的头发会变长，会变脏，白头发会变多，但是鼻子的形状会轻易改变吗？两只眼睛的距离会日渐缩短吗？嘴巴会愈来愈阔，嘴唇会愈来愈薄吗？不过话说回来，这张照片并没有被刊登在任何会做查证功夫的媒体上。塔可淡出主流媒体已经非常久，长年蛰居不出，那些神经病与阴谋论者只能捕风捉影。况且，去谈什么合理性、可信度，反而搞错重点。那一小撮尚未把他给遗忘的人，那一小撮把他每一首歌都尊奉为指引一切事物的圣歌的人，想要他长得像农夫约翰。根据这些人的看法，塔可是一个天才，而且他发疯了，照片里的那个人正是发了疯的天才会有的模样。而约翰发飙的样子十分契合。尼尔·瑞奇必定还有很多张拍到约翰缓步朝车子走来的照片，但与"对于个人隐私在乎到近乎强迫症的人"的概念不符，所以派不上用场。约翰抓狂的那一刻，就是他变身为塔可·克洛的一刻。而塔可本尊（也就是那个平常会开车带杰克森去看少年棒球联赛的人），则留着一头时时打理整齐的银发，戴着一副还算流行的无框眼镜，并且每天刮胡修面。他总觉得自己的内心有一面就像照片上那个抓狂的"法可"，这便是他为什么一直很注意把自己打扮得像一个你会乐于向他买保险的业务员。

总之，塔可与凯特（与杰克森）以及几个朋友和邻居，渐渐地把农夫约翰谑称为"假塔可"（Fake Tucker），到后来，"假塔可"无可避免地又被简称为"法可"（Fucker）。每当塔可需要出门透透气、走进人间的时候，他就会找法可陪伴，倒不是因为"法可曾被误认为他"的混淆对他有何助益，而是因为除了法可，别无什么熟人。不过，要跟该死的法可出去聚个一晚，总是有点儿复杂。塔可滴酒不沾，而法可则无酒不欢，虽说塔可能够看着别人在自己面前慢慢适量地啜饮烈酒，但是看着别人在自己面前酩酊大醉可没有好处。于是两人总会事先说好：先给法可一小时，那一小时内，他会喝下好几杯指头深的布什米尔斯威士忌，喝到双颊泛红。等到塔可开车来接他，他就只需再续一小杯，甚至有时候他已喝足，准备来一马克杯的咖啡了。今晚塔可到来时，法可说他想去附近某家酒吧听某乐队演唱。

"为什么？"

"因为可能会蛮好玩的。"

"喔，老兄，"塔可说，"有必要吗？"

"你既不喝酒，又不听音乐……那干吗晚上找我出去？要不然，你想见我，咱们干脆吃早餐的时候见面吧，除非你吃素又不吃蛋。难道真的要这样吗？还是因为八〇年代的时候你就很不屑那些乐队，所以你现在受不了跟他们共处一室？"

"我想，我需要跟你谈话。"

"为什么？你跟凯特把关系搞砸了？"

"对。"

"哇，谁会料到呢？"

约翰嘴里不时会吐出像这样直率的挖苦，塔可一向很爱。那让人感觉爽快，就像凯特爱用的那种去角质海绵。

"也许你是对的。也许我们应该去看乐队表演。那样我就不必

121

听你那样跟我讲话。"

"该说的话我都说了，只差没说你是个白痴。杰克森还好吗？"

"还好，他还好。他也不感到惊讶，真的。他只是希望能确定他可以跟着我，并且继续住那栋房子。"

"有这个可能性吗？"

"显然是有。凯特将会去城里找一间公寓，一间当杰克森想去的时候也有地方睡的公寓。"

"所以你窃占了凯特的房子？"

"只是暂时啦。"

"难道以后会有变化？"

"要么就是我开始去赚点钱，要么就是杰克森满十八岁、去念大学。"

"你赌哪一个会先发生？"

"也许《赤裸的朱丽叶》可以为我赚进一笔钱。"

"喔，对。我都忘了你发了一张新专辑。想必有上百万人很想听听那些他们遗忘多年的歌曲的垃圾版本。"

塔可笑了出来。约翰住进这一带之前，从未听过塔可的歌，但是有天晚上他在酒醉状况下对塔可说，他跟妻子离异时一遍又一遍地播放《朱丽叶》来听。至于《赤裸版》，他则嗤之以鼻，理由跟那位英国女生差不多，但没她那么能言善道，所以表达得没那么好。

塔可上一次去听乐队现场演唱已经是很久很久以前的事了，所以他实在不敢相信，那感觉居然会如此熟悉。难道说，到了今天这个年代不该有点进步吗？你们真的还得自己搬所有的乐器和装备？自行在场地后方贩卖自己的唱片和 T 恤？跟某个本周已经来看你们表演三次、连一个朋友都没有的疯子交谈？不过现场音乐演出的体验，似乎也没人可以改变什么。还是老样子。在外头那个灿烂的白色"苹果"世界中，酒吧以及来演唱的乐队几乎无用武之地。直到世界毁灭，酒吧卖的晚餐仍然是加工起司切片，而里头的厕所依旧堵塞不通。

塔可去吧台买饮料，一杯可乐（他自己喝的），一杯尊美醇威士忌（法可要喝的），然后两人在场地侧边的一张桌子坐下，远离那个又狭小又低矮的舞台以及灯光。

"你的心情还好，对吧?"法可说。

"对呀。"

"现在你脑子里是不是正在想，什么时候才会再做爱?"

"还没想到这个。"

"你应该想想的。"

"如果连你都可以找到打炮的对象，那谁都可以。"法可正在跟当地高中一位离过婚的英文女老师交往。

"可是，你并没有我特有的魅力。"

"说不定丽莎误以为你是我呢!"

"知道吗? 那张照片对我找女人一点帮助也没有。你好好想想原因吧，我的朋友。"

"我早就想过啦。我得到的结论是：那张照片，是你的照片，不是我的，它使你看起来像个两眼凸出的神经病。"

场内的灯光变暗，那乐队缓步上台，场中的酒客们多半兀自喝酒，心不在焉，无视于乐队的存在。塔可看那些乐手都已不年轻了，他不禁纳闷，他们每隔多久会心生退出的念头? 为何他们后来没有退出? 也许是因为他们无法想到任何更好的打算吧；甚至是因为他们认为玩音乐很有趣。他们的实力普普通通，创作的歌曲毫无特别

123

之处,但他们也很有自知之明。何以见得?因为他们也翻唱了《山胡桃树之风》(*Hickory Wind*)、《六十一号高速公路》(*Highway 61*)、《情归亚拉巴马》(*Sweet Home Alabama*)等歌。至少,他们很了解底下的观众。塔可与约翰四周的人,多半头发花白、绑马尾,或者秃头。塔可环视左右,看看能否找到四十岁以下的人。他看见有个年轻男生,当塔可的眼睛与年轻人四目交会时,年轻人立刻把头转开。

"糟糕。"塔可说。

"怎么了?"

"男厕所旁边那个小伙子。我想,他认出你了。"

"酷。好久没发生这种事了。我们来找点乐子如何?"

"怎样的乐子?"

"我来想个主意。"

这时场中乐声大作,吵得无法再交谈什么,塔可则郁闷起来。他刚才就在害怕忧郁的情绪发作。这才是一开始他不愿与法可来此的真正原因。他虚耗了多年光阴啥事也不干,而啥事也不干的诀窍,至少就他所知,就在于你无所事事的同时,把脑袋放空。去看乐队表演会产生的麻烦是,如果你听了音乐而没有惊心动魄或醍醐灌顶的感觉的话,你待在那里除了思考,没别的事可做。而塔可判断得出,台上这个叫做克里斯·琼斯的乐队,尽管十分卖力演唱,却永远都无法让观众如痴如醉、浑然忘我。平庸而大声的音乐,只会把你囚禁在自我之中,在自己的心灵中来回踱步,直到你很确定自己已经看出该如何走出困境。在这七十五分钟的独处时间中,他几乎神游了每个他非常乐于永不再重返的地方。他历数了凯特与杰克森、所有其他搞砸的婚姻与子女关系;他过去二十年间的职业荒原,就伴随着那些感情与子女关系延伸着,宛如紧邻着一条有着堵塞车流的公路的生锈铁轨。人们总会小看思考的速度。其实,酒吧乐队表演一整组曲目所花的平均时间内,一个人是有可能把他一生中每个重大事件都逐一想过的。

这时候,乐队向一小撮鼓掌的观众挥手致意,然后走出舞台,约翰则走进舞台侧门去找他们。几分钟后,约翰领着那批乐手再度上台,准备唱安可曲。

"有些人应该知道,我很久没有唱歌了。"约翰对着麦克风说。酒吧里有几个人笑出声来,或者因为知道那个事件,或者因为听过约翰开嗓唱歌。塔可观察那位刚才一直盯着他们两人看的年轻人,他已站起身来,朝舞台最前方移动。他看起来好像快要因兴奋而昏厥。约翰抓住麦克风架,向乐队点个头,然后他们便铆足全力模仿疯马乐队表演《农夫约翰》,虽然演奏得很破,但仍听得出来是这首歌,法可唱得很烂:嗓音过大,又走音,像发疯似的。但在那位法可唯一的歌迷眼中,这些显然不要紧。(那年轻人在台下兴奋得跳个不停,同时还用手机一直拍照。)当乐手们奏出最后一个和弦音时,过了几秒钟,约翰姿态笨拙地往空中跳一下,然后朝塔可嘻嘻笑。

约翰走回座位时,年轻人在途中拦住他。约翰跟他说了几分钟的话。

"你对他说什么?"

"喔,只是一堆瞎掰的鬼话。不重要。重要的是塔可·克洛开口说话了。"

晚上塔可回家时,大家都睡着了,于是他坐下来写信给英国安妮。称呼她英国安妮,是因为还有美国安妮。他最近这阵子一直向美国安妮放电,一种纯情、不涉及性爱,但又能鼓舞斗志的放电。她是杰克森学校的朋友托比的妈妈,年约三十五,刚离婚不久,寂寞,又有美貌。当凯特对他说两人已经走到尽头,不到几小时(好吧,其实是不到几分钟),他便开始想着美国安妮。然而就算想着托比的安妮,他显然也无法高兴。他只会预见一大堆无可避免的残酷后果:先是干柴烈火式的鲁莽性爱,然后是他没有能力持之以恒地维持这段关系,再来是伤害,最后毁掉杰克森跟托比的友谊。他可是杰克森最要好的朋友之一。

好吧,去他妈的。也许他应该全神贯注地向某个住在另一洲的女人放电,她只存在于互联网,而且她没有儿子是杰克森的少年棒球队队友,或者应该说她连儿子都没有,那正是她何以如此爽朗健谈而吸引人的主要原因。至少,刚才在酒吧时,他脑中就一直想着安妮。她在上一封电子邮件里提出的问题中,有几个与他今晚在噪音自我囚禁期间所扪心自问的颇为相似。跟别人谈谈这些问题,似乎更有助于自己思索答案。

安妮,你好:

我自称是塔可·克洛,以下,有另一个证明方式。你可曾看过那张照片(就是几年前某人拍摄一位被惊吓的疯人的照片)?你说你认识那些至今仍喜爱我音乐的人——唉,他们就是那种十分熟悉这张照片的人,因为在他们印象中,照片中的人就是我。他们以为这张爆料丑照是一位正处于精神崩溃状况的创作天才的写真,其实,照片中的人不是我。这照片把我的邻居约翰拍得很传神,就我所知,他是个好人,但不是创作天才。而且他当时并没有精神崩溃,他只是大发雷霆。约翰之所以抓狂,是因为他不喜欢这家伙对他拍照(这是人之常情),也可能是因为他在后院种了一大片的大麻。（其实我根本不知道他有没有种大麻。我只知道他对于擅自闯入者十分敏感。）

塔可暂停打字，打开图片库。把图片附加到电子邮件这个动作他曾经做过几次，他相信自己再做一次应该不成问题。他找到一张他与杰克森的合照（今年夏初摄于费城人队的国民银行棒球场外），然后点选"回形针"图示，但愿附加成功。似乎成功了。可是，安妮会不会觉得他对她有意思？寄一张他与他可爱的儿子的合照（照片上没有女人），有无可能被视为某种勾引的举动？于是他把附件移除，以防万一。

　　无论如何，这个故事不赖吧？我住的这一带，人们把约翰命名为"法可"（Fucker，假塔可），恕我用词不雅，也恕我把基督之名与一个下流字眼连起来使用。今天晚上，法可与本地一个酒吧乐队联手演唱了一曲，因而使观众席中的一个年轻人很兴奋，他显然以为自己目睹了我的复活。假如最近有任何人跟你说我即将复出，那么你可以告诉他们，那个人其实是农夫约翰。（今晚他所唱的歌曲，就是《农夫约翰》，你知道那首歌吗？"我爱上你女儿，哇呜……"你听过吗？）

不对，把那张照片附在电子邮件里是有意义的。要不然，他怎么证明他与约翰长得不像？他不是想证明他长得比约翰帅气。他是想展示，他与约翰彼此并不像，并证明所谓塔可变成"森林野人"云云，根本是一则令人喷饭的互联网流言。于是他重新把图片附加上去。

127

这张照片是我与我的儿子杰克森的合照,摄于一座棒球场外。自从我放弃音乐以后,我就一直留短发,原因或许是我害怕人们以为我会变成像约翰那副德性。还有,我现在戴眼镜,从前则没戴。我平时花很多时间阅读字很小的平装口袋版的大部头小说,而且……

"大部头小说"?为什么他觉得有必要向安妮交代他为何需要戴眼镜呢?难道如此一来,她就不会认为他戴眼镜是因为打飞机打太凶所导致?于是他又删掉最后一句。这不干她的事嘛。此外,"恕我用词不雅……"这两句听起来正经八百。如果她受不了粗话,她就去死吧……不过,"恕我用词不雅……"倒是引出了几个问题。他希望安妮的长相如何呢?假如她有两百磅重,他还会继续与她通信?也许他应该要求她回寄一张她的相片,但若这样要求,他就十足像是恐怖的互联网色狼了。不管怎样,他到底打算跟这位女生做什么呢?邀她来美国吗?此时,他突然有个明确的想法……

未来几个月的某个时间,我可能会去英国探视我的孙子。我女儿住伦敦,你工作的博物馆离伦敦多远?我想看看你的死鲨鱼照片。你曾经去过英国南部吗?我在英国其实没什么真正熟识的人,所以……

所以怎样?他删掉最后半个句子,然后又删掉前一句。对别人说,你想看看他们的死鲨鱼相片,应该不会怎样吧?还是,那样说也会有点龌龊呢?而且,慢着……"你曾经去过英国南部吗?"天啊!可见他长期以来放弃跟不熟的人交谈,不是没有道理的。

128

9

　　塔可异乎寻常地公开露了面。邓肯却错过了这号外大新闻,过了几天才见到。最近,他的私生活出了太多状况,以至于没时间看网站。看了消息后他便意识到,自己的一时失察,恰恰印证了一项安妮针对克洛学专家的说法。

　　"'好好生活!'是一句陈腔滥调,这个我知道。"她曾经说,"但说真的,如果这些人平常一整天都有正事做,他们就不会有时间翻来覆去地分析塔可所有的歌词,看看其中是否有任何隐藏的秘密讯息。"

　　其实论坛上真正那样做过的人,也不过只有一个(后来大家发现,此人之所以整天闲着没事干,是因为他被关在医院的精神病房里,整天就是在里头发文),但邓肯可以理解安妮的论点。每当邓肯有事情可做,即每当他试图把方向盘从那个似乎正驾驭他人生的疯子的手中抢回来——接着塔可就被他遗忘了。一晚,当吉娜很早就去睡了,邓肯坐在她的电脑前,重新加入他的小社群,主要是因为他想要恢复一下常态,做点他之前习惯的事。他注视着那张前几天晚上所拍的塔可照片。照片中,塔可与一个邓肯从没听过的乐队一同站在舞台上。但他盯着这张照片看,实在无助于找回自己的方向感。反而使他糊涂了。

这似乎是真的。错不了,他就是尼尔·瑞奇那张恶名昭彰的相片里的那个人——同样的灰白长发绺,同样的发黄牙齿(不过这一次之所以看得见牙齿,是因为塔可咧嘴微笑,而非咬牙切齿骂人)。

居然有个听过塔可的观众在场中目击这一幕,实在教人难以置信:从常理推想,那个乐队无疑是一小群平凡无奇的摇滚乐手,他们或许在宾州各酒吧走唱,但没更进一步的发展。那位挖到这则独家新闻的年轻人,正在克洛朝圣之旅的途中,一如邓肯和安妮今年夏天所做的。不同的是,那位年轻人还试着去找塔可本人。看来,他的运气似乎好得令人吃惊。但塔可为什么唱《农夫约翰》?邓肯得好好想一想。像克洛那样深思熟虑的人,想必会借由这首打破二十年沉默的歌曲来释放某种讯息,但讯息是什么?邓肯当然有尼尔·杨翻唱《农夫约翰》的版本。至于这首歌的原始版本,他要在睡觉前尽力把它找出来。

然而,塔可不只开口唱歌。这位以 ET(他的姓名缩写)自称的目击者说,当克洛走下舞台,他成功与克洛攀谈,而克洛也回了话。

我心想好吧我必须试试,于是我上前去找他,我说塔可我是你的忠实粉丝,我好高兴看到你再度开唱。各位,我说的话很蠢我知道,但一时想不出更好的话。然后我说你最近会上台表演自己的歌吗?他说会,而且他快要发新专辑了。然后我就说《赤裸版》我知道呀,然后他就说他不是指那张烂东西。

邓肯会心一笑。这种自我否定的调调，证明了此人真的是塔可（这样说或许有点怪，但这种调调比起照片更能让人确定就是他）。在塔可还活跃的那段日子里，这种自我否定的模式，可以在他无数的访谈中找到许多例子。塔可明明知道《赤裸版》不是烂东西，他会故意在专辑发行时，对一位殷切期盼的歌迷这么形容它，完全是他的典型作风。虽然如此，邓肯还是决定不把新闻的这个部分告诉安妮。她看了一定误以为塔可认同她对《赤裸版》的意见，其实，塔可说的是反话。

我快要发新专辑了，是翻唱迪恩·马丁的歌曲，但用比较草根摇滚的方式做。然后我一脸"哇"的表情，他微微一笑，接着走回去找他的朋友，我想我不能再打扰他了。我知道迪恩·马丁听起来有点奇怪，但他就是这么说的。我很难向你们表达这整个过程多么令人惊奇，到现在我还在颤抖咧。

无法跟安妮分享这则消息，让邓肯觉得有些不对劲。如果明天早上他告诉吉娜这件事，她一定兴奋不已；可是有时候他实在纳闷，她的兴奋到底有几分真心诚意？有时候，她兴奋的样子让他觉得有点像在演戏，但若非她有戏剧方面的背景，他或许也不会用这个字眼。可是演员毕竟是演员，就算她没有太多兴奋的动机，她还是可以照样演个一段。她不可能了解塔可的复出所代表的意义——她过去从没投入时间在塔可身上——但是她还是会跳上跳下，然后大叫"喔，我的天"。也许还是别告诉吉娜比较好，这样一来，他就不会因为她的装模作样而讨厌她。不过，安妮却是切身经历了塔可消失的整段岁月，她若听到这消息，情绪一定会受到强烈冲击。他与吉娜的关系,是否会阻碍他与安妮分享这类的事物？他认为不会。他看看手表。她应该还没睡,除非她的习惯在他离开后就大大改变。

"安妮吗？"

"邓肯？什么事？我在睡觉。"

"喔,抱歉。"

他希望她之所以早早上床睡觉不是因为他的缘故,他害怕这可能是她患了忧郁症的征兆。

"你听我说。有件令人惊奇的事情发生了。"他说。

"邓肯,我希望它真的令人惊奇。希望它是一件普通人也能感受到你的兴奋的事。"

"如果他们了解它的意义,就能感受到。"

"想必跟塔可有关,对吧？"

"对。"

她重重叹了口气,他则把她的叹气解读为"愿闻其详"。

"他开口唱歌了。唱现场的。在一家酒吧。他跟一个……呃……显然相当平庸的乐队联手演唱《农夫约翰》当作安可曲。你知道那首歌吗？'农夫约翰,我爱上你的女儿,哇呜啊。'你听过吗？然后他还对某位观众说,他正在做一张翻唱迪恩·马丁歌曲的专辑。"

"嗯。很好。我现在可以去睡了吗？"

"安妮,你在赌气。"

"你说什么？"

"我知道你可以了解这件事多么令人惊奇。你只是在假装它很无聊,因为你认为你可以借由这样做来向我报复。但我希望你别做那种事。"

"邓肯,我很兴奋,没骗你。如果我们现在用的是视频电话,你就会看见我欣喜若狂。可是现在时候不早了,而且我累了。"

"好吧,如果你的意思是这样的话。"

"我的意思就是这样,真的。"

"你真的不认为我们能够建立某种友谊?"

"至少今晚不能。"

"容我……打个比方,如果你觉得比方不恰当或者奇怪,就叫我住口。我真的觉得,从某种角度来看,塔可就像我们的孩子。也许比较像我的孩子,而不是你的……也许,怎么说呢,他是我的儿子,但我跟你认识时他还很幼小,而你把他认作继子。如果我的儿子,也就是你的继子,做了某件值得一提的事,我会想跟你分享,即使……"

安妮挂他电话。后来他只好写电子邮件给网友艾德·威斯特分享这消息,可是那种感觉就不一样了。

接下来几天,论坛上那批常客互相分享了他们对《农夫约翰》所知的一切,希望能解开克洛想要释放给世人的讯息。他们讨论到,歌词中农夫女儿的"香槟色眼睛"是否意有所指?塔可是不是要借此承认酒精在他的生命中曾经扮演(也许还继续扮演着)的角色?即便他们使出浑身解数,挖空心思地分析,但其余的歌词(多半是"我喜欢她走路的样子/她谈话的样子/她摆动的样子"几个句子的变化),他们都分析不出个所以然。有没有可能,他只是单纯向一位农夫的女儿示爱?说不定他居住的那一带,有好几个农夫的女儿,所以为什么他不能爱上其中一位?(当然,在大家的想像中,农夫的女儿不可能没有苹果脸,她的腰、臀说不定都颇为健美。与白皙的纸片美人朱莉·贝蒂以及她那一型的女生形成强烈对比!假如他真的爱上农夫之女,那么,他往日那段不健康的西岸岁月,就真的终结了。)

　　许多网友也谈论到尼尔·杨的关联性。像杨这样的音乐人,这种到了年纪老大仍创作力不竭、作品不断的艺术家,一向深受克洛敬佩。克洛是否想对自己虚度了如此之多的光阴表达懊悔? 或者他是想说,杨教导了他一种上进的方式? 蓝尼·凯伊在一九七二年选编了影响深远的合辑《原金》(Nuggets),《农夫约翰》也被收录其中,跻身于诸如斯坦德尔斯乐队与草莓闹钟乐队的歌曲之旁。这一点也引起网友们的讨论。但没人能从这些关联性中分析出什么一贯的条理。其实,真正的重点在于,网友们在这几天二度有了可以讨论的东西。先是推出了《赤裸版》,现在又开口唱了《农夫约翰》……塔可的冬眠似乎真的即将画下休止符。

　　安妮上班时,把塔可与杰克森的那张合照列印出来带回家,用太阳录音棚的纪念磁铁把它贴在冰箱上(她心想,总有一天邓肯会把那块磁铁要回去,如果他还能定下心想想居家生活的小细节的话)。无论如何,这是一张可爱的照片。杰克森长得很漂亮,而塔可对儿子的自豪可说情溢于表。但杰克森与塔可之所以被她贴在冰箱上,可不只是因为他们一副其乐融融的样子,她清楚得很。每当她的眼神被他们吸引,她就陷入思考:自己是怎么了? 自己是不是心理有病? 她无法否认,自己对这张照片绝对是想入非非了:塔可在电子邮件里提到他又恢复单身了,所以……她不需要明讲。(她想对自己诚实,但诚实并不意味必须把话说完整,如果这个没说出来的句子是如此空洞,就别说了吧。)

　　反正,这张照片之所以让她心花怒放,还有另一个较不令人难为

134

情的解释：她与塔可的关系仍是令人兴奋的，即使就目前的状况而言（也就是把那种中学女生的幻想通通排除，别幻想塔可会来到伦敦，或许还来谷儿尼斯，甚至还来她家借住，也许借住的时候他睡的并不是沙发）。怎么可能不令人兴奋？就她所知，她握有全世界其他人都没有的东西：她正与小有名气的塔可·克洛，一位失踪甚久、谜样的、才气纵横、很有见识的男人，进行电子邮件对谈。任谁与这样的人互通电子邮件必定都会兴高采烈，是吧？

但她的愉悦里，还夹杂着较为小人之心的、与邓肯相关的因素。她花了一分半钟才想到：如果邓肯注视着冰箱，他大概不知道他看到的人是谁吧？光是这些反讽，滋味就够美，分量就够大，足以让她慢慢用刀叉来享用，毋需配料，也不会惹得对方不愉快。她大可对他随口胡说。他会相信她，因为在他的认知里，塔可·克洛现在的模样像是妖僧拉斯普丁或者巫师梅林——当塔可把法可无预警地在酒吧露面的事告诉她，安妮便去邓肯的网站看了看，果然如塔可所料，法可的照片就贴在站上。（而且她十分开心地注意到，法可把《赤裸版》形容为烂东西。不知邓肯看了会怎么解读呢？）说真的，可供她享用的反讽多到吃不消了。光是她跟塔可的真正关系，就足以使邓肯嫉妒到疯掉，假如他有一天发现的话。不过安妮实在不确定邓肯会嫉妒谁。如果她假装自己与冰箱照片中的男人正在交往，搞不好就足以让他心里万分痛苦。

不过，首先，安妮得叫邓肯回这房子来探视，她得让邓肯发现某个他在正常情况下一百年都不会注意到的东西，也就是屋内摆设上非常细小的改变。也许她得把照片放大，让它覆盖整面墙壁，他才有可能问她是否对厨房做了什么改动；但这在财务上和技术上都非她的能力所及，看样子，她必须找其他露骨的方式指给他看了。她一定得让他瞧见,无论用什么办法。不必怀疑,非如此不可。

安妮故意挑邓肯上课的时候,在他的手机留言。

"哈啰,是我。听着,那天晚上的事我很抱歉。我知道你想要表示友善,而且我知道你有多么需要跟人分享那则消息。无论如何,如果你想再尝试一次,我保证我会乐于聆听。"

邓肯在午餐休息时间打电话给安妮。

"你对我真好。"

"喔,还好啦。"

"那件事很令人惊奇吧,不是吗?"

"令人不敢置信。"

"网站上有照片佐证。"

"我也许会去看看,晚一点吧。"

两人一时沉默下来。邓肯太容易被看透了,安妮不禁感到一股她不熟悉的爱意在心中拉扯。他希望这通电话继续讲下去,他在寻找一种巧妙的方式,想把这小小的兴趣火花转变成某种更温暖、更舒适的东西。邓肯不必然期望安妮回到他身边,这点她了解。但她很清楚,邓肯大概被她的愤怒搞得既受伤又困惑。而且他大概也很想家吧。他一向很讨厌自己那些宝贝不在身边,即使去度假也是。

"我可以找个时间过去跟你喝杯茶吗?"

巧妙实在非邓肯能力所及。他只好豁出去,把意思明说了,希望安妮会回应他的情感需求。

"这个嘛……"

"当然,挑你方便的时间。"说得好像安妮之所以迟疑,是因为时间不方便,而不是因为他的不忠及其造成的混乱。

"也许这个星期再过几天吧？让尘埃稍微落定？"

"喔。是吗？现在还有……呃……还有尘埃吗？"

"我这边还有尘埃。至于你那边，我就不晓得了。"

"我想，如果我说我这边没有尘埃，你一定会认为……怎么说呢……认为我一切都好得很。"

"我只会认为你没注意，不骗你，邓肯。你住在这里的时候，从来都不注意。"

"啊。我以为我们在讲比喻的尘埃。"

"没错。但是开个玩笑无伤大雅吧？"

"哈哈。是的，当然。你想开玩笑，随时欢迎。我是活该被消遣消遣。"

突然之间，安妮与邓肯的关系的那种绝望感，淹没了她的情绪。不只目前的状况没有希望，而是打从与他交往之初到现在都一直没有希望。这关系就好像跟一位条件不足、令她无法心动的男网友进行一次不恰当的约会，这约会却持续了好多年、好多年、好多年。然而，有个因素一直促使着她继续跟他调情（假如夹杂着痛苦，同时毫无趣味、欢乐，性事又不美好，还能算是"调情"的话）。她的结论是，那因素其实是害怕被冷落。在谷儿尼斯，被冷落的滋味可不是一般的难受。

"星期四如何？"

事实上她不想等那么久，她希望他尽快看见那张照片。不过她也能了解，急于等待某甲来看某乙的照片，同时又希望某甲别认出某乙，这种心态是丑陋的，而且可能还意味着她有精神危机的征兆。

镇民代表泰瑞·杰克森是她的顶头上司。他对于一九六四年特展筹备上缺乏进度颇感不悦,特地来到博物馆,把自己的感受如实地告诉安妮。

"目前,这场特展的主要展览品是什么? 不会是那颗腌渍的鲨鱼眼珠吧? 很难想像有人会想花时间观赏那种东西。"

"我们不认为重点在几件焦点展览品上。"

"我们不认为吗?"

"对,我们……"

"那么,让我换个方式说吧。那颗鲨鱼眼珠是不是我们目前手上最棒的东西?"

"我们的想法是,我们尽可能收集好东西,多多益善,所以我们不去谈论手上哪件东西最棒。"

安妮每一次与泰瑞·杰克森见面,总会被他那头鬈发搞得分心。他的头发虽已花白,但仍相当茂密,并且爱护有加地用发油抹出发型。一九六四年时,他年纪多大? 二十岁? 还是二十一? 自从他把自己梦想中的特展勾勒出来(她一开始实在是太天真了,居然相信自己能实现他这个梦想),安妮便有一种他把某种情感遗落在那一年了,而她能够帮他找回的感觉。但那颗鲨鱼眼珠显然无法为他找回什么。

"可是你们并没有收集到什么了不起的东西呀。"

"我们收集到的好东西确实还不够。"

"安妮,我无法说我不失望。因为我确实感到失望。"

"对不起。要达成这件事非常困难。即使我们决定把展览的范围扩大,尝试以'一九六〇年代的谷儿尼斯'为主题,我想我们还是有困难。"

"我真是不敢相信。"他说,"一九六〇年代,这个镇够疯狂的。

有一大堆的事情在发生呢。"

"我相信。"

"不,你不相信。"他厉声地说,"你只是在假装你相信,好迎合我。事实上,你认为这个地方很破烂,你一直这样认为。你十分乐于把一颗鲨鱼眼珠摆在一间空房里,然后告诉大家这个玩意儿就可以总结谷儿尼斯了。你认为这样很好玩。我早就知道,我们当初应该找一个本地的女生,一个对本地有感情的人,来经营这间博物馆。"

"泰瑞,我知道我不是这里土生土长的,但我很希望自己能与这座小镇培养出一种休戚与共的情感。"

"你胡说。你迫不及待想离开这里。嗯,现在你的男朋友跑了,你可以离开了,对吧?你在这里已经没有牵绊了。"

她瞪着他头部后方的墙壁,试图收回一滴正在她右眼里成形的泪水。为什么是右眼?左脑是右眼泪腺所连接的地方之一,而左脑负责处理情感创伤?她没概念,但这么一想,倒是有助于止住泪水。

"对不起。"泰瑞说,"我无权提起你的私生活。谷儿尼斯是很棒的市镇,但它确实很小,这点我承认。我的侄儿在那所大学念书,似乎全校的人都知道这件事了。"

"没关系。而且,你说得当然没错。现在我在这里的牵绊比之前少了。可是我很希望能在离开之前尽力把这场展览办成功。如果我要离开的话。"

"这样啊。你真是好人。抱歉我刚才对缺乏进度大发脾气。一九六四年……我不会解释。在我眼中,当年一切似乎都好神奇,而我以为大家都跟我有同感,我以为大家会不约而同、热烈地捐出家中的……呃,家中的……"

"你看吧,泰瑞,那正是我碰到的问题之一。我连他们可能会捐出什么东西都没概念。"

"我这人是不丢东西的。我保存每一份报纸、每一张电影票根、每一张该死的公车票根,几乎啦。我有一张滚石演唱会那种红蓝色老式海报,上面还有比尔·怀曼的签名,因为当年愿意为我签名的臭小子只有他一个。我还有一张我妈在格兰特百货拆除前一天站在建筑物外面的照片;至于该死的鲨鱼照片,我有一箱。我还有好几张我跟哥儿们在以前的女王头酒吧的合影,后来那地方关了,变成一家俗不可耐的夜店……"

"我在想,你是否愿意出借一部分收藏给我们?"

在目前这种情况下,安妮已经尽可能礼貌地说话了。但如果她杀死他,她相信陪审团一定能够理解的(假如他们看了近年来小型博物馆募款的历史记录的简报资料,并且了解要办一场无中生有的展览有多少限制)。

"没人想观赏我那些破旧废物。我自己肯定不想。我还宁可观赏别人的破旧废物。"

"但是你介意我观赏你的吗?"

"你的意思是,让你对那个年代有些概念? 然后再找找看有没有更好的照片?"

"嗯,那也算,没错。"

"喔,如果你必须看,我不介意。"

"谢谢你。我不排除到时候会把你部分重要纪念品借来展出。"

"想必你相当地急迫,才会这么不挑。"

"是的。"安妮说,"就这样啰。"她没再说下去。

他说得当然没错,安妮确实从未认真把谷儿尼斯当作一回事,邓肯也跟她一样。结果到最后，这一点是他们两人之间最强、最深厚的联结之一：两人都鄙视自己居住的这座小镇及其镇民。两人最初之所以被送作堆，正是因为这一点。两人之所以继续在一起取暖，抵御镇民们蒙昧无知、品味俗不可耐的寒风，仍然是因为这一点。如果她从来没衷心相信过，这地方的过去或现在有哪一点值得展出，那么她算哪门子的博物馆馆长呢？在她和邓肯的眼中，这里尽是一片文化沙漠，而你可不能把文化沙漠摆进博物馆展览。

没错，她是可以远走高飞，她想离开的念头也很强。诚如泰瑞刚才所说，她在谷儿尼斯已经了无牵绊，但她心中还有某种挂碍、某种或许是自欺欺人的想法：她不是那种拍拍屁股一走了之的人，她没那么无情。

邓肯知道安妮平常都在六点回到家，所以他在六点零三分的时候现身。不过，安妮今天特地在五点四十五分之前就到家，这样，她才有充裕的时间布置一番。但后来她发现，其实这些布置并不需要。她挂好大衣的时间并未如她预期的久，而冰箱上的那张照片其实也不需要先往左移三寸，再又往右移三寸，然后又移回原位。

反正邓肯也没注意到它。其实他什么也没注意看。

当安妮问他要不要来片饼干，他却说："你很清楚，我正在犯一个严重的错误。"他驼着背凝视他的茶，看着他"bLIAR"马克杯的把手。（她原本想拿别的马克杯给他用，以免他看了一边喝一边潸然泪下，但他也没注意上面印什么字。）"事实上，我犯了一个严重的错误，虽然我这一生一直都是单身。虽然我一直急着想要……想要……"

安妮看着她自己的马克杯。她一点也不想问关于吉娜的事。

"怎么说呢，我想说的重点是，我觉得她可能疯了。"

"你不该对你自己那么严苛。"

"我知道这听起来像个笑话。但老实告诉你，那正是我得出这个结论的理由之一。她表现得仿佛我与她互相发现彼此是某种奇迹似的。她在这大学找到一份工作，而我则在这里等待着她。唉，我很清楚我自己的条件。"

安妮心中微酸，如同前几晚那通电话中所感到的酸楚。她不禁纳闷，这是否不只是单纯的恻隐之心？她因为邓肯的离去而感到解脱，他却在忧心另一个女人是因为精神失常才会对他有兴趣。安妮怎么会不生出一种想保护他的念头呢？

"无论你怎么称呼这种事，这种事实在非常困难，不是吗？"他说。

"我不太知道你所谓的这种事是什么？"

"了解另一半。"

"原来如此。"

"嗯，我过去了解你。现在还是了解你。那对我来说是很重要的。比我原先意识到的更重要。那晚我打电话给你的时候……我的意思是，虽然是讲塔可的事，而且我说了一些笨话，把塔可比喻成我们的小孩，虽说我跟你没生小孩是敏感的话题。可是那股冲动……你瞧，我其实不太想跟她说这些事情。任何我关心的消息，都不属于她。"

"那需要时间。"

"安妮，我不是那种能适应这种变化的料。我想要住在这里。跟你一起。与你分享事情。"

"你以后还是可以跟我分享事情。"

安妮的心往下一沉。她实在想不到有哪一件事情，是邓肯想告诉她并且她真正想要知道的。

"我的意思不是那样。"

"邓肯，我们的关系比较像朋友而非情侣，这样的状态已经好长一段时间了。也许我们应该考虑把这种关系正式化。"

他的表情亮了起来，一时之间安妮还以为她已安全抵达彼岸了。"你的意思是结婚？我很乐意……"

"不，不是。你没注意听。跟结婚相反。我们应该建立一种非婚姻的、非性爱的、每周在酒吧碰一次面的朋友关系。"

"喔。"

安妮开始为这整件事的不公平觉得气愤。被邓肯甩掉的好处是，她不必自己出手结束这段关系。但现在，好像她既得当被甩的人，还得当甩人的人。怎么会这样？

"事实上，"她说，同时敏锐地意识到自己即将在"事实上"这个片语之后接上一段荒谬的谎言，"我已经开始在跟别人交往。我的意思是，只是刚刚开始而已，而且我们还没有……"

如果她所说的"别人"是她想到的那个人——她脑海中并没有浮现任何其他候选人——那么，"真正见过面"才是她这句话的结尾所缺少的几个字。但是她觉得塔可不会介意的，因为塔可深谙虚构之道与虚构之目的。

"你正在跟别人交往？你……呃……你吓死我了。"

如果邓肯真的想知道为何人们有时觉得他令人难以忍受，她大概会叫他看看他刚才用来形容内心骚动的那个字眼。这种情况下用"吓死我了"，任谁听了都觉得是在讽刺吧？

"当你告诉我吉娜的事，你也把我吓死了。"

"是的，但是……"

显然，他希望自己不必详细说明自己的情况与她的情况有何差异——当然,那些差异是超乎他所能理解的。(万一不是呢? 万一吉娜也跟塔可一样,是他虚构出来的交往对象? 这个解释还比较合理呢,而他期望她吞下去的解释反而较为离奇:居然有个女人对邓肯只看了几眼,就直接把他带上她的床。事实上,问题不在于邓肯的长相。让人更难以相信的是,居然有个女人跟邓肯聊了一个傍晚,然后还想跟他做爱。)

"但是怎样?"

"怎么说呢,吉娜是……是个已知的事实。她是已知的讯息。而你说的是一件全新的事。"

"吉娜很新。至少对我而言是如此。不管怎样,难道她是核子攻击,敌人都应该因她瘫痪? 难道你先有了新生活,就不许我有新生活?"

邓肯表情痛苦。

"你所说的话,有很多地方我想要辩驳。"

"请便。"

"我依序说明。第一,我不愿把你视为敌人。我不是这样看待你的。第二,关于'有新生活'这个概念。我的想法是,你已经在过一个有益的生活了,甚至我们分手之前就是如此了。再者,就像我刚才一再想向你解释的,我不太确定我现在有新生活,至少不是你所指的那种新生活。随便啦。我们离题了。现在的重点应该是,你认识了别人。"

"是的。"

"我认识他吗?"

一时之间,安妮很想责骂邓肯,竟敢大胆使用男性代名词"他",但是她不可能兼得两面的乐趣:如果她想说服邓肯她变成了女同志,那么她就无法期待冰箱上那张照片能产生太多效果。

邓肯认识他吗？呃，既认识，又不认识。她的结论是，不认识的比例占大多数。

"不认识。"

"那样也好。你是在……"

"我不是很想谈论我的情况，邓肯。这是我的隐私。"

"我能理解。但是如果你能再回答一个问题，就能帮助我。"

"问吧。"

"你认识他的时候，是在我们……在我……在最近的事件之前吗？"

"对，我跟他之前就有联络。"

"那么他是否……"

"已经一个问题了，邓肯。抱歉。"

"好吧。那么我们的结果将会如何？"

"我认为，现在这个状况可能就是结果吧。你正在跟别人交往，跟别人一起住，而我也正在跟别人交往。如果有个局外人观看我们的状况，大概会说我们的生活有了进展。尤其是你的生活。"

安妮真希望这位局外观察者能花更多的时间去窥视吉娜的生活，而少看她的。

"我知道表面上状况看似如此，但是……喔，老天。你真的要把我推去承受那种煎熬吗？"

"什么煎熬？"

"吉娜。"

"邓肯，你知道自己在说什么吗？"

"我说错了什么吗？"

"我并没有要把你推去做任何事。如果你不想跟吉娜在一起，你就应该告诉她。但这完全不干我的事。"

"我没办法告诉她。如果我没东西可讲,就没办法告诉她。"

"你在胡说什么?"

"怎么说呢,如果我回去对她说'安妮和我打算复合'。或者,或者'安妮有自杀倾向,所以我不能离开她'。我相信吉娜就能谅解。但我可不能直接说,呃,'你疯了',对不对?"

"唉,对。我希望你不会对任何人那样说。"

"那我该跟她说什么?"

"在我听起来,你好像跳得太快了。你应该先跟她说……唉,邓肯,这实在太离谱了。几个星期前你才说你另结新欢,而现在你却要我帮你写跟她提分手的台词。"

"我不是要你帮我写分手台词。我只是需要大略的剧本大纲。话说回来,假如我向她提分手,我之后要住哪呢?"

"所以你宁愿继续跟她永远在一起,也不愿去找间公寓?"

"我希望能回到这里。"

"邓肯,我知道。但我们已经分了,你回来住是不恰当的。"

"这房子有一半是我的。"

"我已经申请增加抵押,买下你的产权。我不知道他们会不会批准,但是那位房贷协会的员工认为我有五成的机会。如果批准还没下来之前你需要借钱,我可以帮你忙。这样才说得过去。"

这番对话进行得愈久,安妮心中一些模糊和困惑的感觉就厘清得愈快。邓肯显然后悔与她分手,但在她小人之心的作用下,他的悔意却大大帮助了她。既然安妮其实并非被甩,她终于豁然开朗,自己其实不想跟他在一起,一分一秒都不想了。而她的委屈与不满则赋予了她力量,使她头脑清晰,她知道希望之门一直是向她敞开的。

"我没想到你会这么地……狠心。"

"我狠心？就因为我提议要借钱给你？"

"嗯,是的。你宁愿借我钱,也不愿与我复合。"

对了,除了种种的缺点,他还是个吝啬鬼。邓肯大概宁愿跟一个他不喜欢的女人维持关系,也不愿借她几英镑。

"你帮我再泡一杯茶,好吗？我想冲上楼去上个厕所。"

其实她并不想上厕所,也不想再喝茶,而且也不希望邓肯继续待在这里。但是他若去泡茶,就必须去冰箱拿牛奶,他若去冰箱,就不可能不注意到那张照片。

她回来时,他就已经盯着照片看了。

"这个人就是他,对不对？"

"抱歉。我应该把照片拿下来的。"

"希望我这样问不会无礼……那是他的儿子吗？还是孙子？"

安妮顿时仓皇失措:一层层的反讽搞得她晕头转向。邓肯错失了太多关键的讯息,以至于他眼中的这张照片,只是某位戴眼镜的银发男子与一位小男孩的合照。

"你确实很无礼。"

"对不起。光看照片看不出来。"

"是他的儿子。他的年龄跟你差不多而已。"

事实上差很多。但光看照片,她这样说也不算太离谱。

"所以他大概来过附近几次吧。他还有别的孩子吗？"

"邓肯,我很抱歉,但我认为你应该离开了。你这些问题让我不太舒服。"

情况实在不像她原先期望的那么好玩。

不过安妮至少还有塔可的电子邮件可以看,而且她目前只从头到尾读过一次。她在上班时把那封电子邮件、连同那张照片列印出来,装进一个信封,以免纸张的边角卷曲,或被公事包里的杂物弄脏。她弄了点东西来吃,然后坐了下来,拿出信,但接着又站起身,她决定要戴上老花眼镜。平常她根本懒得戴。

这时她想起了某些人。信件(现在它不再是电子邮件了),眼镜,扶手椅……她不知看过多少次母亲和祖母坐下来、聚精会神地展读邮差送来的信件。写信给她们的都是哪些人呢?她脑海中开始浮现一个个的人名,她已多年没听见的人名,例如加拿大的贝蒂——贝蒂是谁?她住加拿大吗?奶奶怎么会认识她?例如曼彻斯特的姑妈薇薇,她其实不是姑妈……安妮大约十五岁时,变得脾气暴躁、目中无人,每当有信件寄来,妈妈和奶奶总是欢欣鼓舞,但安妮无法抑制自己对她们的兴奋感到沮丧。谁在乎贝蒂的侄女是否怀孕了?谁在乎薇薇姑妈的孙子是不是在当实习兽医?如果妈妈与奶奶的生活不是那么地孤立和无聊,这些事情根本没有一件会被当作新鲜事。

而今,安妮不也一样,正借着与一个素未谋面的男人通信,来让她的日子变得多姿多彩。

10

安妮在上一封寄给塔可的电子邮件中,提出了这个难题:

如果你自认浪费了十五年的人生,你会怎么办?

她尚未收到回复,可能是塔可上一封电子邮件里暗示的家庭变故使他耽搁了,所以她得靠自己解决这个问题。她正以"时间就是金钱"的假设来解。假如她损失了一万五千英镑,她会怎么办?在她看来,选择似乎有两种:要么提列亏损,要么想办法把钱要回来。至于要回来的办法,要么向拿走这笔钱的人追讨,要么用其他方法补偿这笔损失——例如卖东西、赌马、加班。

这个类比的帮助,显然有限。时间毕竟不是金钱。或者说,她所谈论的这种时间,不像律师或应召女郎的服务,是无法折算为现金的。或者说(这是最后一个"或者说",不然她就得承认用这个方式来思考时间是行不通的),在理论上,时间可以折现,但根本没人会真的付钱给她。她或许可以去敲邓肯的门(其实是吉娜的门!),向邓肯索求她浪费在他身上的时间的补偿金,但那个价值很难计算,况且邓肯是个穷光蛋。而且她想要的也不是钱。她想索回那些光阴,然后把时间花在别的事物上。她想重回二十五岁。

若非浪费了那么多时间跟邓肯在一起,她应该比较有办法厘清究竟那些时间跑到哪里去了。她一向不擅长代数,但她现在要做的思考,似乎正需要用到代数。她一再地陷入一种错误(虽然她有意识到,但仍克制不住自己):她把自己跟邓肯(Duncan)在一起的时光,直接等同于十五年所有的时间(Time)。亦即,直接认定 T(时间)= D(邓肯)。其实,T 应该等于 D + W + S + F&F + C 才对。W 代表工作(Work),S 代表睡眠(Sleep),F&F 代表家人与朋友(Family and Friends),C 代表文化活动(Culture)及其他。换句话说,她浪费在邓肯身上的只有恋爱时间,而生活中可不是只有恋爱。但是她对此倒是有一番辩解,她想要指出,D 可不只是众多一般因素之一而已。例如,她会去见他的 F&F,她也会去见自己的,但老实说他的 F&F 都比她少。再说,如果 D 不是跟她住在同一个市镇,谁知道 W 是否会不同?大概会不同吧,她心想。他们两人停滞在原地,做着不满意的工作,因为要同时在同一市镇找到新工作几乎是不可能的。再说,C 到底该算在谁头上?音乐和 DVD 都是他买的,他不喜欢去镇上的电影院(也不喜欢去别的市镇看电影)……说真的,她不擅于写方程式,但也许应该写成这个样子:

$$\frac{S = G + SJ + J + P + W}{D}$$

方程式里应该还要加上一个她不愿去想的部分：她自身的愚笨与迟钝（OST，即 Her Own Stupidity and Torpor）。这些光阴被虚度，她自己也有责任。她放任自己的人生流逝。她必须把整个方程式再乘以 OST，如此一来，得出的数字将会比她一开始设想的大得多。假如最后算出来，她其实浪费了二十、五十或一百年，那到底是谁的错？

无论如何，这十五年已经不见了。随之而消失的有什么？小孩，几乎可以肯定。假如她要跟邓肯闹上法庭，她会告他的，就是生小孩的事。还有呢？花了太多时间跟一个无聊、不忠的笨蛋在一起，除了导致她不能过二十五岁时想要过的生活之外，还导致她没能做什么事？怎么想，她就是想到性爱。她知道这个答案虽然很粗略、很没想像力，却无可置疑：因为跟邓肯在一起，导致她无法与别人做爱，而是经常与邓肯做爱。（他们并非性欲极强的一对伴侣，假如有人从旁记录两人的房事，他就会说，邓肯拒绝安妮求爱的次数，还多过她拒绝邓肯求爱的次数。）如今已三十九岁的她，怎能弥补十五年所错失的机会？那样到底是损失了多少次性爱？假设十五年前她认识某甲，并热烈地爱上他，难道跟某甲的关系就会持续至今？那么，应该把十五年间与"别的男人"（OM，即 Other Man）做爱的次数，减掉十五年间与邓肯做爱的次数，才能得出她错过的性爱次数。如果还要把性爱品质（Q，即 Quality）计算进去，其复杂程度已超乎她的数学能力了，但算出一个精确的最终数字应该是必要的。

换言之：她想看看是否有谁想跟她做爱。从哪里找起？谷儿尼斯？

她先请教萝丝，理由是萝丝年纪较轻，而年纪较轻的人对性爱比她更熟悉。

"我可以告诉你如何在伦敦认识女同志。"萝丝说。

"好,谢了。我想先以谷儿尼斯的异性恋男人为目标。如果没结果,再考虑你这个建议。"

"你要寻求的到底是什么?一夜情?"

"也许吧。如果它延伸到第二夜,我也不会抱怨。当然啦,除非第一夜就让人很惊魂。你认不认识什么单身汉?"

"嗯……不认识。我想不出我认识哪位单身汉。至少没有你想找的那种。"

"我想找的是哪种?"

"呃,谷儿尼斯有夜店,有年轻小伙子,有……但是……"

"我知道你接下来要说哪四个字。"

"哪四个字?"

"'恕我直言'。"

萝丝笑了。

"我们可以去泡一泡。"萝丝说,"如果你想要的话。"

"但是你是……"

"是女同志?结婚了?"

"两者皆是。"

"我的想法是:我自己不找男人。我去,是帮你找。同时,我们两个也算一起出去玩一个晚上。如果看情况你的运气不错,我就会找借口先走人。除非你需要我加入。"

"少恶心了。"

"别假正经。自从你跟上一位性伴侣第一次做爱以来,世界已经变了。除非这中间还有什么你没跟我说过的人。"

"没有了。就是邓肯。一九九三年。"

"哎呀呀。你要准备接受震撼教育了。"

"我也在担心这个。我会接受什么样的震撼教育?"

"我想,那是一个充斥着 A 片和情趣玩具的世界。而且我敢说,现在至少都是 3P 起跳。"

"喔,天啊!"

"等到你跟另外至少两个人办完事五分钟后,你那三十九岁躯体的清晰照片,就会开始出现在你朋友们的手机,然后传遍互联网。这些状况都是理所当然的。"

"好吧。唉。如果那么做是必须的,我也没关系。"

"你的理想是要找个跟你同类的人,对吧? 你知道的,我不是指博物馆女馆长。我是指某位刚脱离一段长期关系,而且同样对于现在世人的玩法感到困惑的人。"

"我想是的。"

"让我想想。星期五晚上你有事吗?"

安妮看着她。

"好的。好的。先说抱歉。我们七点钟在'罗斯与克隆'碰面,到时候我再把计划告诉你。"

"性爱计划?"

"是的,性爱计划。"

位于博物馆到大学的半路上的"罗斯与克隆",是她们常约的老地方。这是一家没什么特色的镇中心酒吧,店里通常半满,来客多半是一些商店伙计和上班族,这些人没胆去滨海的酒吧喝酒,那些酒吧全都雇了 DJ,即便星期日的午餐时间也有 DJ 坐镇。(安妮纳闷,英国应该没有哪个 DJ 不知道如何入行吧? 看来不可能,既然有那么多的酒吧似乎都认为非雇个 DJ 不可。她倒是怀疑,市场对 DJ 的需求是否已经大到无论年轻人想不想要,都必须被拉进酒吧里播放音乐,就像去服役。)"罗斯与克隆"有一部自动点唱机,曲目中有文斯·希尔所唱的《雪绒花》,在安妮的经验里,很少见到收录这首歌的点唱机。从这一点来看,很难想像会有人在这间酒吧拟订性爱计划。就算有,应该也是安全性爱的计划,而且要慢条斯理地草拟,戒慎恐惧地写上好几页吧。

萝丝买了两杯半品脱的苦味啤酒。两人到酒吧深处的桌位坐下,远离一群看起来有花草香气、轻声细语的女人,她们好像正在努力讨论"美体小铺"某一天营业额不佳的原因。安妮意识到自己有点紧张,或说有点兴奋。倒不是因为她认真地相信什么计划,而是因为即将有人对于她如何度过接下来的人生表示关心——已经好久好久,她都没有什么自己的事情可供别人出谋献策。而现在,她成为别人出主意的对象了。她甚至已经好一阵子没有为自己出主意了。

"另外有一个读书会,"萝丝说,"但不在谷儿尼斯。是纯读书会。就在旁边那个村。你可以借用我的车。"

"里头有单身汉?"

"呃,没有。目前还没有。但我有个朋友参加了那个读书会,她的想法是,如果附近这一带出现什么念文学院的单身汉,最后必定会被冲刷到那个读书会里去。传说中,几年前就有过一个。随便啦。只是个想法。我还有另一个我们两个周末去度假的想法。可以考虑去巴塞罗那。不然雷克雅未克也行,如果冰岛还存在的话。"

"所以,我归纳一下,在谷儿尼斯要跟人做爱的最佳方式,要么参加一个其实不在谷儿尼斯的读书会,而且里头没男人,要么就是去另一个国家。"

"这些只是初步的想法啦,一定还有其他的方法。而且我们还没谈到互联网约会。啊,你瞧,好像在变魔术。"

只见两名约莫四十出头的男子走进酒吧。其中一人到吧台买两杯一品脱的淡啤酒,另一人则察看点唱机。安妮端详着那个人,试着想象自己为他或与他一同宽衣解带。他会希望她这样做吗?她根本不知道自己是否还有性魅力;她觉得自己好像多年没照镜子了。她正想问问萝丝(身旁带着一名女同志朋友,对她肯定有加分作用。难道不是吗?),这时,那个人开口对他朋友大叫。

"老葛!老葛!"

他点的音乐响起。那是一首明亮、轻快、刺耳的灵魂乐,听起来像"塔姆拉摩城"唱片公司的音乐,但又不是。

"去他的!"老葛说,"来吧,老邦。你热热身吧。"

"不行,这里的地毯太厚了。"老邦说。此人身材瘦小,肌肉倒挺结实。他穿着宽松长裤、"弗莱德·派瑞"运动衫。假如他十六岁,而安妮是他老师,她的刻板印象大概会认定他是那种故意找班上块头最大的家伙单挑,只为了彰显自己不惧怕那家伙的人。

尽管对地毯有疑虑,他还是把手上的休闲包包放在地上。显然轻轻一激,就能使老邦急了,即使他根本不知道地毯下面平不平。

"别找借口。"老葛说,"小姐们想看看你的实力。是吧,两位小姐?"

"是啊。"萝丝说,"某个部分的实力。"

安妮心想,假如她要在酒吧物色男人,就必须想得出这种言辞来跟别人对话。但情况发展的速度之快,把她吓到了。"某个部分的实力"似乎还称不上是王尔德式的妙语,但是它达到效果了。两名男子笑出声来。与此同时,安妮还在试着挤出一枚礼貌性微笑。她大概要花五分钟才能完成这个微笑,然后再花二十四个小时才能说出一句简短有力的附和之语。到时候老葛与老邦八成已经离开了。

原来,老邦要秀的"实力",是一套特异的体操舞步。他开始表演,直到这首歌唱完。以外行人的眼光看,安妮觉得老邦所跳的是霹雳舞、武术、哥萨克民俗舞的混合物,舞步中有旋转、乱抖手臂、伏地挺身、踢腿,但真正令人印象深刻的不在于这些动作,而在于他那丝毫不别扭的神态,在于他那绝对的自信心,他似乎认定酒吧里的几位客人会想看他跳舞。

"天啊!"萝丝说,"那是什么?"

"你说'那是什么'是什么意思?"

"我从没看过这种舞。"

"所以你不是住在谷儿尼斯的人?"

"事实上,我住在这里。我们两个都住这儿。"

"但你们两位居然没看过北方灵魂舞?"

"我真的没看过。安妮,你看过吗?"

安妮摇摇头,脸上一红。为何要脸红?为何她不好意思说自己从没看过北方灵魂舞?她很想用拳头把她那愚蠢又泄密的双颊捶进去。

"那可是谷儿尼斯的真正面目!"老邦说,"从一九八一年起,我们就一直来谷儿尼斯的夜店玩,对吧,老葛?"

"从哪里来?"

"斯肯索普。"

"你们大老远从斯肯索普来这里跳北方灵魂舞?"

"妈的,对极了。才五十英里嘛。"

只见老葛端着两杯啤酒从吧台走来,然后把啤酒放在安妮和萝丝的桌上。

"两位今晚来这里做什么呢?"

安妮一时之间陷入恐慌,以为萝丝即将把她们的目的和盘托出,而老葛或老邦(或两人一起)就会献身,作为她性爱问题的解决方式。但她觉得自己不想跟老葛或老邦做爱。

"不做什么。"安妮抢着说。她回答的速度之快,口气之强烈,与她想表达的效果恰好相反。她急忙抢话以阻止萝丝说破她们的性爱计划,口气上,反倒像在暗示想找人做爱了。

"我们说到重点了。"老葛说。此人身材圆胖,大概跳不动北方灵魂舞(如果必须秀得出老邦那些动作才能算是北方灵魂舞的话)。

"大家都笑了,嗯?两个俊男,两个美女。"

"这位萝丝是同志。"安妮说,然后又补充,"女同志。"似乎这样才能澄清(如果有人怀疑萝丝属于哪一种同性恋的话)。假如刚才安妮屈从于诱惑,把自己的双颊捶进去,她很可能就不会说出如此愚蠢而伤人的话了。但萝丝只是呻吟了一声,翻个白眼(肚量值得嘉奖啊),她其实有权拂袖而去,从此断绝与安妮的联络。

"安妮!"

"女同志?"老葛说,"谷儿尼斯有真正的女同志?"

"她才不是拉拉。"老邦说。

"你怎么判断?"老葛说。

"当妹妹不喜欢你的长相,就会这样说。你记不记得上次布莱克浦夜店的那两个妹妹?她们跟我们说不喜欢男的,后来我们却看见她们把舌头伸进那些 DJ 的喉咙里。"

萝丝笑了。"抱歉让你们以为我在拒绝你们。"她说,"但是早在两位走进来前,我就是同志了。"

"妈的。"老邦语带惊叹地说,"你就这样公然以同志身份行走江湖?"

"对呀。"

"我得告诉你,"老葛突然语带兴奋地说,"我……"

"你不必说,我懂。"萝丝说。

"你根本不知道我要说什么。"

"你是要说,虽然男同志让你觉得恶心,但是女同志却格外让你欲火焚身。"

"哎哟,"老葛说,"你以前听过别人这样说,对吧?"

"这样行不通吧?"老邦说,"你们其中一个是同志,而另一个不是?"

"为什么行不通?"萝丝说,她随即会意,"喔。不是。我跟她不是情侣。我们是朋友。"

"拉拉朋友。"老葛说,"懂吗?"

老邦用力在老葛的手臂上捶一拳。"这是你今晚说的第二句笨话,如果刚才她不让你说出口的那句也算在内。你到底几岁呀?他妈的白痴。两位,恕我言辞不雅。反正,这也不要紧,对吧?"

"你是指哪方面?"萝丝说。

"我的意思是,如果你们想跟着我们去混夜店。老实说,这阵子我混通宵都觉得很累,没办法做爱。所以,你是同志所造成的问题并不像本来那么严重。"

"很高兴听到你这样说。"萝丝说。

"我连什么是北方灵魂乐都不知道。"安妮说。现在她几乎可以肯定,承认这一点并不会冒犯到对方。她总算不脸红地说出这句话。

"你居然不知道北方灵魂乐是什么?"老邦很直接地说,"怎么可能？你不喜欢听音乐吗？"

"我喜欢。我喜欢音乐。但是……"

"你喜欢听哪一类型？"

"喔，怎么说呢，各种类型都听。"

"比方说什么？"

安妮心想，这个问题真是教人难以承受。都这么多年了，居然还会听到别人问她这个问题。而且随着年纪愈大，显然变得愈难回答。遇见邓肯前，这个问题很容易回答，那时的她好年轻，喜欢的音乐，就跟会问她这种问题的年轻人（刚上大学的、大学念到一半的，或大学刚毕业的）没什么两样。所以她可以直接回答那位年轻人，她爱听史密斯乐队、迪伦、琼妮·米切尔。他就会点点头，并补充堕落乐队到她的名单上。大学时，告诉班上的男生你喜欢听琼妮·米切尔，无异于说："就算最坏的情况发生，就算你使我怀了孕，也没关系。"但此时此刻她要回答的对象，显然跟她不是同路人，应该不是念文学院的人（她知道这样很武断，但她认定老邦应该不是念英国文学的研究生），她知道自己无法让对方听懂她在讲什么。如果她不能使用一些她的基本词汇，例如阿特伍德、奥斯丁、艾克伯恩等，叫她如何让对方听懂？而且那些还只是 A 开头的词。眼看她必须跟一名缺乏那些辅助器的人类打交道，她不禁一阵恐慌。这意味着她得暴露其他的东西，她得暴露一些在书架之外的东西。

"怎么说呢，我经常听塔可·克洛的音乐！"

真的吗？还是她只是经常想到塔可·克洛？或是她这样说，其实是在表达"有一个我素未谋面、住在另一个国家的男人，已经使我名花有主了"？

"他做哪一类？乡村、该死的西部音乐？我讨厌那种垃圾。"

"不，不是。他的音乐比较接近……怎么说呢……鲍勃·迪伦，或布鲁斯·斯普林斯汀，或莱纳德·科恩。"

"有时候我根本懒得听'老大'。但他那首《生在美国》(Born in the USA)还可以，开车回家时姑且听听无妨。鲍勃·迪伦是学生听的东西。至于另一个，莱纳德·科恩，我没听过这个人。"

"但我也喜欢灵魂乐。例如艾瑞莎·弗兰克林、马文·盖伊。"

"对，他们还不赖。但他们可不是多比·格雷，对吧？"

"嗯，他们不是多比·格雷。"安妮说。其实她不知道多比·格雷是何许人，但预设他(是男的吗？)既不是马文，也不是艾瑞莎，应该是个安全的回答吧。"多比·格雷做过什么歌呢？"

"刚刚那首《到舞池劲歌热舞》(Out On the Floor)就是多比·格雷的歌！"

"你喜欢那首？"

"那首歌是……怎么说……英国北部的国歌。这已经不是喜不喜欢的问题了。它是经典。"

"原来如此。"

"没错。多比。我还喜欢梅杰·兰斯、芭芭拉·梅森以及……"

"好。这些人我一个都没听过。"

老邦耸耸肩，似乎是表示他爱莫能助。一时之间她有一股想摆出老师架式的冲动，她很想对他说："我不满意你的表现。我并非期待你讲出'里斯讲座'那种水准的内容，但至少要尝试描述那些人的音乐是什么样子吧。"她无可避免地想到了邓肯——他一向会诚挚而急切地透过言语，想要把塔可的音乐描述得栩栩如生。关于塔可，也许真的还有更多可说的东西，比方说朱丽叶的故事与《圣经·旧约》的影响。可是，就算有更多东西可解释，就比较好吗？邓肯就因此而令她觉得更有趣吗？

在一阵耐心的询问下，安妮与萝丝总算知道那种音乐之所以被称为北方灵魂乐，是因为英格兰北部（尤其是维甘市）的人喜欢它。她们两个都觉得惊讶，突然有种莫名的振奋感。因为她们觉得维甘市与布莱克浦市居民的生活，鲜少有什么领域对美国黑人文化的术语产生过影响力。北方灵魂乐大多数的歌曲都出自一九六〇年代，就她们听来，风格很像"塔姆拉摩城"唱片公司的东西。

"可是'塔姆拉摩城'大多数的唱片都太有名了，了解吗？"老葛说。

"太有名？"

"不够私房。必须够私房音乐才好。"

尽管邓肯与老葛、老邦在各方面都南辕北辙，最后还是找到了一项共通点。他们都很在意喜欢的音乐是否名不见经传，他们都有同样的疑虑，认为一首歌曲如果聆听的人数太多，其价值就会莫名地流失。

"无论如何，"老邦说，"你们跟不跟我们来？"

安妮看看萝丝，萝丝看看安妮。她们同时耸耸肩，笑了笑，然后把杯子里的饮料喝完。

老葛与老邦打算泡通宵的夜店叫做"谷镇男性劳工俱乐部"。安妮想必经过这个地方上千次了，但从没注意。安妮想要打一张女性主义牌来为自己辩护，她对自己说，之所以未曾注意，是因为这种场所并不欢迎她，但她心里也有数，原因才不只如此：店名中的"劳工"二字，其实与"男性"二字一样令她畏怯。

当她们等着两位新朋友去付入场费时（安妮注意到，今晚女士半价,那意味一张五镑钞票就可以让她和萝丝进场),安妮感到一股奇异的胜利感:这么多年来,谷儿尼斯其实一直隐藏于她的生活之外,而现在,她就快发现这个小镇的真正面目了。老邦刚才说,她们即将见识到谷儿尼斯的真正面目(甚至,如果她能鼓起勇气下场跳舞,她也将参与其中)。而且老邦的语气斩钉截铁。于是,当她下楼梯走进店内,她好期待看见一大群跳舞的人在扭腰摆臀。那群人之中,将有许多人是她认得的:她想看见她教过的学生、镇上商店的员工、常来博物馆参观的人。他们将会看着她,表情像是在说:"我们都来了!什么事把你耽搁了呢?"她心想,这个期待是有可能成真的。今夜,可能就是我对谷儿尼斯产生归属感的开始。

然而,当她们在角落拐个弯第一眼看见下面的舞池,安妮心中那股胜利感瞬间萎缩成一枚令她窘迫的小小死结。只见三四十个人零星地散布在偌大的地下室里,在跳舞的只有十几个人。每个跳舞的人都独享了一大片空间(大多是男人,而且大多单独跳舞)。在跳舞或喝酒的人,没有一位能勉强称得上年轻。原来她其实一直都没搞错谷儿尼斯的真面目:这是一个最美好时光已逝的地方,这个小镇对于曾经拥有的美好岁月所残留下来的事物仍死抓不放(有的属于八〇年代,有的属于七〇年代,有的可追溯到三〇年代,甚至到上上个世纪)。老葛与老邦在楼梯上停住脚步,眼神惆怅地往下看。

"你们真该看看当年我们刚来时这里的样子。"老葛说。他又叹口气说:"当年真是够疯狂的。为什么每样东西都得他妈的凋零和死亡?老邦,轮到你去买啤酒。"安妮心想,如果老葛或老邦刚才有提到凋零和死亡,她们大概就不想跟来了。

萝丝与安妮明白这一轮他们不会再请客,于是萝丝便往吧台走去,安妮则把目光投向一名顶着斑白鬈发的长者,他似乎正在犹豫,不知该下场跳舞,还是在一旁用脚和响指敲打拍子就好。他是泰瑞·杰克森,就是那位家中窖藏了旧日公车票根的镇民代表,当他也看见安妮时,面露惊讶,响指也停下来。

"我的妈呀!"他说,"博物馆的安妮小姐。没想到你会出现在这里。"

"这儿放的是古董音乐,不是吗?"她说。这句回话让她颇为得意。虽然不是十分搞笑,但既得体又轻松愉快,而且回答得不疾不徐。

"你的意思是?"

"古董音乐。博物馆。"

"喔,我懂了。非常好。是谁带你来这里?"

她脸色微微一变。为何非得是有人"带她来"不可?为何她不能自己发现这地方,自己想来并且说服别人陪她同行?其实答案她一清二楚。没必要生气。

"我们在酒吧认识的两个男人。"她有点想笑出来。这个解释虽然再普通不过,却奇怪极了。她分明不是那种会在酒吧认识两个男人的女人。

"说不定我认识。"泰瑞说,"他们是谁?"

"两个从斯肯索普来的家伙。"

"该不会是老葛和老邦吧?他们是传奇人物。"

"是吗?"

"嗯,只因为他们都会从斯肯索普来这里,整整二十年没间断过。而且老邦很会跳舞,你知道吗?"

"刚才他在酒吧表演给我们看了。"

"他是认真的,不是跳好玩而已。他总是随身带着一小罐滑石粉。"

"带那玩意儿要干吗?"

"撒在地板上,增加抓地力,懂吗? 认真的舞者就会这么做。滑石粉与毛巾,休闲包包里固定要摆这两件东西。"

"所以你不算认真的舞者啰,泰瑞?"

"我不像从前那么能跳了,但他的表演我绝对不会错过。这差不多是我们这里还保有的最后一样东西了。这是对旧日时光的一种漫长告别,当年我常骑着小摩托车,我们老是在海滨……惹上一身麻烦。当年我们这群六〇年代的摩登青年,全都成了北方灵魂乐迷。但这再也维持不了多久了,对吧? 看看我们的年纪就知道。"

突然间,安妮洞悉了一切,因而感到不太舒服。那些该死的东西全都消逝了,全都死去了。谷儿尼斯,邓肯,她的适孕年龄,塔可的音乐生涯,北方灵魂乐,博物馆里所有展示品,那条死掉很久的鲨鱼,那条鲨鱼的阳具,还有它的眼珠,一九六〇年代,这家男性劳工俱乐部,以及那些男性劳工……全都消逝了。她今晚之所以出来,是因为她相信谷儿尼斯的某处必定有着"现在式"。她之所以跟随老葛和老邦来此,是因为她希望他们知道"现在式"在哪里(应该说"正在"哪里)。但他们却把她拖到另一间鬼屋。"当下"到底在哪里呢? 说不定在那个该死的美国(塔可所住的那一小块地方不算),或者是在该死的东京。无论如何,"当下"不在这里,而在他方。那些不住在该死的美国或东京的人们,如何承受得了生活中一切皆以"过去未完成式"的面貌兀自旋转不停呢?

这些人生儿育女。他们之所以承受得了的原因在此。随着金酒一口口喝进肚里,安妮逐渐有了这个体会。当她喝到金酒上面那层淡啤酒时,可能是啤酒泡沫的效果吧,这体会的速度又稍微更快了。

她之所以想生小孩,原因也跟那些人们一样。有句陈腔滥调说,孩子就是未来。这句话错了。孩子其实是未经人心反射、活生生进行中的当下。孩子本身并不引人怀旧,因为他们根本无旧可怀,因此他们会阻碍父母的怀旧心。即使孩子生了病,或遭到霸凌,或吸食海洛因上瘾,或怀了孕,他们仍是活在当下,安妮想要跟孩子一起活在当下。她宁可自寻烦恼,过一种经常为孩子担忧的生活,担忧他的上学情况,担忧他有没有被霸凌、有没有染上毒品。

所以这是天启啰。似乎就是天启没错。但安妮发现,天启有点儿像是新年新希望:没多久你就置之不理了,尤其当你是在一间北方灵魂乐夜店里、喝了几杯酒的情况下体验这道天启。这一生,她大概有过三四次天启的经验,每一次不是喝醉,就是忙着工作。那么,天启有何益处?当你正要做出转变人生决定的几小时之前,到山巅上接受一次天启,或许真的有其需要;但她想不起曾经做过什么转变人生的重大决定,更别说还跑到山巅上。无论如何,此时此刻,天启向她揭示:她所做过的一切,不是已经死去,便是即将死去。这样的天启有什么用处呢?得到了这样的天启,她又能如何呢?

她没理会这道天启,而继续待在这家店里喝酒,跳了一点舞。她几乎都是跟矮胖的老葛一起跳,原因是(一)老邦独自在做那些倒立、功夫踢腿,并且在地板上撒滑石粉;(二)萝丝在午夜时(在安妮允许下)先行离开了;(三)泰瑞·杰克森一直赖在吧台前,边喝酒边闷闷不乐地发牢骚,述说旧日时光有多好,想当年啊,你若去打群架,不会有谁逃跑,去找他妈的健康安全部门哭诉。最后,当她在半夜两点离开时,老邦跟着她出来,到她家去,她这才发觉自己邀了一位只认识一晚的男人到家里并提议他睡长沙发,接着她坐到沙发椅上,只见老邦一边试着做劈腿动作一边向她示爱。

"我真的爱你。"

"不,你不爱。"

"妈的我真的爱你。妈的我超爱你。我在酒吧第一眼看见你就爱上你了。"

"你会爱我,是因为你后来知道我的朋友是同志。"

"那只是让我更容易做出决定。"

安妮笑了,摇了摇头,而老邦则一脸受伤的表情。无论如何,这场面还挺不赖的。这是一个小插曲、小事件,这是一个她前半生里(或说来这小镇居住以来)从没有过的片刻。这件小事正在她家的客厅里发生。也许那正是为什么她刚才提议老邦睡长沙发。也许她心里就是希望他一边做劈腿一边向她示爱吧。而令人高兴地,她心想事成了。

"我虽然在做特技动作,但我说我爱你三个字,并不是耍特技。刚好反过来。我使劲耍特技,就是因为我爱你。"

"你很浪漫。"她说,"但我得去睡了。"

"我可以跟你一起去睡吗?"

"不行。"

"不行? 就是不行?"

"就是不行。"

"你结婚了?"

"你的意思是,我先生正睡在我们的床上? 所以我不让你进来? 错。"

"那问题在哪里?"

"没有任何问题。好吧,确实有个问题。我正在跟一个人交往。

但他住在美国。"

同一个谎言再三重复,逐渐感觉像个事实了。这就好像,本来无路之处,如果踏行的人够多,最后也会踏出一条小径。

"这样啊,我们说到重点了。美国……"他把双手掌心向上一翻,来加强他想表达的意思。

"我跟你没有那种关系。"

"你考虑看看。"

"老邦,没什么好考虑的。"

"事情的重点其实跟考不考虑也没关系,对吧?"老邦激动地说。

"所以我没说错。没什么好考虑的。"

"我快要离婚了。这个消息或许可以让你改变心意。这阵子我一直在考虑要离婚,遇见你,使我下了决心。"

"你结婚了? 妈的,老邦。你脸皮可真厚。"

"是的,你先听我说完。她讨厌夜店,她讨厌北部。她喜欢那些他妈的……怎么说呢……那些顶着蓬蓬长鬈发、得到电视歌唱比赛冠军的女生。"

他停顿下来,似乎搞不懂自己刚才讲了什么。

"他妈的。我说的都是真的。我跟她毫无共同点。我这才体会到我跟她有多么不适合。我就快要跟她办离婚了。我可不是对你说说而已。无论如何我就快要去办了。"

"呃,等你回到家,再看看你的感觉如何吧。"

"我已经下定决心了。"

"我不认为你跟我在一起会更好。"

"为什么不? 你今晚过得愉快吧?"

"呃……是啦,还算愉快。但老实说,晚上大部分时间我都跟老葛，或泰瑞·杰克森，或萝丝在一起。而你大部分时间都独自一人。"

"我跳舞就是那样。我跳舞时就是会做那些倒立之类的动作，所以必须独自一人待在舞池。如果我们只是……怎么说呢……一起在家看电视，我就不会那样了。"

"你的意思是，你不会自顾自地看你自己的电视节目？或者你的意思是，当我们最爱的电视节目正在播放时，你不会自顾自地去倒立？"

"这个嘛。都是。也都不是。如果去钓女人，我会自己一个人去钓。我的意思是，我现在就是在钓女人。啊，你别生气，我只是随口乱讲。"

"好极了，我们一开始就互相把话说清楚了。"

"你在取笑我。"老邦悲哀地说。

"是有一点。"

"好极了。谁叫我尽讲些屁话，对吧？"他站起身来，又说，"我想我要走了。"

"我是认真的，你可以睡沙发。"

"你很好心。但说老实话，我不是很感兴趣。我的策略一向是，要么做爱，要么继续拼。"

"继续拼是什么意思？"

"继续拼就是回夜店。平常我很少这么早就离开夜店。我浪费时间在这里，算是很给你面子。"

老邦伸出手，安妮跟他握了握。

"安妮，我很荣幸。虽然没有原来设想的那么荣幸，但是，你知道的。没有十全十美的事。"

到了第二天早晨，她不太确定老邦这个人是不是出现在自己的梦境里。他那瘦小但肌肉结实的身躯、他的滑石粉,以及他那些空翻、旋转的动作,在梦中意味着什么?是否需要心理医生来解梦?医生大概会告诉她,她对男性性行为有特殊癖好。

她犯了一个错误,居然试图跟麦尔坎解释她前一晚出游的事。她去看麦尔坎的时候,可能还有一点酒醉吧,才会认定自己可以在微醺而鲁莽的状况下,轻松地把麦尔坎的古板拿来取笑。她心想,跟麦尔坎述说性爱计划,就像拿一把水枪喷他一样好玩。但等她喷了,他也被弄湿了,却只见他哀凄地坐在那里,这时她再也想不起一开始自己为何觉得这样会好玩。

“性爱计划?你去跟一位同志朋友碰面,向她出卖你的肉体?”

这件事该从何说起?

“她是同志的事,跟这件事不太相关。”安妮大概不该从这儿说起。

“我不知道谷儿尼斯竟然有女同志。”安妮绝对不该从这儿说起。但麦尔坎不打算轻易放过萝丝的性向。

“本镇至少有两个女同志。但那不关……”

“她们平常都去哪里?”

“你说‘她们平常都去哪里?’是什么意思?”

“呃,我知道我对这方面没接触。但我没听说本地有任何女同志酒吧或夜店啊。”

“麦尔坎,她们又不是非去女同志夜店不可。就好像你不是非去异性恋酒吧不可。夜店并非同性恋者生活中的必要成分。”

“呃,如果我置身于一家非异性恋酒吧,我不认为我会感觉舒服。”

"同志会去电影院,会去餐馆,会去酒吧,会去别人家做客。"

"啊,"麦尔坎语气阴沉地说,"去别人家里。"言下之意很明白:在私人家里,关起门来,随你怎么胡天胡地。

"也许你应该直接找她聊聊。"安妮说,"如果你对本镇的女同志那么好奇的话。"

麦尔坎红了脸。

"我不是好奇。我只是……感兴趣。"

"我不想被你以为我很自我中心。"安妮说,"但能不能谈谈我呢?"

"我不知道你今天来这里要谈什么。"

"谈我的问题。"

"你的问题是什么,我已经搞糊涂了。似乎每星期的问题都不一样。我们甚至不再提你那段长期的单一固定伴侣关系了。那么多年的关系,似乎是过眼云烟。现在的你,对于到夜店物色男人还比较感兴趣。"

"麦尔坎,这个问题我之前已经说过了。假如你还要用这种道德武断地批评我,那么我以后别来,也许比较好。"

"嗯,这句话听起来,好像你打算做很多我会想要用道德批评的事情。这样看来,你似乎应该继续来看我才对。"

"你会想要用道德批评的事情是什么?"

"怎么说呢,你真的打算到处滥交?"

她叹了一口气。

"你好像根本不认识我。"

"我不认识这一面的你。我不认识这个突然间决定要跟第一个迎面走来的路人甲上床的你。"

"我可没这样做，是吧？"

"昨晚不就是？"

"昨晚我本来是可以跟老邦上床的，但我没这么做。"她真希望昨晚她多花点工夫问问他的名字。如果只跟麦尔坎讲名字，而不说出他姓邦，有助于她在这种状况下保留一些尊严。

"为何没做？"

"因为，无论你怎么想，我可不是超级荡妇。"

她根本什么荡妇都不是。十五年来，她只零零星星跟同一个男人上床，而且几乎每次做爱她都提不起真正的激情。不过，只是说出了"我可不是超级荡妇"这样的话，不知何故，却大大提振了她的信心。二十四小时之前的她，绝不可能想到自己的嘴巴会吐出这种话。

"他哪里有问题吗？"

"没有问题。他很可爱。他有点怪，但很可爱。"

"那你在寻找什么？"

"我很清楚自己在寻找什么。"

"真的？"

"真的。我在寻找一个跟我同年或比我大的人。一个有读书习惯的人。也许还具有某方面的创造力。假如他已经有一个或一个以上的小孩，我也不介意。我要找一个有点人生阅历、没有白活的人。"

"我知道你在描述谁。"

安妮非常怀疑。但一时之间她不禁纳闷，麦尔坎是否会变出某个人选给她——也许是他某个儿子，说不定最近刚离婚，说不定会写诗，而且在曼彻斯特爱乐担任乐手。

"真的？"

"你在描述相反。"

171

"什么东西的相反？"

"跟邓肯相反的人。"

这是近来麦尔坎第二度做出堪称敏锐的观察（虽然她一定是哪里弄错了，才会觉得他敏锐）。塔可确实是一个跟邓肯相反的人。邓肯没生过小孩，没创造力，根本白活了，一点人生趣味也没有。至少，邓肯从没向一个大美人的窗户扔石头，从没酗酒，从没在美国、欧洲巡回演唱，从没天赋的才气可让他抛弃（其实，如果你迷上塔可的话，即使塔可那种虚度生命的方式，也称得上是某种人生趣味呢）。是这样吗？她爱上塔可，是因为他是一个跟邓肯相反的人吗？邓肯之所以着迷于塔可，也是因为塔可跟邓肯自己相反？若是如此，安妮与邓肯就双双成功创造出一块空白，一块很复杂的空白，边边角角上头有着各种弯拐，有着奇形怪状的凹凸与锯齿，就像拼图的某块空白，而塔可则恰到好处地填上了。

"你这说法很笨。"她说。

"喔。"麦尔坎说，"呃，这只是一个理论而已。"

安妮，你好：

"如果你自认浪费了十五年的人生，你会怎么办？"你是在说笑吗？我不知道是否有人曾经告诉你，但对于这个问题，我称得上世界级专家了。我的意思是，很显然我浪费的人生不止十五年，但我希望你先别理会多出来的部分，而把我视为一个同病相怜者。你甚至可以把我当作你的导师。

首先，你必须把那个数字写下来。把你读过的好书、看过的电影、做过的有意思的谈话等，都列成清单，然后给上述事物各一个时间值。接着略施一点会计魔术，你应该就可以把那个数字减为十。我也已经把自己浪费的岁月减到差不多剩十年了（虽说我这儿作点弊，那儿动点手脚）——比方说，我把儿子杰克森的年纪都算进去，其实他上学或睡觉的时间占了很大部分。

我很想要说，把数字做到不满十，你就可以把它注销，就跟逃漏税的手法一样。但我真正的感受并非如此。我仍然对于失去的时光感到难过，但我只在睡前向自己承认这一点，那也许就是我一向睡不好的缘故。我能教你什么呢？如果这些时间真的是被你浪费了——我得非常仔细地检视关于你的传记书籍，才能为你确认这一点——那么，我有坏消息给你：这些时间不见了。你或许可以借由戒毒、戒烟或常常健身来延长寿命。但我的猜想是，八十岁以后的人生并不如人们号称的那么有趣。

从我的电子邮箱地址，最起码你可以看出，我对狄更斯挺有感觉的——目前我正在阅读他的书信集。共十二册，每一册都有好几百页。就算他别的不写，光写信，他这一生就够多产了。但他不只写信，还有厚厚四册的报导文学。他曾担任过几家杂志的编辑。他还挤出时间谈了一场颇异于当时社会风俗的恋爱，并交了几个挚友。我是不是忘了什么呢？喔，是的：他还写了十余部伟大的英文小说。所以我开始纳闷，我对狄更斯的着迷，会不会（至少一部分）导因于他是一个跟我相反的人呢？他就是那种人生值得你观察、思考的人，他没瞎混时间，实在厉害。人们常常被与自己相反的人所吸引，是吧？

但是像老狄这样的人毕竟不多。大多数人所做的，并非传世不朽的事业。大多数人的工作就像约翰·坎迪在那部电影里所演的贩卖浴帘挂钩的推销员角色。（我的意思是，浴帘挂钩也许用很久都不会坏，但你死后，人们大概不会谈论那些挂钩。）所以重点不在你做什么工作。重点不可能在此,对吧?重点必定在于你是个怎样的人,你怎样去爱,你怎样对待自己与身边的人。而这些正是困扰我的地方。我从前花了大量时间喝酒、看电视,谁也不关爱,无论妻子、情人、小孩。这是事实,我完全无从粉饰。这也正是为什么杰克森如此重要。他是我最后的希望了。我正在把身上残剩的一切,倾注于这个小男孩头顶的水孔。这可怜的孩子!除非他日后的成就能超越狄更斯、约翰·肯尼迪、詹姆斯·布朗、迈克尔·乔丹的总和,不然我会大失所望。反正,到时候我一定也不在人世,无法亲眼目睹了。

塔可

安妮,你好:

　　寄了上一封电子邮件的五分钟后,我又寄了这一封。我现在认为,我刚才给你的建议是毫无价值的,而且对你有所冒犯。我刚才建议你可以借由关爱、养育子女赎回被浪费的时光,但是你并没有小孩。而没有子女正是你自觉蹉跎了光阴的原因之一。我并不是真的这么刚愎自用或迟钝,但我看得出,我自荐担任你的导师,是不能让你满意的。

　　下星期我将去伦敦一趟,附带一提,是因为出了不幸的事。我们是继续保持互联网关系就好呢?还是你想要一起喝一杯?

不消说,都是那些相反之人的言论惹的祸。搞得这下子安妮连自己爱谁、爱什么,都不知道了。有生以来,她从没像现在这么地困惑、迷惘、无助。

11

"胎儿怎么可能失去？他连出生都还没有呢。他哪里也不能去。"杰克森说。

他高高扬起双眉，示意他正在压抑想笑的冲动。这个小男孩深信塔可随即会讲出笑点，但未获允许前，他不打算笑出来。

"对，对。当人们说，有人失去一个胎儿……"塔可迟疑了。是否有更简单、温和的解释方法呢？也许有吧，但管它的。"当人们说，有人失去一个胎儿，意思是说那个胎儿死掉了。"

男孩的双眉落下。

"死掉了？"

"对呀。有时候会发生这种事。事实上经常发生。丽琪的运气不好，因为这种事通常发生在怀孕初期，也就是胎儿还没完全成形的时候。但她的胎儿有一点大了。"

"丽琪也会死掉吗？"

"不，不会。她会没事的。目前她只是很伤心。"

"所以,就连胎儿,就连没出生的胎儿也会死啰？真够糟的。"

"确实够糟。"

"不过,"杰克森表情一亮说,"不过,这下子你就不会当爷爷了。"

"对……暂时不会当了。"

"很久很久都不会当。如果你还不会当爷爷,就意味着你应该还不会死。"说完,杰克森便跑来跑去,大声欢呼起来。

"杰克森! 不要像个笨蛋!"

塔可极少对他吼叫,所以每当塔可这样做,效果都十分剧烈。杰克森顿时呆若木鸡,用双手捂着耳朵,哭了起来。

"你弄痛我的耳朵了! 很痛! 真希望死掉的人是你,而不是那个可怜的胎儿。"

"你不是认真的。"

"这一次我很认真。"

塔可知道自己为何会如此生气,因为罪恶感。丽琪的妈妈打电话告知他这个消息时,他最先想到的并不是当爷爷的事要延宕了,但他其次想到的,肯定就是此事了。但最先与其次的间隔太近,并未如他所希望的保持适当距离。他被判处缓刑。冥冥之中,有个家伙想要延长他尚未升格当爷爷的阶段(这个阶段当然已不是青年期;连壮年期也不是,面对现实吧)。塔可希望的可不是这样。他希望丽琪快乐,生一个健康的宝宝。但,老话一句,黑暗中总会有一丝曙光。

这时杰克森的啜泣,不再是生气、痛苦,而转为悲伤、懊悔。

"爸,我真的很抱歉。我不是认真的。我很高兴死的是那胎儿而不是你。"

不知何故,小孩子就是无法真的懂得这种事。

"无论如何，我们应该去伦敦看看丽琪，对吧？"

"喔，不，她应该不希望我们去看她。"

他压根儿没想到要去探望她。去探病难道不好吗？也许吧。在他的经验里，这种问题（如果叫他自问自答），答案通常是"也许吧"。但纳塔莉会照顾她，而且丽琪跟她继父还蛮亲的……塔可实在没必要跑去她那边，无话可说地坐在床边。

"爸，她应该会想看见你。如果我生病了，我也会想看见你。"

"对，可是……这不一样，我跟丽琪不像我跟你那么熟。"

"那可不一定。"杰克森说。

凯特过来带杰克森出门吃披萨。她也邀塔可一块去，但他婉拒了——这小男孩需要一些可以跟妈妈独处的时间，而且无论如何，塔可尚未准备要演出现代式快乐破碎家庭的场面。其实他的思想相当老派（也相当单纯），他认为假如一男一女能合吃一份披萨，便能同睡一张床。然而他见到凯特时却有点困窘地意识到，也许他是办得到的，也许他可以跟她同坐于餐馆里吃东西、聊天；离异的伤口似乎只经过短短时间就疗愈了。如果是不久以前，他说不定会视此为心理健康增进的迹象呢。但在他的经验中，凡是牵涉到年纪变老的事，多半不是什么好事。所以这大概是个悲哀的证明，证明了他对任何事都漠不关心，再也无法提起任何他妈的兴趣了。凯特是个外貌姣好的女人，但他怎么样也想不起自己当初到底受她哪一点吸引。而且，他再也无法回忆起当初他们是在什么样的情况下决定步入婚姻或生下杰克森，甚至连去年为何他们会经常激烈争吵，他也记不清了。

当他把丽琪的消息告诉凯特，她说："我觉得你必须去伦敦一趟。"

"喔,不。"他说。但这一声"喔"听起来,甚至在他自己耳里,也变得多余、做作,因为他并非第一次听到这个提议。"我不这样认为。她应该不希望我去。"何不坚守同一个胜利方程式?

"那只是你猜的吧?"凯特说。

"我跟她又不是很亲,"塔可说,"她不会期望我飞过大西洋到那边,结果什么忙也帮不上。"

"相当正确。"凯特说,"她应该预期你不会去。"

"没错。"塔可说,"我就是这个意思。"

"不,不是这样。在你口中,不管你去不去,她都不在乎。在我的心里——以及她的心里——会用你最坏的一面来设想你所有的行为。你对父女关系了解得并不多,对吧?"

"对,不多。"至少,就一个育有两个女儿的父亲来说,他了解得确实不够多。

"当她发现自己怀孕,便大老远飞来看你。她心里其实是希望你对她有所表示的。"

他马上打电话给纳塔莉。

"你想什么时候来看她?"纳塔莉问。

"喔。"塔可说(这声"喔"又更加做作了),"我把这里的事情处理好,就马上过去。"

"你真的要来? 丽琪以为你不肯花工夫跑这一趟。"

"对呀。我也猜到她会那样想。我比她想像中更了解她,而她完全不了解我。"

"她现在非常气你。"

"嗯,我想,遇到流产这种事,一定会在心里激起各式各样的不痛快吧。"

"我想,当你的孩子开始生儿育女,他们就会看清你是多么无药可救。你必须想办法适应这种状况。"

"太好了,我很期待。"

塔可把杰克森身上外套的扣子都扣上,在他头顶亲吻一下。当然了,塔可唯一没把亲子关系搞砸的孩子就是杰克森,但他不可能活到能亲眼看见杰克森未来的子女。

他照顾杰克森上床睡觉之后,才意识到他没有钱去伦敦。事实上,他连去纽约市的钱也没有。目前的生活仍靠凯特接济。以后若断了她的接济,他该怎么办仍然是一个谜。但他并不是特别急于解开这个谜。反正绝对没有人愿意让杰克森挨饿,真正要紧的也只有这件事。于是他又打电话给纳塔莉,说他找不到人帮忙照顾杰克森。

"他的妈妈不愿意照顾他吗? 老天!"

那声"老天"可真够英国、真够恶毒的。

"她当然愿意,可是……"

"可是什么?"

"可是她出差去了。"

"我还以为她是做酸奶生意的。"

"为什么做酸奶生意的就不必出差?"

"酸奶不会坏掉吗?"

他能感觉到纳塔莉那个伤口仍然没有愈合,仍在化脓,还在使她痛苦,太厉害了吧。她那种坏脾气与愚昧混合起来的气质,还是跟当年一样令人难以承受。

"那你就带他来吧。我相信丽琪会想看见他的。她似乎蛮喜欢他的。"

179

"我不认为这是好主意。"

"为什么?"

"呃,学校要上课,而且……"

"丽琪说你跟凯特正在闹分手。"

"似乎……似乎有这么一回事。没错。"

"所以你付不起到伦敦的机票。"

"不是那样。"

"你付得起啰?"

"如果情况……怎么说呢……非常紧急。"

"现在的情况正是非常紧急。"

"对啦,我付不起到伦敦的机票。目前周转上出了点小问题。"

"钱我们来付。"

"不,我不能……"

"塔可,拜托。"

"好吧。谢了。"

其实没钱可花,也不是多么糟糕的事,只要他除了每个月跟法可出去喝一两次咖啡之外、别无开销的话。然而,成年人(尤其是子女成群的成年人)有时候会发现自己需要有一笔款项支配(这笔钱必须比离开的前配偶通常会留在卧房零钱筒里的数目要多)。纳塔莉的丈夫似乎是干某一行的……其实塔可对她丈夫干哪一行一无所悉。他只记得似乎是他不以为然或瞧不起的职业,所以大概是某种需要穿西装打领带、常常开会的工作吧。是某种经纪人吗? 电影业? 这时他依稀有点印象了。西蒙(叫这名字吗?)似乎是某家糟糕透顶的好莱坞经纪公司的伦敦分社社长。好像是吧。他是个毫无才情的吸血鬼,这一点塔可倒是很确定。当你是个才子,就可以很轻易地对这些家伙产生优越感。可是当你不再是才子,这些家伙就是有份工作的大人,而你就变成要接受他们慈善捐款的废物。

"你在伦敦有没有认识的人?"纳塔莉问,"你有没有可以借住的地方?"

塔可说:"我的意思是,虽然她不是刚好住伦敦,但是我们可以从她家坐火车或其他交通工具去伦敦。"

"'她'住哪里?"塔可十分确定,纳塔莉口中的"她"字前后,必定加了引号。这是典型纳塔莉的说话调调。

"一个叫做谷儿尼斯的地方。在海岸线上。"

电话那头传来纳塔莉的尖声叫喊:"谷儿尼斯!你怎么会认识住在谷儿尼斯的人?"

"说来话长。"

"那儿离伦敦有数百英里。你们住那边绝对行不通。我跟马克会替你们找个地方住。"

原来他叫马克,不是西蒙。仔细一想,也许马克并非毫无才情的吸血鬼。那很可能是某人的丈夫。

"真的吗?我不想给你们添任何麻烦。"

"丽琪的公寓现在空着。她出院时,会先跟柴克到我们家住一阵子。"

柴克是丽琪的男朋友?这名字他之前听过吗?麻烦在于,沾得上边的远亲实在太多了。小孩太多,继父太多,同母异父的兄弟姐妹也太多。他这才意识到,与他子女有关的人,有半数他叫不出名字。例如,纳塔莉也生了别的孩子,但谁会知道他们的名字呢?凯特倒是知道。

"那你还要带杰克森一起来吗?既然你所谓找不到人照顾小孩,

全是假话?"

"我想我不会带他去。"

他打算单枪匹马前往伦敦。

"我们还要多久会到?"

"十分钟。可是,杰克森,我们虽然再十分钟就到机场,但是之后我们得等班机,然后还要等班机起飞,然后我们要飞七个小时,然后我们得等行李,然后还要等巴士,然后从机场到丽琪的公寓可能还要一个小时。如果你觉得听起来不太好玩,现在后悔还来得及。我可以带你去妈妈家,然后……"

"听起来蛮好玩的。"

"一路坐着干等,听起来好玩?"

"对呀。"

他告诉杰克森,他要独自去看丽琪,而不带杰克森同行。但结果并不顺利。杰克森一直哭,一直哭,最后他只好投降。过去有许多次,这种为他而流的眼泪,是他求而不得的:每一次他孩子的妈妈要离开一阵子,把孩子交给他看顾一天或一下午,甚至她只是去洗澡时交给他二十分钟,孩子都哭个不停,无一例外,这时他就会觉得自己十分悲惨、十分没用。他的子女在幼年时期都很怕他。如今他有了一个需要他、敬爱他的孩子,只要他一"消失",这孩子就焦虑万分(对杰克森来说,那不是"暂时离开",而是"消失")。这种状况使塔可觉得自己不太像男人。当父亲的,不应该使小孩产生如此高度的依赖。当父亲的,应该要因为出差或巡回演唱,而错过跟孩子共度睡前的床边时光。

于是他不得不打电话给纳塔莉,开口要她多付一张机票钱。比起前一次,这次他更感到自卑。付不起自己的开销是一回事,但付不起孩子的花费却是另一回事。当父亲的,应该负责供养家人,应该在小孩的睡前时刻不见踪影。然而这位父亲,却被迫依靠前前任妻子与她吸血鬼丈夫的赏赐。

塔可与杰克森在机场柜台报到后,买了一小堆糖果与几十本漫画书。这时,塔可感觉到身体极不舒服,焦躁,冷汗直冒;他带杰克森去尿尿时,看到镜中的自己,惊觉自己脸上竟然毫无血色。除非白色也算是一种颜色(这么浓厚的白色,搞不好还真能算是一种颜色呢)。他几乎可以确定自己大概是得了流感、肺炎或之类的病,而且病情就快发作,使他非倒在床上休养不可了。他暗自咒骂,真不是时候:不出二十四小时,他将会病到无法旅行。早知道他就待在家里,以免到时出丑,成了世上最糟糕的父亲。

他们正在排队通过安检。这道程序的存在,仿佛是特意用来加深杰克森的病态心理。塔可对他说,那些人在找枪。

"枪?"

"有时候坏人会带枪上飞机,因为他们想要抢劫有钱人。但是由于我们不是有钱人,所以坏人不会找上我们。"

"坏人怎么知道我们不是有钱人?"

"有钱人会戴很蠢的手表,身上有香味。我们什么手表都没有,而且我们的味道不好闻。"

"那我们为什么要脱鞋子?"

"因为有人会把小型的枪支藏在鞋子里。虽然走起路来会很滑稽,但可能有人会那样做。"

排在他们前头的一位英国老妇人转过身来。

"年轻人,他们不是在找枪。他们在找炸弹。我很惊讶,当爸爸的居然没听过那个皮鞋炸弹客的事。他是英国人。当然,是个穆斯林。但他是英国籍的。"

塔可很想对她说,当爸爸的听过皮鞋炸弹客,真是谢谢你,偷听别人说话的死老太婆,你现在就给我转回去,闭上你的臭嘴!

"皮鞋炸弹客?"杰克森问。

塔可立刻预见,假如他们真的撑过这段航程,飞抵伦敦,短时间内大概不会回来了。至少不会坐飞机回来。马克将会不太情愿地替他们买两张邮轮船票,除非杰克森知道《泰坦尼克号》的事迹。如果杰克森真的连这个都知道,马克就要为一笔英国贵族寄宿学校的学费买单,而杰克森将会操那种贵族口音在英国长大。

"是的。他把炸药藏在鞋子里,想要炸掉飞机。你能想像吗?我想,也不需要很多炸弹。只要能把飞机炸出一个小洞就够了。然后,咻咻咻!我们全都会被吸到外面,然后掉到大海中。"

杰克森抬头注视塔可。塔可扮个鬼脸,向杰克森示意那位老妇人是个蠢蛋。

"我愈来愈庆幸,我这一生就快要划下句点了。"老妇人说,"我活过一场世界大战,但我有一种感觉,当你长大时,一定会看见远比闪电空袭更糟糕的事。"

他们走过扫描器,快乐地向老妇人挥手道别。然后,塔可就开始说一些别出心裁而又极为荒谬的谎话,好让他们能顺利登上飞机。他甚至得跟杰克森说,那老妇人连她自己快死掉这件事都完全搞错,更别说那些造成大量死亡的恐怖袭击或战争了。

塔可想不起自己上一次坐飞机是什么时候的事了。退出乐坛的那一天,他从明尼亚波利斯坐飞机到纽约。当时的他正处于酒醉、气

184

愤、悔恨、自怨自艾的状态，他在机上搭讪一名空姐，又意图殴打一名想阻挠他搭讪空姐的妇人，所以只要他回想坐飞机的事，总会想到那次的飞航经验。当时的他，在那个时间点，认定了那位空姐就是解决他所有问题的答案。他的感觉是，他跟她的关系或许不会维持很久，但会做很多次爱，而为他带来疗愈效果。由于她是空姐，必须经常旅行，他可以趁她不在时写写歌，也许还到她住处附近的录音室去，重建他的音乐生涯。可是当他向她示爱，她并不了解上述种种心思，她只以为他用咸猪手抓她屁股，但他不是要袭臀，而是有满腹苦衷，他满脸泪痕地试着解释他是爱她的。

老天。幸好她是个讲理的人，否则他就会被送到新泽西州的法官面前听候审判。所以他跟空姐没有发展，而是另外遇见了别人，然后又遇见另一个别人，并且生孩子……也许，他当时对那位空姐的直觉是对的。真希望当时成功说服了她，他们两人在一起是可行的，但这不表示他希望杰克森没有出生。

塔可低头看看旁边的座位。小男孩盖着毛毯，戴着耳机，已连看四集《海绵宝宝》，正在看第五集。他很快乐。塔可先前警告他飞机上播的影片他可能会不喜欢，因为塔可上一次飞越大西洋的经验就是如此：他们播了一部你不想看的烂片。而今，他们则是把史上所有的烂片一一播出。早在他爸摸清楚繁复的影音系统如何操作、如何把片子关掉之前，杰克森就看懂了部分他能够消化的笑料，也咯咯笑了。塔可看了某部爱情文艺喜剧的开头一部分，就决定放弃不看了。从已看的部分可以推知，阻碍剧中的男女主角在一起的问题在于，她养了一只猫，他养了一只狗，而那只猫和那只狗，正如一般的猫狗一样经常打架，使得这对情侣（由于电影中某种解释不清、莫名其妙的感染作用）也像猫狗一般争吵不休。塔可的感想是，男女主角将会在两小时后、剧终之前解决两人的问题。他不担心他们。这个时候他也读不下《巴纳比·拉奇》,处在这些小屏幕、闪烁的小灯、迷你汽水罐之间,阅读狄更斯似乎不太对劲。他依然感觉身体很虚弱,无法摆脱那种大难临头的预感。他印象中,这似乎是教科书上说的某种疾病的发作前兆。受到杰克森的影响,他也变成一名罹患臆想症者——他儿子深信,即便只是咳个嗽,或这里那里莫名地痛一下,就是罹患了癌症,或是年老衰竭(这种臆想症对他或杰克森都是有害的)——但他十分确定,此时之所以冷汗直冒、心律不齐,并且产生不祥的预感,想必是因为他从隐遁生活冒出来、突如其来地现身人间的结果。他知道那些仍然在乎他的网友们,在捕风捉影的互联网世界中把他形容为一名隐士,但他从不认为自己在隐居。他照常去商店购物,去酒吧,去看少年棒球联赛,由此可见,他跟塞林格是不太一样的。他只是不再做音乐,不再接受那些热切而年纪甚轻的杂志记者采访。大多数人在日常生活中也都不做这些事情啊。可是来到机场,他注意到自己边走边目瞪口呆,也许他比自己以为的还要像卡斯帕·豪泽尔。飞机的样子似乎跟以前不同了,令他有些紧张不安,而且他们即将前往一座大城市,即将跟一名前妻与一个恨他的女儿聚在一起……在这种情况下他的心脏居然还能按照拍子跳,真是奇迹啊!现在这个四七拍(如果他没数错的话)似乎相当理想,很可以接受了。他放下书本,在身体病恹恹、冰冷湿黏的状况下,迷迷糊糊地打起盹。

纳塔莉派了辆汽车来接他们。司机把他们载到丽琪位于诺丁山某处的公寓,他们入内放行李、换干净内衣裤时,司机则在外等候。这时塔可感到晕眩,想吐,他恐慌了起来。虽然他很想休息,但绝对

186

不想在丽琪家的白色地毯上吐得到处都是。由于丽琪出现并发症，被转送到大医院（应该是某家豪华的大医院），所以就算他非吐不可，也要拼命撑到那里再吐。

正当他推开这家豪华医院笨重的玻璃门时，终于想起来了，他终于知道那股大难临头的感觉大概是什么的前兆了。此时，仿佛有个家伙，也许是一只机器金刚，正将一双巨型钢铁手臂置于塔可的胸膛，用力挤压。猛烈而惊人的痛觉穿透他的臂膀，并且蹿上他的颈部。只见杰克森的表情变得苍白而惊恐，但塔可尽量不去看。他很想向儿子道歉，不是为病危道歉，而是为他说过的谎话道歉。他很想说："儿子呀，对不起。我之前说没人会突然暴毙……那不是事实。其实，人随时都可能死掉。看开一点吧。"

他尽全力地稳住脚步，镇静地走向服务台。

服务台的女子说："有什么我可以为您效劳？"他可以在那女子所戴的眼镜上看见自己的影像。他想要看穿那镜片，注视她的双眼。

"很希望你能帮忙。我很确定，我现在心脏病发作了。"

有各式各样的事件能够造成跨洲的涟漪效应，诸如洪灾、饥荒、革命、大型国际运动锦标赛事等。但造成这一次涟漪效应的导火线，却是一名中年男子突然病倒。在美国与欧洲之间，有许多通电话此起彼落地响起，而拿起话筒接听的，都是一些三十几岁、四十几岁或五十出头的女人，她们都面貌姣好，身材苗条依旧。她们纷纷以手捂嘴，惊呼起来，然后拨打更多的电话，并且以谨慎、轻柔的嗓音再三保证。接着她们预订班机，找出护照，并取消原来的行程。塔可·克洛的各路前妻与子女纷纷踏上旅程，前去探望。

这全是丽琪的主意。在真实生活中，丽琪其实是个多愁善感的年轻女子,举凡宠物、小孩子或爱情文艺喜剧,都可以把她感动到流泪。可是她与塔可共处的时间,算不上真实生活,更何况那些时间少到几乎没有。如果把她的人生分成跟他相处的时间与没跟他相处的时间,那么后者绝对可以压倒性淹没前者。怎么可能不淹没呢? 相差实在太悬殊了! 光是瞧见他的人,光是听见他的声音,就足以令她怒气冲冲、大发脾气:她的怒气强烈到跟他讲话时,她的声音会提高八度。但是当她走进病房,看见睡着的塔可镇静而无助地躺在那里,她再也感受不到怒气了。只要塔可一直躺在那里,她可以当个听话、乖巧的女儿。她暗自决定,等他醒来,她要用她对所爱之人讲话时的声音与他交谈。

丽琪被告知塔可已无生命危险,但那不是重点。重点在于,大家必须掌握这个时机。之前的她,对塔可连一丁点的善意都挤不出来,如果说,此刻她心中对他产生多一点善意了,那么其他人的心中想必也都有同感吧? 她不禁衷心相信,某种形式的团圆,某种把原本分崩离析的家庭联系起来的努力,正是塔可心里想要的。其实她根本不了解塔可,但这也不能怪她就是了。

一九八六年六月十二日,明尼亚波利斯

在出道之初,塔可像收集球员卡一样收集了不少乐坛前辈的种种败行劣迹的故事。他们之所以吸引他,并非他想要效法这些音乐人,而是因为他是一个卫道之士。这些故事十分骇人听闻,可作为一套有用的行为指南:在他这一行,其实也不必费力做什么好事,就能博得有德之士的美名了。只要你在跟一个女生关系告吹时,别把她整个人抛出窗外,人们就会以为你是圣雄甘地了。有几次,出于一种爱现的心理,塔可甚至为了维护别人(分别是一个女子、一个巡回演唱会经理人以及一个汽车旅馆接待员)的荣誉,而出手与人干架。有一回,他揍了一个独立摇滚乐队可憎的贝斯手(该乐队日后举行大型演唱会场场客满),那名贝斯手问他:"你他妈的算老几,凭什么管我?"不用说,那句问话是一种不求对方回答的反诘,但塔可后来为此陷入思考。为何他不能容许年轻人任性而为呢? 自从人类有乐器以来,音乐人大多像是混帐东西,那么,他出手推碰几个喝了两杯、神志不清的家伙的胸膛,又能改变什么呢? 有一阵子,他怪罪自己阅读的小说种类,怪罪他父母端庄有礼的素养,还怪罪他那位酒后驾车冲向一堵墙而结束生命的哥哥。他的感觉是,书籍、父母以及他那悲剧性该死的哥哥,为他打下了扎实的道德底子。如今他已能看清,一直以来他的生命都在朝向堕落而去。原来他其实是那种由于太过害怕自身的软弱而嫌恶他人行为举止的卫道之士。可是,他愈是鞭策自己强烈憎恶他人,一旦他屈服于软弱,想要不颜面扫地,就愈是难上加难了。他的确应该感到害怕。当他认识朱莉·贝蒂的时候,他发现自己除了软弱,似乎别无其他了。

塔可在这一天早晨醒来时，仍然完全不知道他将在这一天结束时从现在的人生出走。但，就算他先知道了，也不会介意，因为现在的生活确实令他十分反感。假如你问他觉得问题出在哪里……呃，假如你真的这样问他，他一个字也不会说，因为他向来喜欢保持一种讲话简洁、言不虚发、故作神秘，并且略带讽刺的调调，因为那样比较酷。你算老几，凭什么问塔可·克洛问题？你是什么该死的摇滚乐记者吗？难道更糟，你是歌迷？但是，假如叫他自问自答——他没喝醉或没在睡觉，有时候确实会问自己问题到底出在哪——他会对自己说（也只对自己说），造成每天不快乐的祸首，就是《朱丽叶》。这是无法逃避但又令他痛苦的结论。这一阵子，他每晚都登台宣传演唱《朱丽叶》，但这张新专辑彻头彻尾虚假不真，完全是骗人的玩意，充斥着洒狗血的情节和狗屁，他真是对它厌恶极了。

　　本来这种事情未必会对他造成问题。因为，凡是摇滚乐队，常常必须宣传他们自己不甚喜欢的作品。可想而知，演员与作家也会干相同的勾当：去宣传一件势必成为你毕生最烂的作品。但《朱丽叶》不同，因为它是塔可做过唯一一张令许多人叫好的唱片。虽然没有大卖，但是过去几个月里，那些易受骗的年轻大学生（他们从未读过或听过任何含有真正痛苦的作品，遑论亲身经历真正的痛苦），数以百计地成群出现在他的演唱会，和着塔可唱出每首歌的歌词的每一个字。他们囫囵吞下塔可整张唱片里那些装腔作势、自以为是、尽是牢骚和愤怒的歌曲，仿佛那些东西对他们意义十分重大。塔可相当心虚，只能用一种方式来面对他们，就是闭上双眼、把嗓音唱向观众群后方的空茫处（无可避免地，这种表演手法却导致某位乐评人形容塔可"仍然迷失在他的痛苦中"）。

　　他倒也不是认为这些歌曲一无是处。以音乐而论，这些歌都写得不错,随着每晚的演出,他和乐队的演出也愈来愈精湛;大多数的夜晚,他们都把场子炒得热翻天。而每晚用来压轴的《你和你的完美生活》更是一绝,这首歌唱到中段、吉他独奏尚未展开前,塔可会插进一些知名情歌的片段,例如今晚唱一小段《当我的宝贝好像变了心》(*When Something Is Wrong With My Baby*),明晚改唱一小段《我宁愿瞎了眼》(*I'd Rather Go Blind*),等等。有时当他一边唱这些段子,还会一边单膝跪地,有时观众会起立聆听,有时他自觉像一个称职的艺人(其职责是演出一些情绪夸张的动作,以帮助人们感受喜怒哀乐)。而且《你和你的完美生活》的歌词,即使摆在他所有的作品中,也不算太差劲。他自认已经为自己被朱莉·贝蒂拒绝的事披上相当别致的外衣了。

不,问题出在朱莉·贝蒂自己。她其实是个无脑、白痴、肤浅、空洞、无趣,却又恰好天生一副倾城美貌的模特儿。但直到那张赞颂她的神秘与魅力的唱片发行,并让大众似乎听得肃然起敬之后不久,塔可才发现这点。她初听这张专辑时,深深被塔可那副为情所苦的样子所感动,随即二度离开她丈夫——那个可怜的家伙,看着老婆提着行李箱在家中的楼梯忽而跑上,忽而跑下,他想必闪到脖子了——并且把自己弄得有如包装俗艳的礼品,献身给塔可;塔可跟她在饭店的房间窝藏了三天三夜之后,他逐渐搞清楚了,其实她比较像十六岁的内布拉斯加州啦啦队员。她不读书,不讨论事情,不思考,她是他见过最空洞的人类。他之前是不是脑筋有问题?他是在酒醉的情况下认识她的,接着那出死缠烂打的戏码就上演了。在塔可的经验中,死缠烂打一向能提升求爱的强度,但他这样做的原因不只如此。塔可原本很希望能生活在她的世界里。他想要认识她的社交圈的人;这样一来,他就有权去费·唐纳薇的家里串门子、吃晚餐。那是他应得而未得的待遇。塔可有很高的才气，他觉得现有的生活方式配不上他的才气。换言之，他这一番所作所为简直像个混蛋，而《朱丽叶》将会一辈子提醒他这个难堪与耻辱。

六月十二日是个普通日子，就跟大部分日子没什么两样。他们从圣路易开车到明尼亚波利斯，途中，塔可在拖车中睡了觉，读了点书，用随身听听"史密斯乐队"，呼吸着打击乐器组恶心的芝士条臭屁味儿。到了场地，试完音，吃了东西，这时塔可几乎已把那瓶他原本答应表演结束才能碰的红酒喝完了。他辱骂了乐队成员(讥笑鼓手对时事的无知，质疑贝斯手的个人卫生)，甚至还令人嫌恶地调戏一名宣传人员的太太。演唱会结束后，有人提议去看看某家摇滚夜店某乐队的表演，当时塔可已经喝茫了，但他还想继续喝，而且他好像听过关于那个乐队的好评。

塔可独自站在吧台边，斜眼瞄着舞台，用力回想当初告诉他这些庸才值得走过九条街去看看的人到底叫什么名字。接着，他就不是独自一人了。塔可身旁来了一位身材魁梧、留长发的家伙，他穿着超短袖 T 恤，露出一双粗壮的上手臂，壮硕得有如摔跤选手的大腿。塔可一看，便没由来地对自己说，我绝对不能跟这个家伙打架，不过，自从他去年愈来愈嗜酒如命，经常"没由来地"就能构成干架的理由了。那家伙倚着旁边墙壁，模仿塔可的站姿，但塔可不加理睬。

那家伙往他靠过来，比噪音更大声地往他耳边大叫："可以跟你说几句话吗？"

塔可耸耸肩。

"我叫杰瑞，是丽莎的朋友。我是拿破仑·索罗乐队的巡回演唱会经理人。"塔可又耸耸肩，但心底升起一阵微微的恐慌。遇见朱莉时，他正在交往的女朋友就是丽莎。丽莎遭到很恶劣的对待。其实他应该使用主动语态:他很恶劣地对待丽莎。甚至追求朱莉·贝蒂时,还继续跟丽莎上床,主要的原因是,他没准备好要来一场分手对话。到最后,他就只是……不再回去,完全不理丽莎了。他也不想对丽莎的任何朋友说明。

"你不想知道她的近况吗?"

他第三度耸了耸肩。

"我的感觉是,反正你一定会告诉我。"

"操!"那家伙说。

"操!"塔可说。他突然想起来了,当初告诉他台上这个乐队不错的人,就是丽莎。想起这点使他感到遗憾。如果他和丽莎还在一起,大概也不会白头偕老吧,但至少他们的关系,不会在他生命中成为一个永恒而公开的难堪。(喔,去想这种事情,很令人难过。假如他未曾认识朱莉,他的音乐创作之路会如何?他绝不可能想像自己会做出类似《朱丽叶》这样的专辑,而丽莎也不可能刺激他做出这样的东西。所以,假如他继续跟丽莎在一起,也许会更喜欢自己一点,但他依旧不会受到公众注目。由于他依旧不会受到注目,他还是会讨厌自己。唉。)

那家伙推一下墙壁,直起身,然后就要离开。

"对不起。"塔可说,"她现在好不好?"

"她现在还好。"那家伙说。这回答似乎有点儿令人扫兴。如果她还好,那刚才何必讲"操"?

"那就好。替我向她问好。"

出于令人难以明白的目的,台上那乐队正用电吉他的反馈音和爵士鼓的铜钹声制造一堵有如柏林围墙那么骇人的音墙。这时杰瑞说了句话,但塔可没听清楚。塔可摇摇头,朝耳朵指了指。杰瑞又说了一次,塔可这次听见了一个"妈"字。塔可曾经见过丽莎的母亲。她是一位人很好的女士。

"太令人遗憾了。"塔可说。

只见杰瑞盯着塔可看,一副很想揍他的样子。塔可怀疑,会不会是有什么误会。他绝对不应该因为说了慰问的话而被揍吧?

"她妈妈过世了,对吧?"

"不对。"杰瑞说,"我是说……"他靠到塔可身上在他耳边大声吼叫,"**知不知道她当妈妈了?**"

"不知道。"塔可说,"我不知道。"

"我还以为你知道。"

塔可心想,她可没浪费太多时间呢。他们才分手一年,那意味着,她必须……

"那孩子多大了?"

"六个月。"

塔可心算了一下,然后把手伸到背后,用手指数了数,然后又心算一次。

"六个月呀。那就……那就有意思了。"

"我也有同感。"杰瑞说。

"有两种有意思的可能性。"

"你说什么,我没听清楚?"

"**我说对我来说有两种有意思的可能性。**"

杰瑞伸出两根手指,显然是要确认数字,同时不出声地说"两"字。塔可心想,他们离这段对话的重点还远着呢。目前,他们只确认了有意思的可能性有几种。

"两种什么?"杰瑞问。

此事过后,塔可心里纳闷,为什么那时他们两人都没想过到夜店外头交谈呢? 他猜想,是出于习惯吧。两人都很习惯在喧闹嘈杂的摇滚夜店与人交谈,而且,如果你听不太到对方说什么,甚至一个字也听不清楚,也不会错过什么,这种情况他们早就习以为常。塔可试图婉转其辞,来慢慢发现一件对他来说可能非常重要的事。但他婉转不下去了。

"**两种可能性……**"喔,该死,"你是要跟我说,那个小孩是我的?"

"是你的。"杰瑞一边说,一边猛点头。

"我当爸爸了。"

"你,"杰瑞说,用手指在塔可胸口戳了戳,"葛瑞丝。"

"葛瑞丝?"

"**葛瑞丝是你的女儿。**"

"**她叫葛瑞丝?**"

"**她叫葛瑞丝。而你是她爸爸。**"

他就是这样得知了这件重要的事。

突然间,电吉他的反馈音中止了。取而代之的是一阵茫然而不响亮的鼓掌声。现在噪音没了,他可以畅所欲言,但他却不知该说什么。他绝对不希望把内心正在想的东西讲出口:他想到的是他的工作、他的音乐、《朱丽叶》以及这趟巡回宣传之旅。他又想到,《朱丽叶》已经够屈辱了,若再加上一个小孩,这屈辱将永久持续而且无法承受。但对丽莎而言,这永久的屈辱已经造成了。(也许后头这个想法能为他带来救赎吧,他在心中期盼着。这个想法似乎有其合乎道德之处。无疑地,这是为别人着想。他祈祷上帝能听见,知道他还算有心为别人想,即便他是想了一大堆为自己着想的东西之后,才聊备一格地附加这个想法。)

"这件事你打算怎么办?"杰瑞问。

"好像没什么我能帮的忙,是吧? 大多数的州是不准你在小孩子真的生出来后施行人工流产的。"

"说得好。"杰瑞说,"说得漂亮。你打算去看她吗?"

"杰瑞,很高兴认识你。"

塔可把酒喝完,把杯子放在吧台上。他不想跟这个家伙谈论他该负什么责任。他需要到外面单独静一静。

"本来我不想讲这个的,"杰瑞说,"可是你好像变得像个笨蛋,到底是怎么回事?"

塔可做了一个"请便"的手势。

"那张专辑。《朱丽叶》。里头尽是些垃圾,不是吗? 我的意思是,我能理解你很想干她。我看过一些照片,她长得很漂亮。但那些洒狗血的剧情是怎么回事? 我压根不信。"

"你非常聪明。"塔可说。他向杰瑞敬了一个带有反讽意味的礼,便走开了。他很想直接走出夜店大门,但他得先去撒泡尿。而且场面搞得有点滑稽,因为他从洗手间出来后,又遇见杰瑞,又向他敬了一个同样反讽的礼。

数年之后,有一小群人生过得一塌糊涂的粉丝开始在互联网上聚集起来,有人开始对塔可那一夜去上厕所的经历,做出严肃的分析。这票人居然缺乏想像力到这种程度,令塔可惊讶不已。假如当年马丁·路德·金发表《我有一个梦想》演讲前一刻得先去撒泡尿,这些人是否会因此得出"金是尿到一半的时候想出整篇演讲稿"这样的结论? 塔可走出洗手间时,他的鼓手比利正好要进去;那时比利已经吸大麻吸到他妈的神志不清了,所以,认定有件神秘事件在厕所中发生,并把消息传出去的人,几乎可以确定就是比利。至今,塔可与杰瑞之间的对话仍然不为外人所知,应该给杰瑞记上大功,让他万世流芳。

在回去的路上,塔可在夜店与汽车旅馆之间某处的墙壁边呕吐。他吐出了冷盘食物、红酒、爱尔兰威士忌,但好像还有某种别的东西也跟着被吐了出来。隔天早上他就打电话给巡回演唱会经理人。无论那些互联网上的人怎么说,那个夜晚,其实也没什么大不了。他发现自己当了爸爸,然后他取消了巡回演唱会,如此而已。在那一夜里,全美国说不定到处都有音乐人突然发现这类的事,并且取消演唱会——音乐人老是在干这种事。倒也不是说,隔天就会有什么大不了,或者隔天之后的六千个(真令人恶心!)"隔天"就会有什么大不了。因为这种事情是日积月累而成的。

12

　起初,安妮很庆幸塔可与杰克森迟到了。她多出了一些时间可让自己镇定一点,想一想自己要以何种面目呈现在他们面前。是的,她与塔可之间有某种联系,也许啦,但那是游丝般似有若无的互联网联系:风吹即断。假如他准时在三点整抵达,她大概会难忍冲动地跑向他,用双臂环住他的脖子(她这样做,是假定他也会回敬同等热情的拥抱,但这可不一定)。到了三点十分,她决定待会儿在他脸颊上友善地轻吻一下就好。又过十分钟后,她心中纳闷,是否该把轻吻降级为握手就好,但她还是会借由两手交握来传达暖意。到了三点四十五分,她对他的喜欢已经所剩无几了。

　当然,早知道真会出现如此是可忍孰不可忍的粗野无礼的状况,她就会提议在别的地方碰面,而非在道蒂街的狄更斯故居了。这儿周边一家商店或咖啡馆都没有,她找不到一个可容她坐在店里一边盯着博物馆入口,一边啜饮卡布奇诺的地方(消费大概就与谷儿尼斯的一栋连排楼房的房价差不多)。她只能站在街上干等,自觉像个傻

198

瓜。虽然她心知肚明,她这一番愚蠢的挑逗示爱,无可避免地会导致这种愚蠢的感觉(像她这么单方面的示爱,只能算是单纯迷恋对方吧,算什么挑逗呢?),但是她宁愿这样的结果迟一点再来,她宁可等见完面他不再回复电子邮件之后,再看到这样的结果。没想到,他干脆连赴约都省了。但她在期盼什么呢? 他是个隐居、戒酒中的前摇滚明星,无一迹象显示他是一个会在星期四下午三点整准时赶赴博物馆的人。但这下子她该如何是好? 过了一小时,她本来考虑独自参观狄更斯故居,但最后否决了(因为她突然不像本来以为的那么喜爱狄更斯了),于是她往罗素广场走去。她把自己的手机号码给了塔可,但他却没提供她任何东西——真是奸诈啊,她到现在才看出来。她只知道他要借住女儿的公寓,但就算她很有侦探细胞,能查到电话或地址,她也不会打这个电话,更不会找上门。她也是有尊严的。

她内心仍未弃绝塔可,否则她就会直接回到她位于大英博物馆旁边那间廉价而发臭的旅社,收拾短途旅行包,坐火车返回谷儿尼斯。但她不愿这么做。当她走到罗素广场时,瞧见一家艺术电影院外贴了一部法国片的海报,便独自在黑暗中坐了两个小时,边瞄字幕,边看电影。她把手机调为振动模式,每几分钟就查看一次,以防因故没感觉到振动,但不论她查看几次,就是没有留言,没有未接来电,没有任何迹象显示有个人跟她约好要见面。

她认识的人里,目前仍住在伦敦的只剩两个。一个是琳达,住斯托克纽因顿区;一个是安东尼,住伊林区。她昔日的朋友们一个接一个结婚,搬出伦敦。这些人大多是她大学时认识的,如今都当了老师。他们不约而同都决定,与其留在伦敦教书,还不如到物价低于伦敦的小市镇赚取微薄的薪水,而且小市镇的学生,只有通过饶舌歌才会接触到青少年持刀行凶犯罪。

安妮先打给琳达,理由是琳达在家工作,所以比较可能会接电话,而且就她所知,斯托克纽因顿区比伊林区离她更近。她运气不错,琳达在家,正好觉得无聊。她提议放下手边工作,接安妮到布鲁斯伯理区吃一顿平价印度料理。然而比较不幸的是,安妮在这通三分钟的电话讲到一半的时候,才想起琳达有一种让人很受不了的性格。

"喔,天啊!你到伦敦来干吗?"

"我到伦敦来……怎么说呢,其实是来跟网友约会。"

"你这句话有很多意思必须细细拆解。首先,那位可怕的邓肯怎么了?"

安妮吃了一惊,她心头居然小小刺痛了一下。

"他没那么可怕啦。反正,至少我不觉得。"

她必须捍卫他,以捍卫她自己。人们谈论自己的伴侣(即使是前任伴侣)时之所以敏感万分,原因在此。若她承认邓肯这个人不怎么样,等于公开承认她长年白费光阴,公开承认她的判断与品味十分失败。这跟她在学生时代始终支持史班道芭蕾合唱团很像,即使后来她不再喜欢,嘴上仍捍卫他们。

"第二,什么?你的约会已经结束?现在才六点耶?这是极速约会吗?"琳达为自己的幽默而狂笑起来。

"喔,怎么说呢。胜败乃兵家常事。"

"那么,此君让你吃了败仗啰?"

安妮很想说,没错,是吃了败仗。"胜败乃兵家常事"这句话的意思不正是如此吗,你这傻瓜。可没人会在戴上金牌后,从奥运颁奖台走下来说:"胜败乃兵家常事。"

"恐怕是的。"

"待会儿再说。我马上来接你。大约半小时后见。"

安妮用力闭起双眼,咒骂了几声。

自从琳达从伦敦北区那所中学的围篱下狼狈地爬出去、不干教师以后,她便以自由撰稿记者的身份维生,撰写有关抽脂、香蜂叶、皮靴、猫、情趣用品、蛋糕等任何(以中低收入者为对象的)女性杂志认为其读者想知道的东西。安妮上一次与她谈话,她的生活勉强还过得去,但她给安妮的印象是,这份工作将会在互联网时代迅速消失。琳达有一头染成棕红色的头发,一副大嗓门,每次她与安妮碰面,老是要问安妮对某些事物的"反应",例如奥巴马、某部她没看过的电视真人秀,或者她从没听说过的某乐队。说真的,安妮其实对许多事物并不特别有什么"反应",除非"反应"等同于意见,但她总觉得两者并不相同,总觉得"反应"显然更具侵略性,明确而且与众不同。即使安妮有一些与众不同的素质可以提供给琳达,她也不会浪费在"反应"上。琳达的同居人,是一个与邓肯一样无药可救的男子,但不知何故,人人都假装以为他是有指望的,假装以为他的小说总有一天会写完,获得出版,并且被公认为天才之作,然后,他就不必再为那些日本商人上英文课了。

"喏?请为我释疑吧。"她们才在餐馆坐了下来,琳达就这么说,安妮连大衣都还没脱下呢。

安妮心想,也许琳达与邓肯应该在一起才对。然后他们两个就可以不断地对彼此说"请为我释疑"与"你吓死我了"。

"我把麦克留在家里,这样我们就可以好好来一场属于女人的聊天。"

201

"喔,好呀。"安妮说。还有哪两个词的结合,比"女人的"加上
"聊天"更令人沮丧呢?

　　"你跟他做了什么? 去了哪里? 谈了些什么?"

　　一时之间,安妮纳闷琳达是否只是假装感兴趣? 琳达把双眼睁
得奇大,但正常来说,应该没有人会对一次彻底失败的网友约会如此
着迷才对。

　　"这个嘛。"她跟他做了什么呢?"我们去喝咖啡,然后去罗素广
场那家电影院看了一部法国片,然后……就这样而已,真的。"

　　"结果怎样?"

　　"女主角发现她丈夫一直以来与一名诗人有染,结果她就搬出
去了。"

　　"不是啦,我是问约会结束时有没有怎样,呆瓜。"

　　典型的琳达:她没听懂安妮话中十分明显的小幽默,但安妮确
实够白痴,才会找这女人出来。

　　"这个嘛,我……"

　　喔,讲出来有什么关系? 这件事情好荒谬。她杜撰了一场网友
约会,而这场网约是用来取代另一场约会(她开始感觉,跟塔可的约
会说不定也是她自己幻想出来的)。何不将计就计,给琳达一点可以
目瞪口呆的东西?

　　"我们互道再见就没了。这实在……实在有点尴尬。他带了他
的女朋友一起来,我想他是希望……"

　　"喔,我的天!"

　　"我知道。"

　　假如她口中这个故事有一天被出版,她必须在致谢辞中向萝丝
道谢,甚至应该让萝丝挂名共同作者。根据萝丝互联网交友的经验,

极有可能发生那种事情。

"这种事比你以为的更常发生。"安妮说,"我可以告诉你几则这种故事。"

突然间,她变得像个有模有样的小说家了。她的第一篇小说是半自传性的,但既然她已有了一点自信,她就要往想像的境域更深入地推进了。

"所以,你常找网友约会啰?"

"也不是很常啦。"看来,说故事比想像中困难多了。说故事,需要完全扬弃事实,但安妮显然尚未准备好要这样做。"但是我去过的几次约会很诡异,这种故事我大概可以告诉你五六个。"

琳达一脸同情地摇了摇头:"真庆幸我不必去互联网约会。"

"你的确很幸运。"

安妮口是心非。以她跟麦克相处过的经验,她认为琳达才是她生平认识的最倒霉的人。

"那邓肯呢?"

"他另结新欢了。"

"你在说笑吧。我才不相信。我的天啊!"

"他的条件没那么差啦。"

"拜托,安妮!以他那副鬼德性。"

"呃,是啦,他是不能跟麦克比,但是……"

这样说会不会太过火?就算是琳达,肯定也听得出她在讽刺吧。但是琳达只是在脸上掠过一抹淡淡得意的微笑。

"反正他就是另结新欢了。"

"这或许不干我的事,但他到底认识了谁?"

"一个叫做吉娜的女人,是他教书的那所大学的同事。"

"她一定是饥不择食了。"

"许多孤独的人都会饥不择食。"

这话带有轻微的指责意味,但奏效了。她搬出孤独这个说法,似乎获得了琳达的认可。也许,琳达可以看见坐在对面、啜饮着淡啤酒、压抑着怒气的安妮,脸上就写着"孤独"二字。孤独使人软弱、容易受骗、意志不坚。若非怀着孤独的心情南下伦敦,安妮绝不会像刚刚那样站在狄更斯故居外面干等一个小时。

就在她们的印度炸薄饼送上来时,安妮的手机响了。由于她不认识这个来电显示,所以她决定接听。

"哈啰?"

那声音比她想像中更为低沉,却也更为虚弱,几乎是在颤抖。

"请问是安妮吗?"

"是。"

"你好。我是塔可·克洛。"

"你好。"这是她生平对塔可说的第一句话,语气裹着一层冰霜,"希望你有一个充分的借口。"

"我的借口普通充分,还算充分。我心脏病发作了,轻微发作,我差不多一下飞机就发作了。但愿它能更严重一点,但事实就只是轻微发作。但这样就够折腾了。"

"喔,我的天啊!你还好吗?"

"不算太糟。造成的伤害主要是心理上的。显然我不像我自以为的会永生不死。"

"我能帮什么忙吗?"

"我很欢迎家人以外的人来探望我。"

"没问题。需要我带什么给你吗?"

"我应该可以看一些书。英国式的、意境朦胧的。但不要像《巴纳比·拉奇》那么朦胧。"

安妮咯咯笑了一会儿（笑得有点太久，超乎塔可所能理解了），她记下医院名称，挂上电话，脸上一阵羞红。最近她老是脸红。也许她真的变年轻了，咻地一下子返回青春期前期。那些讨人厌的发情初体验，又要整个重来一遍。

"那个人是你要讲的故事之一吗?"琳达问她，"从你脸色的变化来看，似乎是这样吧。"

"喔，是的。他应该是的。"

即使他没有变成任何故事以外的东西，最少最少，他都是一个故事。

翌日早晨，她发现根本没有人像她一样站在一家书店外面不耐地等他们开门营业。她独自伫立在寒风中。八点五十分，她抵达查令十字街，却发现那儿的书店最早开门的也要九点半；于是她先去喝了一杯咖啡再回来，九点三十一分，她从玻璃门望进去，只见店员漫不经心地铺排前方的展示品。他们在干吗呀？想必他们一定看得出，她在门外跳来跳去，可不是因为她急需买一本名流私房料理食谱。这世界上没有人会因为渴望文学而死，这倒也好，因为这些店员只会让你在人行道上眼巴巴望着，而不让你进去。终于，总算，一位留着短胡子与油腻长发的年轻男子过来开了门锁，并把门向内微拉。安妮一见缝隙便钻了进去。

前一夜，她心里转了几个念头。塔可绝不会知情，但事实上她一夜难眠，因为她一直在脑海中建构一份书单。凌晨两点时，她决定要买十本书，心想这样应该足以涵盖他的需求，也足以表达她的热心。

但早上醒来时她又觉得,她若是捧着一大叠摇晃欲坠的平装书出现在塔可面前,只会让他得到印证,这位女网友还真的是一个精神错乱、着魔发狂的人。两本就很多了,除非她实在下不了决定,才买三本。最后她一共买了四本,打算在前往医院的途中淘汰其中两本。她完全不知道他是否喜欢这些书,因为她除了知道他喜欢狄更斯,对他一无所知。那家医院位于大理石拱门附近,于是她沿着牛津街步行,然后搭上一辆她希望是往西行驶的公车。

可是……一般喜欢十九世纪小说的人,铁定都读过《名利场》吧?再者,把一本名叫《醉汉广场》的书,当作礼物送给一个戒酒中的人,妥当吗?再者,《荆棘之城》里的性爱描写,会不会让他认为她在暗示他"上我吧"?或者说,书中描写的大多是女同志性爱,会不会使他以为她是要警告他,她对他的兴趣并不是男女之情?(但事实上她就是想暗示他,她对他的兴趣就是男女之情?)再者,他才刚刚心脏病发作,所以任何含有各式性爱的书都不妥当吧。喔,妈的!她望向公车的窗外,瞄见一家连锁书店,随即在下一站下车。

安妮正站在医院入口处,把四本让她荷包大失血的全新平装书塞进垃圾筒,并在心中升起强烈的罪恶感。之所以丢弃这些书籍,一来是因为她买了太多本,不知该把不需要的藏匿于何处;二来是因为某几本她所选的书,可能会使塔可认为她要刻意彰显自己高人一等;三来是因为,其中有一两本是她应该要读却没读过的,如果他问起书的内容,她大概会结结巴巴,满脸通红。她陷入了恐慌,连她自己也看得出来。她在紧张,而每当她在紧张,她总会把事情想得过度。搭乘通往楼上病房的电梯时,她在电梯的镜面门里看见自己。她的样子糟透了,既疲倦又苍老。也许她不该担心维多利亚时代的小说,而该多担心一点脸上的妆。但愿她昨夜睡得好一点;只要睡不满七小时,她的脸色就会很难看。不过他看起来大概也不怎么好吧,这算是小小的安慰。也许这就是"安妮悖论":她只能吸引到病恹恹、什么事情都做不了的男人。她徒劳地用手梳理自己的头发,然后走出位于走廊尽头的电梯。

往塔可病房途中,她看见杰克森迎面走来。他身旁是一个接近五十岁的女人,她有着倾城的美貌,但板着面孔,令人生畏。安妮试着向那女人送出微笑,但可以感觉那朵微笑在她脸上被弹开:如果那位女人就是纳塔莉,显然她不会无缘无故对人微笑,以免让自己的微笑贬值。安妮很庆幸自己忍住了上前自我介绍的冲动;要不然,她就会像那些在大街上向电视肥皂剧明星叫喊的疯女人(只因为她们自以为跟那些明星很熟)。只因为她在冰箱上贴着杰克森的照片,不代表就可以冲到他面前,把他吓得半死。他们走过时,安妮可以看见杰克森一脸担心害怕。安妮希望那不意味她即将走进的病房里躺着一个病危之人。假如她在场时塔可咽下最后一口气怎么办?假如他的临终遗言是,"喔,你带的这些书我都看过了!"怎么办?到时候她就得编造一些说辞。而且她这辈子还没跟一个临终的人打过交道。而且如果他死前所见的最后一张脸,是安妮的脸,那会十分怪诞而不恰当。也许她应该回家算了。也许她应该等待,直到她确定病房里有其他塔可确实认识的人再进去。

但这时她已经敲了门,而且他已经说"请进"了。等到她回过神来,她已经坐到他病床边,正与他彼此微笑。

"我替你买了几本书。"安妮说。她说得太早了。书的事情,应该是当作补充,不该当作开场白。

"对不起。"他说,"我忘了说我会把买书钱给你。我跟你没有熟到可以要求你为我破费。"

她居然一进来,就大声嚷嚷自己好意为他做了什么,等于在跟他要钱嘛。真是白痴。

"哎呀。你不必给我钱。我只是不希望你以为我把事情给忘了。躺在医院里却无书可读,是件很惨的事吧。"

他朝着床边矮几点个头说:"我身边还带着老巴纳比。但他不像我先前以为的那么有趣。你读过那本吗?"

"呃⋯⋯"喔,你这女人,别假了,安妮对自己说。你心里有数。你读过四部狄更斯的小说,《巴纳比·拉奇》并不在其中。没读过这本书不至于会宣告她出局。但从另一方面想,何必冒这个险?

"我跟你一样,"她语气爽朗地说,"只看了三分之一就把它放下了。别管这个了,你才刚心脏病发作,我们却在谈论我没把某本书看完。你现在还好吗?"

"不算太糟。"

"真的?"

"真的。我很疲倦。而且有一点担心杰克森。"

"我刚才好像在走廊上看见他走过去。"

"对。纳塔莉带他去玩具店。状况实在太诡异了。"

"他们两个之前从没见过面?"

"该死的,对。"她笑了出来,这一笑却使他警戒地瞪大眼睛,"我何必让杰克森见她?我希望杰克森尊敬我。我不希望他以我过去种种错误来评断我。"

"但她正在对他好。"

"对呀,我想是的。她也在对我好。她老公替我们买单,让我们飞到这里。接着我又在这间伦敦最高档的医院服务台前昏倒,所以他也要付这笔医药费。"他笑了,一边还喘着气。

"所以她也没那么坏呀。"

"显然不坏。现在我才发现。"

"当初你怎么会跟英国女人结婚?"

"喔……"他挥了挥手,似乎在说,娶一位别洲的女子为妻,是梅开多度的丈夫生涯某个阶段不可避免会发生的事,因此相关细节既不重要,也令人厌烦。

安妮对自己说,别问太多问题,即使她亟欲知道更多关于他的事情。她以为自己只是好奇,但她对塔可各种讯息的渴望,已超乎好奇心的范围:她想要像拼图一般,把他所有的成人岁月完整拼出来,但她似乎连开始拼的平直边缘也没有。为何她如此在意? 当然,有部分是邓肯的缘故:她正在用塔可粉丝的脑袋思考,因而觉得非尽量收集塔可的讯息不可,没有人像她处在这么有利的位置。但事实才不只如此。她这一生里从未有过这样的机缘,能认识一个如此奇异的人,她害怕这机缘错过将不再有,除非有另一位人间蒸发的颓废艺术家天外飞来突然联系她。

"啊,"她说,"就是想娶个英国女人看看。"

"我是不是看起来像在装神秘?"他问。

"你看起来像是不太想跟一个刚认识的人谈论上一段以前的婚姻。"

"说得好极了。我只是把手腕没劲地挥一下,你就能充分明白我的意思,厉害厉害。"

"你的女儿还好吗?"

"不是很好。她身体还好,但是心里很生气。也在生我的气。"

"生你的气?"

"我来这里一趟,却把她的事情全搞砸了。本来众人关注的焦点应该在她身上才对。"

"我相信她没有那个意思。"

才见面五分钟,她就先后为丽琪和纳塔莉辩护。她暗自发誓,这趟探访剩下的时间里,千万别再为任何与塔可有关的人说任何好话了。这使她听起来像是个平淡无聊的乖乖女,一个隐居、戒酒中的摇滚明星绝不会喜欢这种乖乖女(其实她根本不知道一个隐居、戒酒中的摇滚明星会喜欢什么)。况且,这些塔可的亲人很有可能都是糟糕透顶的人。她只不过在走廊看见纳塔莉两秒钟,但足以让她受教了。她在那两秒钟看到:有钱的美女,真的不同于平常人。"我相信她没有那个意思……"安妮怎会知道一个模特儿的女儿心里到底想什么?

"你在伦敦有很多认识的人吗?"

"没有。只有丽琪和纳塔莉。还有你,既然你现在到了伦敦。"

"所以没有很多访客来轰炸你?"

"目前还没有。但据我了解,已经有若干访客在半路上了。"

"真的?"

"真的。纳塔莉和丽琪运用了她们的聪明才智,认为我的子女全都应该在我断气前来这里看我。所以另有三名子女、一名前妻正在半路上。"

"喔。那你的感觉是……"

"我不太喜欢这个主意。"

"你确实不喜欢。我的意思是,我看得出来。"

"事实上,安妮,我一定无法承受这种场面。我需要你帮助我逃离此地。如果你住的地方是一个距离这家医院很远很远的滨海小镇,那么听起来,正是我需要的休养生息之地。"

一时之间,安妮忘了呼吸。自从他打电话来告诉她发生什么变故,她就在心中数度撰写他现在吐出的这句台词(虽然说,用他本人的声音说出来更为动听,这个当然;而且一些细部的措辞是她不可能想到的,如"很远很远""休养生息")。接着,当她又重新呼气、吸气之后(呼吸声也许比她希望的稍微大声了点),她便开始考虑火车时刻。她本来打算今天搭乘两点十二分的火车回去,除非迫不得已,或者有个稍微站得住脚的理由,她才会待在伦敦;假如杰克森及时从玩具店回来,他们就可以跳上出租车,坐到国王十字车站,然后四点半以前就可以回到谷儿尼斯。

"你觉得怎样?"她不只忘了呼吸,还忘了有个真人正在面前与她对话。

"我不认为杰克森会玩得开心。谷儿尼斯不是什么有趣的地方,尤其在这个季节。"

"你那颗鲨鱼眼珠还在吗?"

"我有一大堆鲨鱼的东西。"

"好极了,那就够我们在那边欢度一个下午了。"

麻烦在于,她忍不住要当起一个平淡无趣、理性的乖乖女。此时她心中最希望的,莫过于回到谷儿尼斯照顾塔可,直到他康复,但这股欲望既不可凭恃,也是危险且自我耽溺的异想天开。简言之,这根本是小女生迷恋男生时会产生的傻气想法。首先,塔可是心脏病发作,可不只是得了流感。她能提供的东西,诸如毛毯、取暖用的热水袋、自制的热汤,大概都不是他需要的;就她所知,这些东西说不定会要了他的命。况且,把他硬生生从家人手中偷走,在她看来似乎是错误并且恶劣的行为,而且她不该插手别人家的事;她很不愿以传统观念来想事情,但或许她真的相信,家人是重要的,为人父者,对子女是

211

有义务的,塔可不能只是因为恐惧或尴尬(或两者皆有),就干脆逃避家人,一走了之。她如此分析一番之后,上述疑虑开始在她心中形成一个讨厌的结论:塔可是一个真实的人,他身上有诸多实际的问题待解;无论是他(或者他的问题),都无法在她的生活中、在她的屋子里,或者在谷儿尼斯被愉快地容下。假如那些疑虑会导致这样的结论,那么,她并不会很想一头栽进去。

"我不知道我是否有能力照顾你。我的意思是,他们对你做了什么? 接下来是否还需要做什么?"

"他们替我做了'血管修复术'。"

"啊。我连那是什么都不晓得。我可没能力替你再做一次。"

"天啊! 我又不会叫你帮我做。"这几句对话,是她的幻想吗? 如果不是,这些对话会不会隐约有点猥琐? 或者应该说既猥琐,又假正经(因为她正在拒绝做某事,而他则说他本来就没要求她做)? 几乎可以肯定,那是她的幻想。也许几天前的那一夜,她应该答应老邦,跟他上床,如此一来,她现在就比较不会满脑子都是这种事。

"'血管修复术'是什么?"

"简单地说,他们把一些小气球放进我体内,然后把气球吹大,好让我的动脉畅通一点。"

"所以你在过去三十六个小时之前动了手术?"

"不是什么大手术。他们只要用导管就可以把气球放进去了。"

"你的孩子们正在搭飞机,千里迢迢过来看你,你真的想要在这种时候逃避他们?"

"是的。"

她笑了。这是那种很清楚自己在想什么的"是的"。

"你那两个正在飞越大西洋的儿子……现在几岁?"

"差不多十二岁。"

"等他们抵达时，老爸已经出院，而且不见踪影？"

"完全正确。并非我不愿见到哪个孩子，而是我不愿同时看见所有人。你知道为什么吗？因为我从来没见过他们齐聚一堂、共处一室。我从来没见过，也不想看见这种场面。所以我得趁状况还可以的时候，赶快闪人。"

"你不是说笑吧？你从来没跟所有的孩子同时齐聚一堂？"

"老天，没错。要使全部人同时到齐，需要的大工程非常地……"他故意夸张地颤抖起来。

"他们全都抵达之前，你有多少时间？"

"两个小男生今天下午到。丽琪就在楼下。杰克森你已经知道……所以只剩葛瑞丝了。好像还没人知道她现在的下落。"

"她住哪里？"

"啊，"他说，"呃。以下的对话，听起来会让你不太舒服。"

"你不确定？"

"'不确定'算是一种讲法。但那还意味着我或许可以给你某个答案。"

"但应该有人知道吧？"

"喔，总会有人知道。这一任的伴侣总是有办法联络到上一任的伴侣。所以她们只要按照这样的关系链往回推就可以了。"

"她们怎会知道联络方式？"

"因为凡是牵涉到小孩子的事情，我都让女人们去安排。这方面我不太擅长，而且现任的伴侣老是想向前一任展示自己是个亲切善良、很有爱心的人，所以……我知道，我知道，对照之下，我有点像个坏男人，对吧？"

安妮试着刻意做出一个不以为然的表情(他似乎正预期她会不以为然),便随即放弃。她若表达不以为然,就形同在贬低他,形同把塔可变成她刻板印象中的那种坏男人;但她既想要,也需要进一步听闻他那复杂的家庭生活,如果她对此露出嫌恶的脸色,可能意味着此后他再也不会向她吐露那些可能会令她永生难忘的故事。

"不会啦。"她说。

他睁大眼睛看着她。

"真的? 为什么不会?"

其实她也说不出个所以然。一个人由于懒惰、漠视而与自己的女儿失联,从表面上看绝对是个坏习惯。

"我想……人还是做自己拿手的事情比较好。如果你的伴侣们比较擅长安排这些事,没道理非让你来搞砸不可,对吧?"

一时之间她让自己陷入了想像。她想像邓肯与她在一起之前,曾与他的前女友生了一个女儿,后来却是由安妮负责联络那个女孩的母亲,每当安妮与那母亲通话的同时,邓肯则无聊得一边搔搓老二,一边听他的塔可·克洛靴腿录音。假如她身处在那种状况中,也会认为邓肯不像坏男人吗? 几乎可以肯定不会。

"我不觉得你真的那样认为。如果你真的那样认为,你就是我生平仅见会那样想的女人了。但我还是谢谢你的宽容。不管怎样,你的宽容仍不足以帮助我逃离这里。"

"等你见了他们所有人,我就会带你逃走。"

"不,到时候就太迟了。逃走的作用在于,那样我就不必见他们了。"

"我知道,可是……我会有罪恶感。你不会希望我有罪恶感。"

"听着……你明天能不能再来? 还是你今天就得回家?"

难以置信,她又脸红了。能不能别再脸红?难道不管谁说了什么,她都要一再地脸红吗?这一次,因为被意中人需要,她心中高兴而满脸涨红(而不只是害羞微红)。她突然想到,其实这种心理反应在过去十五年间的任何时刻也都可能发生;之所以未曾发生,纯粹因为十五年来毫无(像这样的)事情可让她高兴。

"不。"她说,"我今天不必回家。我可以,怎么说呢……"她确实可以。她可以排个假,请某个博物馆义工去开门营业;她可以借住在琳达那边;无论要怎样,她都可以想办法做。

"好极了。嘿! 她来了!"

塔可指着一个穿着睡衣、缓步朝他们走来、面色极为苍白的女子。

"丽琪,过来认识安妮。"

丽琪显然根本不想认识安妮,因为她根本不理安妮。安妮发现自己正暗自希望塔可责骂丽琪。但那是不切实际的。塔可与丽琪必须待在同一家医院里,而且无论如何,丽琪的神色令人觉得害怕。

"葛瑞丝人在巴黎。"她说,"明天她就会抵达这里了。"

"既然我们已经知道我没有生命危险,你有没有告诉她,她不是非来不可?"

"没有。她当然非来不可。"

"为什么?"

"因为这种状况已经够久了。"

"什么状况?"

"你使我们手足离散四方的状况。"

"我可没使你们离散四方。我只是没刻意把你们团聚起来。"

安妮站起身说:"我想我应该……你知道的……"

"明天你会来啰?"

安妮看了看丽琪,但丽琪没回看她。

"或许明天不太妥当……"

"明天妥当得很。真的。"

安妮跟他握握手。她很想捏一捏他的手,但没这么做。

"嘿,谢谢你带那些书来。"他说,"都很理想。"

"再见,丽琪。"安妮语带挑衅地说。

"好哇。那你打电话给葛瑞丝,跟她说你不欢迎她来。"丽琪说。

安妮逐渐抓到跟塔可互动的诀窍了。她还蛮乐在其中的。即使是丽琪对塔可出言不逊的样子,安妮也觉得甚是新奇、珍贵,而且值得嫉妒。

13

"所以这些安排,其实全都不是为了我而做的?"塔可问。

他心想,他把话说得够温和了吧。"温和"是本周代表词。他决心往后都要一派温和,至少在心脏病发作之前都要如此。到了发作时,他的态度就会转为严肃或轻佻,端视到时候心脏科医师给他什么医疗指示而定。

"本来……本来这些安排是为你而做的。"丽琪说,"我本来很盼望你想看见我们团圆在一起。"

丽琪的嗓音听起来似乎怪怪的,比几分钟前安妮离开时更为低沉,仿佛她正在试演某出莎翁戏剧里某个乔装成年轻男子的少女。她说话的口吻变得和气,不像她平常的样子。此外,她的声调也平和得不甚协调。塔可不喜欢她这样。这给他一种感觉,好像他的病情似乎比他们嘴巴上透露的更严重似的。

"你说话为什么要那个样子?"

"什么样子?"

"好像你即将接受变性手术似的。"

"去你妈的,塔可。"

"这样好多了。"

"不管怎样,为何事事都得为你而安排?难道你不能想像,人类的活动之中有一小部分不是为你而做的吗?"

"我只是以为,你们是因为我病危、快死了,所以特地叫大家都来这里。既然现在我已经没有生命危险,那么这件事就可以作罢了。"

"我们才不想作罢。"

"你现在代表谁说话?代表大家吗?代表多数人?还是少数人?因为我不认为杰克森会在乎大家有没有齐聚在这儿。"

"喔,杰克森呀。你说东杰克森就东,你说西他就西。"

"六岁小孩子通常都是这样。用尖酸刻薄的话来形容小孩子,或许不太恰当。"

"如果我说'但愿我们都曾经拥有你给予杰克森的爱护',我相信这句话可以代表我们多数人的心声。"

"喔,是啊。因为你们每个人的人生都过得悲惨透顶,对吧?"

如果这些话来自一位先知,那么这位先知应该是《圣经·旧约》里那些令人害怕的家伙,而非温和的、逆来顺受的耶稣。显然,温和是一种难以捉摸的性质;没办法随你高兴,说启动就启动,说关闭就关闭。但话说回来,那正是人与人的关系的麻烦所在。各自有各自的温度,而且根本没有恒温设定装置。

"难道我们不悲惨,你就可以免除责任了?"

"整体而言,是这样没错。假如我弃你们于不顾,你们因而过着悲惨的生活,那我心里就会比现在更不好过。"

"我们之所以幸存下来，你是完全没有功劳的。"

"你这话不尽然正确。"

"喔，是吗？"

他知道是的，他并非毫无功劳，但他不知道如何在不造成更多麻烦的情况下把事情解释清楚。他当父亲的才能（至少在杰克森出生前），可以归结为一点：他只懂得把万人迷美女搞怀孕。当他把那些美女的人生搞得一团糟之后，就出现一些事业有成的男人来追求她们（当然，也有事业无成者来追求），但由于这时她们已经受够各种混乱失序，所以她们想找个体面、有付账能力、能提供稳定生活与物质舒适的伴侣。这其实是很基本的达尔文主义，但塔可不知道达尔文会如何解释，为何一开始那些女人会与塔可结合，并且当了妈妈？这其中似乎看不到生存本能的作用迹象。

所以，那就是塔可的子女产后服务。如果你仔细想一想，那比信托基金更可靠。信托基金可能会把孩子给毁掉，但慈爱、多金、头脑清晰的继父则不会。他能了解，这种模式并非对每个人都适用，但至今对他是适用的。甚至还有一点后坐力，有鉴于丽琪的继父将会替他的医药费买单。他不至于会说那家伙（他又忘了她继父的名字）"欠"他。但那家伙其实继承到一个相当可爱的家庭（只要他愿意对其不可爱之处睁一只眼闭一只眼）。

"大概不是吧。"这种想法过于世故复杂，以他现在趴在床上的姿势，很难把它解释清楚。

丽琪深呼吸一口气。

"我在想，"她说，"不可避免一定会这样发展，对吧？"

现在她的声音又像是男腔了。他真希望她选定男腔或女腔，固定用一种就好。

219

"什么东西一定会这样发展？"

"围绕着你的人生。你一向十分善于躲避它、逃避它。好啦，现在你在病床上动弹不得，而围绕着你的人生，正要找上门。"

"你觉得那是一个生病的人需要的吗？"

他可以试着用这招应付她，对吧？心脏病发作可不是他假装的。就算是轻微的冠状动脉心脏病，相对来说，也非同小可。他有权稍微休憩一阵子。

"这是一名哀恸的女人所需要的。塔可，我才刚失去一个孩子。"

她的声调第三或第四次改变了。他心想，幸好他不必为她做吉他伴奏，要不然每几分钟他就要转调一次。

"所以我没说错。其实你叫大家过来并不是为了我。"

"完全正确，是为了我们。但谁知道呢？或许对你也有好处。"

也许她说得对。水能载舟，亦能覆舟。但假如塔可有钱可赌，他很清楚该押宝何种结果。

丽琪离开后，塔可拾起安妮留给他的书，读了封面文案。这些书看起来相当不错。她是他在全英国（也许是全世界）唯一认识的会为他做到这件事的人，他顿时感觉到一种缺乏——他缺少安妮，缺少会提供这种服务的朋友。安妮比他想中漂亮许多，虽然说，假如安妮听到他说，她并不输给纳塔莉那种女人（那种心知自己对男人仍有强烈诱惑力的女人），她一定会很惊愕。而且，因为她不知道自己蛮漂亮的，所以她很努力在其他方面具备吸引力。就塔可所见，她的耕耘是有收获的。这时，他脑海中真的浮现这样的画面：他在某个荒凉而美丽的滨海小镇，带着杰克森（以及一条必须租来应景的小狗）沿着悬崖边散步。那部英国古装电影片名叫什么来着？梅丽尔·斯特里普在片中常常远望着海洋。也许谷儿尼斯跟那部片子的场景很像。

杰克森与纳塔莉从玩具店回来了。纳塔莉手上捧着一包好大的塑料袋。

"看来,你们很顺利。"塔可说。

"对呀。"

"你挑了些什么?"

"一只风筝,还有一个足球。"

"喔,这样啊。我还以为你会买一些可以在病房里打发无聊的玩具。"

"纳塔莉说她会带我去外面玩这些东西。也许今天下午我们去动物园之前就会先去外面玩。"

"纳塔莉要带你去动物园?"

"对呀,不然还有谁会带我去?"

"小杰,你在生我的气吗?"

"没有。"

自从塔可不幸发病,他还没有机会和杰克森好好对谈。塔可不知道要说什么,或者要怎么说,甚至不知道值不值得说。

"那你为什么不想跟我说话?"

"我不知道。"

"发生这样的事,我很抱歉。"塔可说。

"这是英国或其他国家的职业球员在使用的球。"

"酷。等我们离开这里,你可以教我一些足球技巧。"

"你之后能踢足球吗?"

"绝对比以前更能踢。"

杰克森把球往地板一弹。砰的一声。

"小杰,在病房里拍球不太好。医院里有别人想要安静休息。"

砰!

"你在生我的气。"

"我只是拍一下球。"

"我能理解。因为我之前跟你保证过我不会生病。"

"你跟我保证,如果前一天你好好的,就不可能突然死掉。"

"我现在看起来像死掉了吗?"

砰!

"因为我没死掉。事实上,我在前一天身体就不舒服了。"

砰!

"好了,小杰,把球给我。"

"不要。"

砰、砰、砰!

"好吧,我过去拿。"

塔可作势拉起被单。

杰克森突然嚎啕大哭,把球往爸爸丢去,然后用手捂住双耳,坐倒在地上。

"小杰,别这样。"塔可说,"没那么严重好吗? 我叫你别再拍球,但你不肯。现在你不拍球,那就没事。我又不会过去打你。"

"我不怕你打。"杰克森说,"丽琪说,如果你让心脏太用力,就会死掉。所以我不希望你下床。"

这样啊,丽琪,真是谢谢你了。

"好吧。"塔可说,"那就别让我必须下床。"

反正,管用就好,他疲倦地想。但是从此以后,他若想要假装是

222

正常的小学生的爸爸,将是一件难事了。

杰西与库柏在下午现身,他们看起来仪容不整,一脸困惑,而且不太高兴。两人单边耳朵都塞着 iPod 耳机,听着嘻哈音乐。他们把另一边的白色耳机垂悬在身侧,以免爸爸万一说了什么他们想听的话。

"嗨,孩子们。"

这两个儿子喉咙里发出了含糊的问候声,但发送的力道不足,还没传到塔可耳里,就掉落在床尾的地板上,留待清洁人员来扫。

"你们的妈妈在哪里?"

"啥?"杰西问。

"对呀,她还好。"库柏说。

"嘿,两位小兄弟,你们难道不想把那玩意儿关掉一阵子吗?"

"啥?"杰西问。

"不用了,谢谢。"库柏说。他说话的态度很礼貌,所以塔可知道他其实是在婉拒另一件完全不同的事情(也许是,要不要喝杯饮料?或者,要不要去看芭蕾舞?)。塔可于是做了一点默剧表演,表达他希望在没有听觉障碍的情况下跟他们交谈。两兄弟面面相觑了一下,耸了耸肩,然后把 iPod 塞进各自的口袋。他们之所以同意塔可的要求,并非因为他是父亲,而是因为他的年纪比他们大,或许也因为他正躺在病床上;就算塔可只是公车上一位下半身瘫痪的陌生人,他们也会做同样的事。换言之,他们算是有点教养的孩子,但他们不算他的孩子。

"我是在问,你们的妈妈在哪里?"

"喔,她就在外面的走廊。"讲话的多半是库柏,但他总是能给人

223

一种印象：他正透过某种莫名的方式替他的双胞胎兄弟发声。也许，肩并肩站着、互相直视、双臂垂荡于两侧，就是他们心声相通的方式吧。

"她不想进来？"

"好像是吧。"

"你们不想去叫她进来吗？"

"不想。"

"我那样说的意思就是'能否请你们去叫她来？'"

"喔。好的。"

两人走到门口，探头出去，往右看看，接着往左看看，然后招了招手，要他们的妈妈过来。

"可是，他要见你。"他停顿下来，久得足以调和异议，然后又说，"我不知道为什么。"

"她真的不想进来。"库柏说。

"但她正要进来了。"杰西说。

"好的。"

还是没看到她进房。

"她人呢？"

两兄弟恢复先前的姿势，僵硬地肩并肩站着，直视着彼此。也许，当两人关掉 iPod 时，也连带把他们自己关掉了。两人正处于待机模式。

"也许在洗手间吧？"库柏说。

"对，我也这么想。"杰西说，"在洗手间。也许现在有别人在用吧？"

"喔。"塔可说，"一定是的。"

这场由丽琪策划的活动根本没有意义,塔可顿时为此感到厌倦不堪。这些孩子千里迢迢飞来,站在病房注视一个他们已经十分生疏的人;这段关于他们的母亲是否去了盥洗室的辩论,是目前为止他们三人之间最热烈的对话。(当这段对话告终,塔可还蛮不舍的,但也别再延长下去了,否则,他们说不定会谈论起粪便的形状应该如何如何的细节,塔可听了会很不舒服,但两兄弟或许会讲得很高兴。)再过一会儿,房里的温度,将会因为一位前任妻子的抵达而变得更寒冷——这位前妻并不令塔可特别惧怕,她对他也没有很大的敌意,但就他所知,她也不是他很想在余生中再见到的人。再过一两个小时,当纳塔莉带着杰克森回到病房时,这位前妻将会撞见另一位前妻。而且,双胞胎兄弟将会瞧见一个他们素未谋面、同父异母的姐姐,并用含糊的声音对她说话。而且……老天啊,刚才他请求英国的安妮帮助他逃离此地时,还带有半开玩笑的成分,但现在那股成分已经消失。现在事情已经让他完全笑不出来了。

门打开了。凯莉戒慎恐惧地凝视门板。

"没错,我们在这一间。"塔可欢快地说,"进来吧。"

凯莉进房几步,停下来望着他。

"老天。"她说。

"谢了。"塔可说。

"对不起,我的意思是……"

"没关系。"塔可说,"我变老很多,而且这里的灯光不太能替我加分。再加上我才刚经历了心脏病发作。我倒是处之泰然。"

"不,不是。"凯莉说,"我说'老天',是要说我好久没见到你了。"

"好的。"塔可说,"够了,够了。"

凯莉看起来气色很好,又健康又苗条。她稍微变胖了,但因为之前塔可离开她时,她陷入愁云惨雾而瘦到只剩皮包骨,所以区区增加几磅体重,反而显示她的心理变健康了。

"你好吗?"她问。

"今天和昨天,还不错。前天,不好。至于前几年,大部分过得还好。"

"听说你跟凯特分了。"

"对呀。我又成功搞砸了一段关系。"

"我很遗憾。"

"我相信。"

"不,我真的很遗憾。我们这些女人之间或许没什么共通点,但我们都在为你担心。如果你有一段稳定的关系,对我们来说都比较好。"

"你们一起参加某种勒戒互助团体?"

"没有啦。可是……你是我们孩子的父亲。我们都希望你过得好。"

听到凯莉的用字遣词,他不禁想像自己是某位与世隔绝的宗教社群中的一夫多妻主义者,而凯莉被推选为代表,来此为妻妾群发声。看来,他若想自认是个单身汉,是件相当困难的事。他尝试了一下。嘿!我单身了!我跟任何人都没牵扯了!我可以为所欲为了!才不呢。不知何故,不管用。也许当他摆脱插在手臂上的点滴,他就能多感受到一点单身的自由吧。

"谢谢你。无论如何,你好吗?"

"我好极了,亲爱的,谢谢你。我的工作很顺利,杰西和库柏都很乖,如你所看见的……"塔可不由得朝两兄弟看一眼,但也没什么可看的,尽管她说到两人名字时,声音中有着一闪而过的欢欣。

"我的婚姻也很好。"

"太棒了。"

"我的社交生活很棒,道格的事业很稳健……"

"太赞了。"他正在尝试一种策略,假如他丢出的赞赏形容词够多,她就会停止讲这些话,不过看来这策略一点也不管用。

"去年我参加了马拉松,跑完了半程。"

他只好改用摇头来表示无言的赞赏。

"我的性生活比从前更加精采。"

两兄弟终于脱离了待机模式。杰西皱起脸,挂上一副觉得恶心的表情,库柏则弯下身,做出一副肚子被人用力捶中的样子。

"恶心。"他说,"妈,拜托,别再说了。"

"我是一个三十几岁的健康女人。我不打算隐藏。"

"我真替你高兴。"塔可说,"我敢说你的胃肠消化一定也比我好。"

"你最好相信。"凯莉说。

塔可开始纳闷,她是否在过去十年间的某个时刻发狂了。眼前这个跟他交谈的女人与他曾经共同生活过的那位女子,毫无相似之处:他认识的凯莉,是个害羞的年轻女子,她以雕塑与关怀身障儿童为志业。她喜欢杰夫·巴克利与 R.E.M. 乐队的音乐,喜欢比利·柯林斯的诗。但他眼前这位女人,似乎并不知道比利·柯林斯是何许人也。

"身为一个住在市郊的足球妈妈,可说的事情很多。"凯莉说,"无论像你这样的人怎么想。"喔,好的。他现在搞懂了。他和她正在打某种文化战争。他是会嗑药的酷酷摇滚创作歌手,住在某个村子,而她是被他遗弃在无名郡的小女子。但事实上,他与她的生活极为

227

相似(除了杰克森打少年棒球联赛,而不踢足球),而且凯莉上一次去纽约市的时间铁定比他更近。过去五年间的某个时刻,说不定她也抽过一点大麻。也许每个人都要来到他面前,像挥动球棒那般挥动他们的不安全感。那肯定会为事情添加一点趣味。

此时杰克森适时地回来,拯救了他们。只见杰克森一路冲过病房,用拳头往杰西与库柏的肚子捶去。两兄弟以微笑和欢呼声回应他。塔可总算看到有人使用自己的语言说话了。纳塔莉的登场,就比较庄重一点了。她向双胞胎挥手打招呼(但他们没理她),并向凯莉自我介绍。或许她是第二度向凯莉自我介绍,塔可记不清楚了,谁会知道谁跟谁曾经见过面呢? 她们两人现在铁定在打量彼此。他可以看出,纳塔莉把凯莉整个人吞了进去,然后又吐了出来。他也可以看出,凯莉心知自己被吐了出来。塔可完全承认,女人是比较美丽并且聪慧的性别,但若情况需要,她们也可以展现出无可救药的恶毒。

孩子们仍在打闹。塔可沮丧地注意到,两位同父异母哥哥的出现,使杰克森感受到巨大的安慰与热情;双胞胎兄弟之所以吸引杰克森,主因是两人身上毫无快死掉的迹象,不像他们的父亲。小孩子是有能力察觉这类迹象的。不过,在患难时,不能同舟共济而变节叛逃的人,其实不应受道德谴责。他们只是本能反应使然罢了。

"杰克森,动物园如何?"

"很酷。纳塔莉买了这个给我。"他拿出一支笔,笔杆头上不太牢靠地黏着一颗猴子头。

"哇。你有没有说'谢谢'?"

"他乖得无可挑剔。"纳塔莉说,"跟他在一起很愉快。他知道几乎所有关于蛇的知识。"

"但我不知道世界上所有的蛇加起来一共多长。"杰克森谦虚地说。

孩子们停止打闹。来自四方而聚集起来的这群人,突然寂静下来。

"大家都到齐了吧。"塔可说,"现在要干吗?"

"我想,你就在这里宣读最后的遗嘱吧。"纳塔莉说,"这样我们就能知道,你最爱的孩子是哪一个。"

杰克森看了看她,又看了看塔可。

"儿子啊,这是纳塔莉式的玩笑话。"塔可说。

"喔,这样啊。但你应该会说,你对我们每个人的爱都一样吧。"杰克森说,语气中暗示着,眼前这场局面将不甚如人意,而且可能不免弄虚作假。

塔可寻思,杰克森想得也没错。他对每个孩子怎么可能一样爱呢? 光是看到杰克森及其浑身藏不住的敏感神经,而同处一室的那两个呆板并且——面对事实吧——驽钝、蠢笨的男孩,就可以戳破谎言,看见事实了。他可以看出,唯有当你确实扮演父亲,父亲角色才会变得吃重——午夜时,你会坐到孩子身边试着说服他们,他们所做的噩梦就像烟一般虚幻;你会替他们挑选读物、学校;无论他们多么惹你生气或令你偶尔大发雷霆,你还是会爱他们。双胞胎刚出生的那几年,他亲手照顾过他们,但自从他离开他们的母亲,他对他们的关心便一年不如一年。怎么可能不这样呢? 他曾经尝试假装自以为五个子女对他都同等重要,但如今,双胞胎使他恼火,使他觉得没趣;丽琪则是满腔怨毒;至于葛瑞丝,他根本不了解她是什么样的人。喔,当然,这大半得归咎于他。他自认,假如当初他与凯莉的关系能撑下去,杰西与库柏就不会他妈的这么没个性。但事实上,他们过得不坏。他们有个经营租车公司、十分好用的继父。他们不解,为何每个人都坚持说,他们与一个住在远方的男人的关系,会影响到他们的幸福。然而每当塔可在晨间半梦半醒之际,杰克森只消把电视机打开,就能把他爸爸搞得紧张兮兮。你不可能爱你不认识的人,除非你是基督。塔可十分有自知之明,他承认自己不是基督。那么除了杰克森,他爱谁?他快速检视了名单。不,如今,好像除了杰克森,别的孩子他都不怎么爱。育有五名子女、有过那么多女人的他,从未有一时半刻想过,有朝一日他居然会有数字不足的问题。世事难料啊。

"我很累了。"他说,"你们全都去看看丽琪,好吗?"

"可是,丽琪会希望我们去探望她吗?"凯莉问。

"当然希望。"他说,"那也是她把大家找来的重点之一。也就是我们能像一家人一样认识彼此。"如果这整场团圆戏能够搬到别人的病房去演,那就更好了。

几小时后,他们回到塔可的病房,大家咯咯笑着,显然已打成一片。他们还带了一个新成员进来。他是一个年轻人,留着浓密得夸张的胡子,手上拎着一把吉他。

"你见过柴克了吗?"纳塔莉说,"他是你的那个什么来着……你的准女婿。"

"我是你的忠实歌迷。"柴克说,"我的意思是,非常忠实。"

"蛮好的呀。"塔可说,"谢谢你。"

"《朱丽叶》改变了我的人生。"

"好事情。我的意思是,如果你的人生曾经需要改变的话。也许它其实不需要改变。"

"它确实需要。"

"那么,太好了。很高兴我曾经帮上你的忙。"

"柴克想对你表演几首他创作的歌。"纳塔莉说,"但他太害羞,不敢开口说。"

塔可纳闷,就算死掉,说不定也不会像现在这么惨。来一次急性心脏病,让他一命呜呼,他就可以永永远远避免听见留胡子的准女婿唱歌了。

"别客气,尽管唱吧。"塔可说,"你现在有个俘虏可以当你的观众。"

"你的是谁?"吉娜问邓肯。

两人正在重新聆听《赤裸版》。这一个星期里,两人就靠着聆听《朱丽叶》的现场演出靴腿录音维生:邓肯从一九八六年巡回之旅中挑了九场演唱会录音,把九种靴腿版都按照原版专辑的曲目顺序播放。但是到了最后,吉娜宣称,她偏爱录音室的版本。她的理由是,如此一来,在她最喜欢的几首歌里,就不会听见一些喝醉酒的观众一路大声鬼叫。

"我的什么是谁?"

"你的……塔可会怎么称呼朱丽叶?'高不可攀的公主'?"

"我不知道。大部分跟我谈过恋爱的女人都相当讲理,真的。"

"但,塔可不是这个意思吧?"

邓肯睁大眼睛看着她。从来没有人敢跟他争执塔可·克洛的歌词。精确地说,吉娜并没有跟他争执。但她似乎即将提出一个与他相左的诠释,这令他感到些微不悦。

"那么他是什么意思?你这位克洛学专家倒是说说看?"

"抱歉。我不是有意要……我只是说说外行人的感觉。"

"那就好。"他笑了笑,又说,"想变成内行,需要一段时间。"

"我相信。可是,她之所以是高不可攀的公主,不就是因为她高贵得无法触及,而非因为她刁蛮无理?"

"这个嘛,"他一副很有雅量地说,"那不正是伟大艺术的伟大之处吗? 它可能有各种意思。但各种说法都认为,她是个很难相处、令人难以忍受的人。"

"可是,在第一首歌里……"

"《您是哪位?》。"

"对,就是那一首……里头有句歌词说……"

"人们告诉我,与你交谈/活像用患了溃疡的嘴巴咀嚼带刺的铁丝网/但你完全没有那般地刺痛我。"

"如果她是个刁蛮无理的人,他唱她完全没有那般地刺痛我不就说不通了?"

"我想,稍后她就会刁蛮无理得令人无法忍受了。"

"我觉得塔可的意思比较接近……呃……她是他高不可攀的对象。'公主陛下,你高高在上。而我则低了一层楼',难道他不是在表达他高攀不上吗?"

邓肯感觉有些恐慌:胃肠突然一沉,就是那种当你出门,前门才关上,便发现钥匙忘在厨房餐桌上的恐慌感。他投注了多年心力探讨朱丽叶之刁蛮无理,假如他弄错了,这张脸要往哪摆?

"不对。"他说,但也不进一步解释。

"呃,如你所说,你对这个懂得比我多。不管怎样,假如他的意思'是'那样……"

"他的意思不是那样……"

"好,不是那样,但别管塔可与朱丽叶了。因为我还是对这个很感兴趣:你曾经有过那种你明知自己心有余而力不足的意中人吗?"

"喔,好像有。"他快速浏览了他的性关系档案簿,大部分都是空

232

白页。他检索字母 I，搜寻 Impossible（高攀不上），以及字母 D，搜寻 Depth，Out of（心有余而力不足），但一无所获。他可以想到几个有过那种经验的友人，但事实上，邓肯从来不敢对像朱丽叶那么美丽（或者对任何可用美若天仙来形容）的女人产生爱恋之心。他很清楚自己的位阶，不只矮了一层楼，而是两层，所以根本不会有任何接触的可能。从他所处的位阶，那种高不可攀的女人，甚至连抬头遥望也看不到。试想，这就好比邓肯待在一栋百货公司卖普通灯具与陶瓷器皿的地下楼层；而朱丽叶们，则待在卖女性内衣那一楼，要往上搭好几层楼的电扶梯才到得了。

"你继续说啊。"

"喔，你知道的。事情很一般。"

"你怎么认识她的？"

这一问，让邓肯一震，即使他们已经置身于自我贬抑的国度之中，他还是必须掰出一点东西，否则这一切就太黯然了。没有一个失败者会逊到连一个失去爱情的故事都没有。他试着想像吉娜期待听到的那种风流韵事；他的脑海中浮现了惹人注目的眼妆、繁复精巧的发型、光鲜亮丽的衣裳。

"你记不记得有个乐队叫做'人类联盟'？"

"当然记得！天啊！"

邓肯故作神秘地微笑起来。

"你跟人类联盟里某个女成员交往？"

刹那间，邓肯心里发慌。说不定互联网上有某个人类联盟的粉丝站，把乐队成员交往过的人全都列成清单；吉娜可以上网去查。

"喔，不，不是。我的……前女友不是人类联盟的成员。她是一个跟人类联盟同型的二流乐队的成员。那是我大学时代的事。"这还比较有可能。"乐风一样。都是做电子合成乐,留着滑稽的发型。反正,我们没有在一起很久。后来她跟八〇年代某个乐队的贝斯手跑了。你的呢?"

"喔,是一个演员。他跟戏剧学院里每个女生都有一腿。我好傻,还以为自己与众不同。"

邓肯心想,他拗得很漂亮。他的失败往事与吉娜的很匹配。然而,他仍然觉得不安,他纳闷自己是否耗费二十年误读了塔可与朱丽叶之间关系的要旨。

"你觉得朱丽叶是刁蛮无理,还是高不可攀?两者有没有不同?"

"你是说跟什么东西比较,或跟谁比较有没有不同?"

"我不知道。我只是……如果我这次完全搞错了,我会觉得很吐血。"

"你怎么可能会错?你对这张唱片的了解,胜过地球上任何人。无论如何,如你刚才所说,你不可能搞错。"

邓肯心里纳闷起来,他可曾以吉娜的角度聆听这张唱片?他总以为,不论词或曲,他并未遗漏任何的暗示,例如这儿某个东西是从柯蒂斯·梅菲尔德那里偷来,那儿某个东西是向波德莱尔致敬。但或许他潜到这张专辑的表面之下太长的时间,从没浮上来吸气,以至于未曾从业余听众的随兴角度去聆听。或许他耗费了太多时间翻译那些原本就以大白话写成的歌词。

"喔,我们换个话题吧。"他说。

"对不起。"吉娜说,"我什么入门知识都不晓得,就一直在这里乱扯,我这样一定很讨人厌。现在我了解这种东西为什么会让人上瘾了。"

隔天早晨,当安妮再次探访塔可,他已整装完毕,准备出发了。坐在塔可旁边的杰克森,面色发红,满头大汗地穿着一件蓝色的羽绒夹克(这件夹克显然不是设计来配合医院内部的暖和温度)。

"好啦。"塔可说,"她到了。我们出发吧。"

两人经过安妮,朝房门走去。杰克森的动作极为果决,他的下巴朝前,脚步快速而整齐。这些动作使安妮相信,他们事先排练过无数次。

"我们要去哪里?"安妮问。

"你的地方。"塔可说。他已走到走廊的半途,所以她必须匆忙小跑步才能听见他说什么,即使如此,她已大幅落后他们了。

"我住的旅社? 还是谷儿尼斯?"

"对,就是那个……那个滨海的地方。杰克森需要来点盐水太妃糖。对不对,杰克森?"

"好吃。"

"来点什么? 那是什么东西,我从没听过。谷儿尼斯可没那种东西。"

电梯来了,她又慢吞吞,电梯门关到一半时她才急匆匆挤进去。

"那么,你们那边有什么他会喜欢的东西?"

"棒棒糖他大概会喜欢。但是对牙齿很不好。"安妮说。她疑惑起来,她现在心中的憧憬是什么? 她想成为一位创作歌手的放荡情妇,抑或一个来探病的访客? 因为她猜想,这两种角色应该是不可相容的吧。

"谢了。"塔可说,"我会注意的。"

她注视着他,想看看他的神情中,除了不耐烦与挖苦之外,是否有别的东西。结果没有。

叮的一声,电梯门开了。塔可与杰克森大步往街上走去,并立刻挥手招呼出租车。

"我有点忘记了。在伦敦要怎么分辨出租车是不是空车?"

"黄灯会亮。"

"什么黄灯?"

"你不会看见黄灯的,因为他们现在全都载了人。塔可,听我说……"

"爸,黄灯!"

"酷。"

那辆出租车停靠过来,塔可与杰克森坐了进去。

"我们得去哪个火车站?"

"国王十字车站。可是……"

塔可立刻给司机一串复杂的指示,要先去一个伦敦西区的地址(安妮心想,那应该就是丽琪的家),然后再大老远穿过市中心开到国王十字车站。她敢肯定,他们得找个提款机暂停一下。他身无分文,到时候他会被车资吓一大跳。

"你要跟我们一起吗?"塔可一面抓着车门把手,一面说。当然,这是一句不待对方回答的问话。安妮很想婉拒,纯粹想看看他会怎么说。但最后她还是跳进车里了。

"我们得先去丽琪的公寓拿我们的行李。你知道火车时刻吗?"

"我们一定赶不上目前这一班车。大概只要再等差不多半小时,就有下一班车。"

"等车的时候可以看漫画,喝杯咖啡……我不记得我有没有坐过英国的火车呢。"

"**塔可!**"安妮说。她的叫声尖锐而令人不舒服,音量之大,也超乎她的本意。杰克森警戒地看着她。假如她是杰克森,大概会开始怀疑这趟滨海度假之行究竟有几分趣味。但是她必须想办法打断塔可这连珠炮似的偏离正轨的瞎扯。

"是的。"塔可温和地说,"怎么了,安妮?"

"你的状况还好吗?"

"我感觉还不错。"

"我的意思是,你就这样不通知任何人就跑出医院,是可以的吗?"

"你怎么知道我没通知任何人了?"

"我只是从我们离开医院的速度来猜想。"

"我跟两个人说了再见。"

"谁?"

"呃,两个我在医院里新交的朋友。嘿,瞧,那里是不是皇家阿尔伯特音乐厅?"

安妮不理会这句话。塔可耸了耸肩。

"你身体里是不是还装着气球? 你在谷儿尼斯,可是找不到人懂得把气球拿出来的。"

事情搞成这样实在不对劲。安妮好像在用她妈妈对孩子讲话的口气对塔可说话——如果是这样,他就是出生于一九五〇年代的约克郡或兰开夏郡,父母经营一家民宿。安妮几乎可以在自己的说话声中听到木板通铺与水煮羊肝的声音。

"没有气球。我跟你说过了。我身体里可能有某种小型的排气装置。但那不会困扰我。"

"是吗,如果你突然挂掉,就会使我困扰。"

"爸,挂掉是什么意思?"

"没有任何意思。只是垃圾话。我们不是非去你那边借住不可，好吗？如果你觉得无法接受，我们在某家旅社前下车就可以了。"

"你见过所有家人了吗？"假如安妮能把她的清单上的问题全都问完，她就能变身为一位合乎常情的东道主，既殷勤、练达，又乐于助人。

"都见过了。"塔可说，"我们昨天下午办了一场皆大欢喜的老式茶会。大家都安好，大家都相处融洽，一切顺利。我在那边的任务已经完成了。"

安妮试着捕捉杰克森的眼神，但这个小男孩只是专注地望着出租车窗外，专注得令人起疑。她不知道杰克森的性格，但在她看来，他似乎刻意避开她。

安妮叹口气说："那，好吧。"她该做的已经做了。她查问了塔可的健康状况，也查问了他是否履行当父亲的责任。她不能拒绝相信他的说辞。无论如何，她不愿怀疑他。

杰克森在火车上很快乐，主因是他上了一堂速成课，学到了许多英式糖果糕饼的知识；塔可允许他可以随时去贩卖部车厢。结果他买了一些帕斯堤、比斯吉、克瑞斯普回来。他满口说着这些带有异国风情的字眼，仿佛它们是意大利红酒。同时，塔可一面从塑料杯里啜饮着烫口的热茶（烫到可以起诉铁路公司了），一面看着窗外一栋栋乡镇小屋快速掠过。地势非常平坦，天空则密布着暴躁不安的深灰色卷云。

"在你那个小镇可以做些什么事？"

"做？"然后她笑了，"抱歉。你把谷儿尼斯与一个主动动词连在一起讲，使我惊讶了一下。"

"反正，我们不会待很久。"

"你们只会待到你那些子女都放弃你、纷纷踏上千里迢迢的返家旅程。"

"哎哟。"

"很抱歉。"安妮确实感到很抱歉。她这种不以为然的态度是打哪儿突然间冒出来的？塔可那些错综复杂的过去，不就是他之所以吸引人的大半原因吗？如果安妮希望他循规蹈矩得像个图书馆员，又何必去喜欢一个摇滚歌手呢？

"那么，葛瑞丝好吗？"

杰克森向爸爸瞟了一眼，但被安妮逮到了。她检查了这记眼神，然后才抛给原定的收受者。

"好呀，葛瑞丝过得很好。她现在跟一个男的在巴黎同居。她正在受训准备要做……做某一行。"

"我知道你没见到她。"我能不能闭嘴啊。天啊。

"我见到她了。对不对，小杰？"

"对呀，爸，你见到她了。我都看见了。"

"你看见他见到她？"

"对呀。爸看着她、跟她讲话的时候，我都在旁边看。"

"你这个小白贼。而你，是大白贼。"

他们两个都不吭声。也许他们根本不懂白贼是什么意思。

"为什么是那一个？"

"哪一个？"

"为什么是葛瑞丝？"

"为什么什么东西是葛瑞丝？"

"为什么你不介意看见其他人，却怕看见她？"

"我并没有怕她。为什么我要怕她？"

也许应该叫邓肯到火车上旁听这些对话。她知道,邓肯会甘愿捐出一只眼睛、若干内脏,以求登上这列火车旁听这些东西;她的意思是,如果邓肯在这里,会对他有益的,这样他对塔可的痴迷就会衰减,也许衰减到一点也不剩。依她之见,似乎任何一种人与人的关系,都会因为亲近而变得衰弱;你大概无法对一个一边啜饮英国铁路热茶、一边厚颜无耻地用谎言胡扯自己与女儿关系的人产生敬畏。以安妮为例,她只花了大约三分钟,心中的热情崇拜与梦幻臆想,就被紧张兮兮、嫌东嫌西、老妈子式不以为然的碎碎念所取代了。在安妮看来,很像她某些已婚女性友人在某些时候的心情写照。似乎,她在病房到搭上出租车之间的路上就嫁给了塔可。

"我不知道她为什么使你害怕。"安妮说,"但她就是使你害怕。"

前往谷儿尼斯的旅途中有某种东西,使塔可不太舒服地想起了《老古玩店》。他不认为自己正爬向英国乡间去等死,可以确定的是,英国火车的速度不比小奈尔与她爷爷快多少,而且他们祖孙俩还是靠着双脚走向茫茫未知的境地呢。(这列火车已在途中暂停了三次,有个男人一再地使用一种漠然、毫无歉意的口吻,通过车上广播器向乘客致歉。)但此刻塔可绝对不是处在最佳状况,而且他也往北去,而且他也在甩开一大堆鸟事。他现在确实很像一个十九世纪生病的少女。也许他即将因某种灵魂之疾,或者某种身体病痛而倒地不起。

塔可自认对自己理性而诚实,他不自欺,顶多对别人说谎。他经常在谈到葛瑞丝的人生的时候向别人说谎。他对葛瑞丝也说过很多谎。好消息是,这些谎话不是持续性的,曾经在很长的一段时间里,他根本不必向任何人瞎掰这些屁话;而坏消息是,他之所以不必瞎掰,是因为大多时候葛瑞丝根本距离他的雷达屏幕十万八千里。葛瑞丝出生以来,塔可只见过她两三次(有一次她来宾州拜访,与塔可、凯特、杰克森一起住了几天。这是一趟灾难性的拜访,但在杰克森记忆中,她的来访使他心生无尽的欢喜),平时尽可能避免想到她,但到头来这样只是徒增内心的不安。而此时此刻,在一列离家甚远的火车上,塔可身边是一位几乎不认识的人,他却再度撒了关于葛瑞丝的谎。

说真的,这些谎言也没什么令人惊讶的。他不能以第三人称的身份("塔可·克洛,准传奇性的隐士,史上最伟大、最浪漫的分手专辑之创作者"),来述说关于他长女的实话。而自从明尼亚波利斯那个晚上之后,他也失去了第一人称的身份,因此,摆脱葛瑞丝是必要之举。他戒酒后,曾经去接受心理治疗,但他也对心理医生撒了谎;更精确地说,他从未引导医生明白葛瑞丝的重要性,而那位医生也从未把这一点推想出来。(从来没人去推想这一点。凯特没有,纳塔莉没有,丽琪也没有……)一直以来,对塔可而言,谈论葛瑞丝就意味着放弃《朱丽叶》,而他没准备好要那么做。年逾半百时,他开始思考自己这一生有何作为(如同一般人到了五十岁会做的),而《朱丽叶》差不多就是他唯一的作为了。他不喜欢这张唱片,但其他人喜欢,那也就够了:一个男人当然可以牺牲一两个小孩,以保有他的艺术声誉,尤其是当他别无什么丰功伟绩?而且说实在的,葛瑞丝似乎也没有因此受苦受难。喔,当然,她八成对所有当父亲的以及一般男人都深恶痛绝吧。而且,有人(她的妈妈或继父)会替她付心理治疗的账,如同凯特会替他的心理治疗买单。而且就他所知,葛瑞丝是个美丽而聪明的女孩,她会过得很不错,而且她有个男友,已经有自己的志业(虽然他完全想不起她要做哪一行)。看来,她似乎并未因为她亲生父亲的虚荣心而付出什么惨痛的代价。但如果葛瑞丝曾经强迫塔可

241

参加莫瑞·波维奇的脱口秀,面对他在父亲角色上的失职,节目主持人或来宾可不会这般看待。但这世界其实比电视的观点更加复杂。这世界无法单纯一刀切,无法只分成好人与坏人,伟大的爸爸与邪恶的爸爸。感谢基督让世界如此复杂。

安妮皱起双眉。

"怎么了?"

"我只是想要解开某个问题。"

"我可以帮忙吗?"

"希望可以。葛瑞丝是什么时候出生的?"

去他的!塔可心想。有人在推想这道题目了。他既感到作呕,也感到如释重负。

"稍晚。"塔可说。

"比谁稍晚?或者比什么东西稍晚?"

"我大概知道你在想什么。"

"真的?我蛮惊讶你这样说的。因为连我自己都还不知道我为什么要问你葛瑞丝现在几岁。"

"安妮,你是个聪明的女人。你一定会推想出来的。我现在不想谈论这件事,稍晚再跟你说。"

他把头朝向正埋首于漫画书中的杰克森偏了偏。

"啊!"

然后当安妮再度注视塔可,他可以看出,她已经快要解出答案了。

三人抵达谷儿尼斯时,天色已黑。他们拖着行李走到火车站前的出租车等候区,只有一辆臭气冲天的出租车正在等待。司机斜倚

242

着车子站立,抽着烟,当安妮把她家地址告诉他,他把香烟往地上使劲一扔,并咒骂几声。安妮向塔可无奈地耸了耸肩。他们必须自己把行李放进后备厢,应该说,安妮与杰克森必须做这件事。他们不肯让塔可出力提任何东西。

车子经过了灯光刺眼的沙威玛烤肉店,经过了三英镑吃到饱的印度料理店,经过了几家用一个单词作为店名的酒吧,如"幸运""金发",甚至有一家叫做"酒鬼"。

"白天时景观比较好看。"安妮辩解。

塔可正在寻找他的方位。假如把那些外国料理餐厅转换成美国人爱吃的食物,把几家赌马投注站转换成大赌场,他就等于来到了新泽西州某个更破烂的游乐胜地。每隔一阵子,就会有某个杰克森的学校同学被硬拖到这类的滨海小镇,要么因为那孩子的父母记错了年轻时某次度假的地点,要么因为他们没有能力发现布鲁斯·斯普林斯汀早期专辑中的那种浪漫的情怀与诗意的放肆。结果他们总是被那些地方的粗鄙、黑心与烂醉吓坏,而匆忙返家。

"杰克森,你喜欢炸鱼薯条吗? 我们要不要买一些来当晚餐?"

杰克森看着父亲,以眼神探询他是否喜欢炸鱼薯条。塔可点了点头。

"有一家的薯条很好吃,沿着我们家……我家那条路走下去就到了。塔可,如果你只吃鱼,应该不碍事。你别碰炸面衣或薯条。"

"听起来很棒。"塔可说,"我们说不定永远都不想离开了。"

"爸,我们会离开的,对吧? 因为我得看见妈妈。"

"兄弟,只是玩笑话。你会看见妈妈的。"

"我真讨厌你的玩笑话。"

火车上的对话,依然使塔可心烦意乱。他心里毫无头绪,不晓得该怎么跟安妮说；他不晓得自己是否有能力述说这件事。如果可以选择，他会拿笔把事情一五一十写出来，递给安妮一张纸，然后走开。他想起来了，起初他也是靠着笔谈而认识安妮的，只不过他之前都是写在电脑上。

"你家有没有电脑？"

"有。"

"我写一封电子邮件给你好吗？"

塔可试着想像他坐在自家的电脑前，试着想像自己尚未与安妮见面，而她距离他有千里之远；他不愿去想半小时后他就得跟她面对面谈话。他在电子邮件上告诉她，当年他如何发现自己有了一个女儿，而由于他的窘迫与懦弱，他甚至在那个时候也不急于去看她，算起来，她出生后他只见过她三四次。他告诉安妮，其实他甚至不太喜欢朱莉·贝蒂，所以他必须停止演唱那些歌曲，那些描写他如何因悲伤与欲望之沉重而被压垮的歌曲。而当他不再唱那些歌曲，他就无歌可唱了。

在此之前，他从未如此完整地细数这段往事；即使他那些前妻，也不会像安妮读信之后知道得这么多。她们既从未主动推想这个问题，他也没有从旁协助——他不止一次在谈到葛瑞丝的年龄时说谎。这时他注视着屏幕上他各大罪状的总和，在他看来，加总起来似乎也没有很多嘛。他没杀死任何人。他再度定睛一看，心想，他一定是漏写了什么。没漏写！他竟然为了自己没犯的罪，服了二十年的刑。

他出声叫唤楼下的安妮。

"要我列印出来吗？还是你要在屏幕上看？"

"我在屏幕上看。你来烧开水好吗？"

"水壶好弄吗?"

"我想你一定会弄的。"

两人在楼梯上交替而过。

"你可不能在今晚就把我们撵到外面街上。"

"啊哈,这下子我明白你为什么要等到杰克森睡着了。你在玩弄我的善心。"

他面露微笑(尽管他心中忐忑不安),往厨房走去,找到电热水壶,按下开关。当他在等待水煮沸时,不经意地看见他与杰克森的照片,就是他们去看费城人队比赛时凯特在国民银行棒球场外替他们拍的那张照片。他有些感动,安妮竟然还大费周章把它印出来贴在冰箱上。他看起来不像个坏人,至少在那张照片上不像。他倚着厨房料理台,等待。

14

　　读完他写的东西后，她对他说："好。第一，你现在打个电话给你某个前妻或某个孩子。"

　　"你读了我的生涯始末后，要说的话只有这个？"

　　"你现在就去打。没得商量。容我大胆地说，你正要向我招认，你刻意在葛瑞丝抵达医院前躲开她。"

　　"喔。对呀。哈。我都忘了我没有招认这一点。"

　　"你不必跟葛瑞丝通话，虽说你或许应该这么做。但必须有人让她知情。而且你必须通知他们你现在一切平安。"

　　他选择打给纳塔莉。她一定会生气，冷言冷语，使他难堪，但就算如此，似乎也没什么要紧。他又不仰赖她在他老年时煮汤给他喝。他打她的手机，她接听了，然后他在一阵暴雨般的乱箭之中缓步前进，传达了她需要知道的基本讯息。他甚至把安妮家的电话号码告知她，一副好爸爸的样子。

　　"谢谢你。"安妮说，"第二，我要说《朱丽叶》非常出色。别把《朱丽叶》的音乐跟其他那些鸟事混为一谈。"

"你到底理不理解我在电子邮件中所写的东西?"

"理解。你是个大烂人。你生了五个孩子,对其中四个来说,你是个没用的父亲。对你的每任妻子来说,你是个没用的丈夫。对你的每个女友来说,你是个烂伴侣。即使如此,《朱丽叶》仍是一张出色的专辑。"

"既然你现在已经知道它实际上是一坨大便,怎么还会那么想?"

"你上一次听它是什么时候?"

"老天。自从发片之后我就没听过了。"

"几天前我才又放来听了一次。你一共听过几次?"

"你应该知道……呃……它是我做的吧?"

"说,一共几次?"

"从它录完一直算到今天吗?"

他可曾播来听过?塔可尽力回想。在他过去每段关系之中,总会有某个时刻,他撞见女友或妻子正在偷偷摸摸听他的音乐,他脑海中浮现她们被他撞见时那一副副吓一跳而心虚的表情。这种事甚至发生在他某几个孩子身上(但谢天谢地,不包括葛瑞丝)。但话说回来,他看见葛瑞丝的时间实在少得可怜,根本不足以逮到她偷偷摸摸做任何事。他摇了摇头。

"一次也没听过?"

"好像没有。我何必听它?有一阵子我每天晚上都要登台演唱那些歌,记得吗?如果那些歌曲里有什么好东西,我一定会知道。但确实没有。它们全是谎言。"

"你是想告诉我,艺术是人为编造的吗?我的老天。"

"我是要告诉你,我的……艺术,是虚伪的。对不起。容我换个

247

修辞。我是要告诉你,我这张摇滚乐专辑,是一堆大便凑成的假货。"

"你认为我会觉得那样很要紧吗?"

"这就好比,假如我赫然发现约翰·李·胡克是一个白人会计师,我大概会觉得不爽。"

"他不是吗?"

"他已经死了。"

"瞧,这些全是我不知道的事。反正你的言下之意是,我是个白痴。"

"呃?这话怎么说呢?"

"这个嘛,这张专辑我已经听过数百次,仍不觉得已经把它掏空,每一次听都有新意。所以想必我是个呆瓜。你在意的,都是事实面的东西,是吧?你的逻辑是:这是一张烂专辑,这是个事实。而如果我不能掌握事实,那么我就是个笨蛋。"

"不,不是,对不起,我不是那个意思。"

"好,继续说啊。我倒要看看是你对《朱丽叶》的看法正确,还是我的看法正确。"

塔可打量着她。就他判断,她看起来相当生气,想必她真的在《朱丽叶》的歌曲里投入了什么真感情。无论是何种感情,他等于把她的感情当垃圾看待。

塔可耸了耸肩。

"我做不到。除非我能说……呃……人人的意见都站得住脚。"

"你不相信这种说法吧?"

"至少在《朱丽叶》这个例子上,我是不相信的。你看……这就好比我是个厨师,你在我的餐馆用餐,而你正告诉我,我做的菜有多美味。但我心里有数,我先在菜上撒了尿,才端上桌给客人吃。所以,怎么说呢,你的意见固然站得住脚,但是……"

安妮皱了皱鼻子,笑着说:"但是显示你缺乏品味。"

"完全正确。"

"所以塔可·克洛认为,他把菜端上桌,他的歌迷却尝不出其中的尿味。"

这句话说中了塔可·克洛在那一趟巡回宣传之旅期间的想法。他固然痛恨自己,但他也藐视每一个把那些尿舔得干干净净的人。那正是他之所以能如此轻易地退出乐坛的原因之一。

"坏人也是有可能做出伟大艺术的,这一点你应该知道吧?"安妮说。

"我当然知道。某一些我最欣赏的艺术作品,其创作者都是王八蛋。"

"狄更斯对老婆很不好。"

"狄更斯可没写过一本叫做《我对老婆很好》的回忆录。"

"你可没做过一张叫做《朱莉·贝蒂是个思想深邃而趣味十足的人,而我跟她在一起的时候并未使别人怀孕》的专辑。《朱丽叶》是如何产生的并不重要。你认为它完全是意外的产物。但无论你喜不喜欢、相不相信,那些因朱莉的激发而创作出来的音乐很美妙。"

他装出一副失望透顶的样子,把双手一摊,然后笑出来。

"怎样?"安妮问。

"我不敢相信,我把一切都告诉了你,结果我们居然在谈论我有多伟大。"

"我们并不是在谈论你有多伟大。你又把两件事搞混了。你并不伟大。你是个……是个不负责任、自我耽溺的……猪头。"

"谢了。"

"呃，无论如何，你曾经伟大过。而我们现在谈论的是你那张专辑有多伟大。"

他微笑起来。

"好吧。你的恭维我心领了，即使我不那么相信。你的责骂，我也都接受。老实说，从来没有人叫我猪头。这个称号我还蛮喜欢的。"

"你顶多只能说，你从未听见有人叫你猪头。我敢说一定有人那样说过你。难道你都不看互联网吗？其实我知道你有看。我跟你就是因互联网而认识的。"

安妮停顿下来。他可以看出，她有话想说，但欲言又止。

"请说。"他说。

"我也有事情要告白。事情之糟糕，几乎不下于你那些事。"

"好的。"

"你知道在那个网站上写第一篇文章的家伙吗？你就是看了那篇文章，后来辗转发现我，记得吗？"

"叫做邓肯什么的。说猪头，猪头到。"

安妮盯着他看，然后用双手捂着嘴巴。塔可担心自己是不是说了什么冒昧的话，但她眼神中闪亮着一种故作惊愕的顽皮。

"怎样？"

"塔可·克洛居然知道邓肯是谁，而且塔可还说邓肯是猪头。我实在无法向你说明这种感觉有多么怪异。"

"你认识那家伙？"

"他是……几个星期之前，这里原本是他的家。"

塔可睁大眼睛看着她。

"所以，他就是那个人？你就是因为跟他在一起而浪费了多年光阴?"

"对,就是他。我之所以会那么常听你的音乐,原因在此。我之
所以会听到《赤裸的朱丽叶》,原因也在此。我之所以会在他的网站
贴上我的评论,也是这个原因。"

"那么……喔,该死的。他还住在这个镇吗?"

"从这里走几分钟的路,就可以到他那边。"

"老天!"

"这会造成你的困扰?"

"怎么说呢……世界之大,城镇之多,酒吧之多,我偏偏走进他的
地方。令人太难以置信了。"

"不会难以置信。就像我刚才说的。因为,如果没有他,我跟你
就不会认识。我希望你见见他。"

"不要。"

"为什么不要?"

"因为,第一,他是个该死的怪胎。第二,我怕我不小心杀了他。
第三,就算我没杀他,他大概也会因为兴奋过度而当场暴毙。"

"呃,第三点非常有可能。"

"为什么你希望我见他?"

"因为,无论你怎么想,他并不笨。至少在艺术方面他不算笨。
而你差不多算是有史以来对他有意义的艺术家里唯一仍在世的。"

"唯一仍在世的艺术家? 老天! 我随随便便就可以列出一百个
比我优秀的当代艺术家。"

"塔可,这无关乎别人是否比你优秀,而是你所作、所为、所说的
一切,仿佛是针对他而说,为了他而说。他与你有着某种连结。你把
插头插进了他背上一个看似极为复杂的插孔里。我不知道为什么,

但你确实在他身上产生这种作用。"

"既然如此，我也不需要去见他了。既然我跟他等于在精神上谈过话了。"

"喔，见不见，由你决定。这状况很怪异。他对感情不忠，而且那段关系使我付出惨痛代价。但你来这里住，而我却不把此事告诉他……这似乎是不可思议的背叛。"

"等我离开后，你再告诉他，不就得了？"

两人把茶喝完，然后安妮找出备用的鸭绒垫子与抱枕，放在沙发上。杰克森在客房里睡得很熟。至于谁去睡安妮的床？塔可输掉了这场争论。

"安妮，谢谢你。"他说，"真的。"他在她脸颊上轻吻一下。

"有人在我家住，感觉很好。"她说，"自从邓肯离开后，就没发生这种事了。"

"喔。是的。也谢谢你这样说。"他又轻吻她另一边的脸颊，便上楼去了。

尽管安妮事先示警，这个星期六早晨倒是晴朗明亮而寒冷，但塔可仔细一想，认为这个小镇在白天看起来并没有好到哪里去：少了那些廉价的夜间霓虹灯，它看起来尽是疲态，很像人过中年却素颜的站街女郎。早餐后，三人朝海边散步而去；他们绕了点路，好让安妮带两位访客看看博物馆的位置。然后他们在一家商店稍停。店里所售的糖果都装在一些大玻璃罐里，要买的话，一次至少要叫店家称四分之一磅。杰克森买了一些鲜艳的粉红色虾糖。

接着他们走到海滩上，试着教杰克森如何在碎浪上拿石头打水漂。这时安妮突然说："哦喔。"

只见一名矮胖的中年男子,正朝着他们这边慢跑而来。尽管气温低,他看起来还是满面通红、满头大汗。他一看见安妮,便停了下来。

"哈啰。"他说。

"嗨,邓肯。我从来不知道你爱慢跑。"

"对呀,我也从来不知道自己爱慢跑。这是一个……一个新事物,新制度。"

塔可很了解,前任的伴侣与伴侣之间的关系是很诡异的,他知道安妮与邓肯这区区几句对话中充满着意涵,但安妮的表情并无异状,他无法解读出什么。四人沉默地站了一下。安妮显然正在苦思一个向邓肯吐露塔可来访的消息的最好方式,但邓肯居然小题大做地把手伸出来,好像要表现自己有多么宽宏大量。

"你好。"邓肯说,"我是邓肯·汤姆森。"

"你好。"塔可说,"我是塔可·克洛。"他从未像此刻这般感觉自己的姓名仿佛有千斤之重。

邓肯甩开塔可的手,仿佛那是烫手山芋,并用极轻蔑的眼神看着安妮。

"真是可悲。"他对安妮说。然后便慢跑离开。

他们三人看着邓肯沿着砂石海滩脚步沉重地跑开了。

"那个人为什么说你可悲?"杰克森问。

"这很复杂。"安妮说。

"告诉我。他好像很气我们。"

"呃。"塔可说,"我想,他以为我不是塔可·克洛。他以为安妮事先叫我说我的名字叫做……叫做塔可·克洛,因为她以为这样会很好玩。"

他们停顿了一下,同时杰克森把这场误会翻来覆去地检视,看看有无任何幽默的迹象。

"根本就不好玩。"杰克森说。

"没错。"塔可说。

"那你为什么觉得那样会好玩?"杰克森对安妮发问(他把安妮视为这个不可理喻的玩笑的发起人)。

"亲爱的,我并没有那样觉得。"

"爸刚才说你有。"

"不,他的意思是……你看嘛,我明明知道你爸是谁,但那个人不知道。那个人虽然知道塔可·克洛,但他不认为你爸就是塔可·克洛。"

"那他以为谁是塔可? 法可吗?"

安妮明明知道事情原委,理应不会在听见脏话出自一个六岁小孩之口的时候笑出来,但她还是笑了。塔可能够理解那种想笑的冲动就在于:小男孩想要理解刚才到底怎么回事的那股认真劲儿,与那句脏话凑在了一块。

"答对啦!"塔可说,"他以为法可就是塔可。"

"事实上,其中还夹着一层更复杂的东西。"安妮说,"我知道现在才忏悔已经太迟了,但……"她深呼吸一下,又说,"他也以为,你是我正在交往的人。"

"他为什么会那样以为?"

"他曾经问我,冰箱上照片里的人是谁? 我不想告诉他实话,然后就……"至少,塔可现在明白了邓肯主动握手故作大方之意了。

"原来如此。"塔可说,"那个人以为我是安妮的男朋友。而且他以为法可才是塔可。"

"我说得没错嘛。"杰克森说,"一点都不好玩。"

"确实不好玩。"

"酷。"杰克森说,"因为如果有一个笑话,大家都觉得好玩,却只有我听不懂,我会觉得很不舒服的。"

"无论如何,"塔可说,"目前,我的模样跟塔可·克洛差距很大。"

"完全正确。"

"我有没有必要费事向他证明我才是正牌的塔可?"

"麻烦在于,他对'塔可·克洛'的知识,比你还多。"

"但我有身份证明文件喔。"

大约十五分钟后,邓肯拨打安妮的手机号码。电话响起的时候,她与塔可和杰克森正来到博物馆外,她正在包包里摸索上班用的钥匙:由于谷儿尼斯的风情很快就已经耗光了,所以她比预期更早地要把那条作古已久的鲨鱼遗物秀给访客看。

"我不敢相信你居然会做那种事。"邓肯说。

"我什么也没做。"安妮说。

"如果你想要让自己出丑,带着一个老得可以当你爸爸的男人在镇上闲晃,那是你的自由。但是你叫他冒充塔可……道理何在? 你为何做这种事?"

"他现在就在我旁边,"安妮说,"所以这样有一点尴尬。"

塔可挥手示意,要安妮继续讲电话,不必顾虑他们。

"早知如此,你当初又何必叫他参与你那些幼稚的游戏。"

"这不是游戏。"安妮说,"你刚才看到的,真的是塔可·克洛。此时此刻他仍然是塔可。如果你想要的话,可以亲自问任何关于他的问题。"

"你为什么要做这种事?"邓肯问。

"我什么也没做。"

"你明明看过几星期前塔可被人拍到的照片。你明知塔可长什么模样。他看起来根本不像一个退休的会计师。"

"那不是塔可。那是他的邻居约翰。因为你这种人在互联网上散播的误解,所以他得到一个名号叫做假塔可,又叫法可。"

"喔,你省省吧。请问你又是如何认识这位'塔可·克洛'呢?"

"他写电子邮件给我,跟我讨论我那篇《赤裸的朱丽叶》的乐评。"

"他写电子邮件给你?"

"是的。"

"你才贴一篇文章,就接到塔可·克洛写来的电子邮件?"

"邓肯,你听好,塔可和杰克森正站在这里,这里很冷,而且……"

"杰克森?"

"塔可的儿子。"

"喔,塔可现在还多了一个儿子,是吧? 这儿子又是从哪里蹦出来的?"

"邓肯,你很清楚小孩要怎么生。无论如何,你看过我冰箱上那张杰克森的照片。"

"我在你冰箱上看见一张你那位退休会计师与他孙子的合照。你这是循环论证。"

"这不是什么论证。听着,我待会儿再打给你。如果你想要的话,待会儿可以来我家喝个茶。拜拜。"

然后她就把电话挂了。

安妮去伦敦的那几天里，萝丝很辛勤地工作。安妮走的前一天，她们两人到泰瑞·杰克森的家，去搜括他所收藏的谷儿尼斯镇的纪念物品，结果几乎全数带走（因为实在别无东西可以展示）；泰瑞的妻子坚持，这批物品不是借展，而是捐赠（因为那一大堆公车票根、旧报纸，使她婚后根本无法利用那间客房）。由于泰瑞未能争取到任何预算补助这场特展，所以她们用尽一切拿得出来的器材——老旧的相框，年久不用、积满灰尘的玻璃展示柜——来展示泰瑞的收藏。那批收藏中还有许多东西仍用帆布袋装着，万一有人发现古物被这般保存，将使她们被逐出英国博物馆协会。

　　当她把那颗鲨鱼眼睛秀给泰瑞看时，他说："恶心。"

　　安妮佩服他肯说真话的决心。那颗眼球并不像安妮和萝丝期望的那般盯着人看，主要是因为，很不幸地，它看起来再也不像是一颗眼球了。她们决定把它保留在展览中，不是因为它述说了有关鲨鱼的什么，而是它述说了谷儿尼斯镇民的故事，虽然说她们不打算向谷儿尼斯镇民解释何以决定展出这件东西。

　　塔可倒是蛮喜欢泰瑞的滚石乐队海报，他也很喜欢那帧"四友至海边一日游"的照片。

　　"为什么这张照片会使我觉得伤感？"他说，"即使他们看起来是那么地快乐？我的意思是，当然，如今这四人都已年老或死亡了。但我觉得，令人伤感的原因不只如此。"

　　"我跟你有同感。依我看，这是因为当时他们的闲暇时间十分珍贵。相比之下，我们的闲暇非常多，可以做很多事。我初次看到这张照片时，才刚从一趟为期三周的美国度假旅行回来……"她停顿下来。

　　"怎么了？"

"喔,"她说,"那件事我还没告诉你。"

"什么事?"

"我的美国度假之旅。"

"我确实不知道。"塔可说,"话说回来,我们才认识没多久。你大概还有几个假期需要让我恶补恶补。"

"但我早该在我们的对话中把这个假期开诚布公了。"

"为什么?"

"我们去了蒙大拿州的波兹曼,去了曼菲斯市某某录音室的遗址,去了柏克莱,还去了明尼亚波利斯的皮兹俱乐部的厕所……"

"真是该死,安妮。"

"对不起。"

"你干吗跟着他去呢?"

"这似乎不失为去美国观光的一个好方法。这趟美国行我玩得还蛮高兴的。"

"你们也去了旧金山,站在朱莉·贝蒂的房子外面?"

"啊,没有。我让他独自去做这件事。我自己则留在旧金山,散步穿过金门大桥,买买东西。"

"看来邓肯这个家伙……还真的是个变态跟踪狂。"

"我也有同感。"

一时之间,安妮感到心中有点儿嫉妒。倒不是她希望邓肯跟踪她。她可不想看见他躲在她家的篱笆外,或者当她在超市购物时,看见他躲在货架后窥视她。但如果他对她表现出他对塔可的那种强烈兴趣,她倒是不会介意。这下子她才意识到,面前这位与她交谈的男人,比起别的女人都更像她的竞争对手。

邓肯为自己倒了一杯橙汁,在厨房餐桌前坐下。

"吉娜。"

"亲爱的,什么事?"

她也坐在餐桌前,正一边喝咖啡,一边看《卫报》杂志。

"你觉得塔可·克洛此时出现在谷儿尼斯的几率有多少?"

她睁大眼睛看着他。

"那个塔可·克洛?"

"是的。"

"这个谷儿尼斯?"

"是的。"

"我会说,几率微乎其微。为什么这样问? 你觉得你刚才看见他了吗?"

"安妮说我看见了他。"

"安妮说你看见了他。"

"是的。"

"呃,我不知道为何她这样说,但我会说,她在耍你。"

"我也是这样想。"

"她干吗那样说? 那样说很怪,而且很残忍,如果考虑到你的……兴趣。"

"我沿着海滩慢跑时,看见安妮跟一个模样体面的中年男子和一个小男孩一起。我停了下来,向那个男人自我介绍,结果他跟我说,他是塔可·克洛。"

"你那时一定吓了一跳。"

"我实在不解,她干吗叫他那样说。我的意思是,那很不聪明,也不好笑。然后,我冲澡前在房间里打电话给她,结果她还是坚持她的说法。"

"他长得像塔可·克洛吗?"

"不像,一点都不像。"

这时两人的目光不约而同瞄向壁炉台,台上挂着邓肯搬进来时所带的那幅大照片,那是七○年代晚期某年某月某日塔可在(应该是底线酒吧的)舞台上的照片。这时,邓肯隐约感到心中升起一点恐慌,有点像几天前他跟吉娜谈论《朱丽叶》的恐慌。可以确定,今早他在海滩看见的那个男人,绝非几周前在酒吧中演唱《农夫约翰》的人。而且,今早他在海滩看见的那个男人,也绝非尼尔·瑞奇拍摄的那张著名照片中那位企图攻击照相机的野人。此时,令邓肯深感困扰的是,他头一次开始怀疑,壁炉台上大照片中的那位年轻人,怎么可能会是那个披头散发、试图攻击瑞奇的狂人? 两人的相似度根本就是零。两人的眼睛长得不一样,鼻子长得不一样,肤色也不大一样。此前,邓肯未曾有一刻质疑过克洛学专家们的智慧,直到现在才隐约觉得有异。一直以来,他都把尼尔·瑞奇的报导当作一个历史事实接受。除非——恐慌此刻正纷至沓来——尼尔·瑞奇是个白痴。邓肯与瑞奇素未谋面,但用常识就可看出瑞奇这个人既无知、粗野,又狂妄自大。几年前,邓肯曾收到一封瑞奇写来的电子邮件,信中言辞无礼,而且有点精神错乱。尼尔·瑞奇不远跋涉千里,也要侵犯一位退休多年、不愿受世人打扰的创作歌手的隐私。面对事实吧。这种行为不是正常人干得出来的。但邓肯原先居然打算相信这样的人,而不愿相信安妮与海滩上那位模样体面的老兄? 假如把两张农夫约翰的照片拿开,把底线酒吧那张照片里的歌手的脸部戴上眼镜,然后把头发换成银色、修剪修剪……

"喔,天啊!"邓肯说。

"怎么了?"

"我实在找不出任何理由来解释为什么那个人要自称塔可·克洛,除非,他真的就是。"

"真的?"

"安妮本来就不是一个残忍的人。而且海滩上那个人看起来有点像那张照片里的歌手。只是比较老。"

"她有没有解释,她是怎么认识他的?"

"她说,她在我们的网站贴上那篇《赤裸版》的评论之后,非常意外地接到塔可写来的电子邮件。"

"如果那是真的,"吉娜严肃地说,"你一定很想上吊自杀。"

不幸的是,以邓肯的体力,没办法在一小时之内第二度慢跑穿越谷儿尼斯的街道,所以他只好快步行走,且歇且走。反正他也需要时间思考,而且要思考的事情很多。直到最近以前,邓肯一向不是容易后悔的人。然而过去几周里,他自觉希望对很多事情能有不同的做法。最近他行事太冲动,过分热心,又缺乏判断力。他搞错了许多许多事情,他痛恨这样子的自己。他渐渐明白,自己错得最离谱的,就是《赤裸的朱丽叶》。他的脑袋瓜是哪里不对劲?为何他初听这张专辑之后会有那样的反应?大约播放了五遍之后,那些歌曲的空心吉他版本开始令人腻烦,听了十遍之后,他心中便已了然,他再也不想聆听《赤裸版》了。不只因为它是个虚弱、营养不良、贫乏的东西,还因为它已开始削弱《朱丽叶》的壮丽:说真的,谁想看一件艺术品老旧生锈的内里呢?学者才会对那种东西感兴趣,而他就是个学者。可是,他怎会得出"《赤裸版》比原版更精采"的结论?这个问题的部分答案,他其实心里有数:他领先所有同侪聆听到《赤裸版》,如果他

261

发表一篇乐评把它评得既乏味又空洞,等于抛弃自己的优势。但话说回来,他一向觉得,有时候,艺术就是一种可以让你得了便宜又卖乖的东西。不过,也是要付出代价。他固然得到了货币,但其汇率贬得像垃圾般毫无价值。为何他不把那篇糟糕透顶的乐评撤掉?他转过身,面朝住处的方向,然后又转身回来。待会儿他再回去把它撤掉。

连连出错之后,现在他再度出错。如果塔可·克洛亲临谷儿尼斯——而且下榻于他的旧家——之事属实,那么他就有了诸多其他理由,来哀悼自己暂时遗失了判断能力。假如他不因安妮对于《赤裸版》无动于衷而发怒的话,他们大概也不会分手,两人就会一起和塔可见面。假如他也发表与安妮那篇乐评同一种文章的话,说不定塔可就会发电子邮件给他。这一切实在太叫人难以承受了。他这一生行事一向谨小慎微,没想到,他只不过鲁莽地搞砸一次,下场居然就如此严重。(结果还冒出了吉娜,她是这个故事的另一条支线。打个比方,吉娜就像是《赤裸版》,而她本人的裸体,或者说她的投怀送抱,更凸显了这个比方的适切性。他太快就拥抱《赤裸版》,也太快就跳上她的裸体。)

在邓肯的成人岁月中,一直很想当面认识塔可·克洛本人,至少与塔可共处一室也好。如今他已在实现该抱负的边缘,却近关情怯。如果说,塔可读了安妮的文章,那么他极可能也读过邓肯那篇评论。他想必讨厌那篇评论,而连带讨厌其作者。邓肯心想,看来,塔可·克洛不但知道我是谁,而且讨厌我!这可能吗?最起码,塔可应该会认可并欣赏那篇评论背后有颗热情的心吧。难道不是?或是他也讨厌那颗热情的心?邓肯想了又想,假如这件事根本是安妮在玩某种残忍而幼稚的恶作剧,似乎对大家都比较好。邓肯第二度转过身,面向吉娜的住处,重新考虑是否打道回府。

在上述种种怀疑、焦虑与自我嫌恶之间,邓肯开始试着去想一些琐细知识问答,或可用于证明那位自称塔可的人便是本尊,或可揭穿他是个冒牌货。但这并非易事。邓肯必须承认,若以"塔可·克洛"为题,塔可本人比邓肯·汤姆森更具权威性。举例言之,如果他问塔可,《您是哪位?》里谁担任踏板电子吉他的演奏? 而塔可坚称,并非唱片封套上所写的冥鬼彼特·克雷诺,那么他有何资格与塔可争论? 塔可当然也晓得,这类的争论他是稳赢的。不行,邓肯要一点不同的东西,他需要某种只有他与塔可才可能知道的东西。然后他头脑一亮,有了。

安妮看到邓肯在她家前门的另一边篱笆附近躲躲闪闪,显然试着鼓起勇气,敲敲本来在最近还是他家的门,并试着在无人注意的状况下从窗户窥视屋内,这反讽之强烈,差点令她狂笑出来。不到两小时之前,她才暗自悲叹,邓肯对她没有热情,悲叹她无法激发他"躲在她家篱笆外,试图瞥见她一眼"的欲望;结果现在他来了,做出与她所想一模一样的事。但很快地她便意识到,这其中毫无反讽可言。邓肯此时此刻之所以在她家篱笆外,是因为塔可·克洛正在她家的厨房。她的吸引力仍旧不够,与从前并没有两样。

她打开前门。

"邓肯! 别像个白痴好吗? 进来吧。"

"对不起。我只是……"他想不出可以合理解释他的行为的说辞,于是耸了耸肩,走过屋前小径,进入屋内。

杰克森正坐在餐桌前画画,塔可正在替大家煎培根当早午餐。

"容我再说一次'哈啰'。"邓肯说。

263

"好的。"塔可说。

"我或许欠你一个道歉。"邓肯说。

"对。"塔可说,"那你什么时候才能确定是否欠我?"

"呃,这非常困难,不是吗?"

"难吗?"

"我在想,如果你不是塔可·克洛,就完全没有理由跟我说你是。"

"这是好的开始。"

"但是,我相信安妮一定跟你解释过,我是一个……一个长期崇拜你的作品的歌迷,而近几年来我印象中你的长相不是这样。"

"那是法可。"杰克森一边画画,一边头也没抬地说,"法可就是我们的朋友农夫约翰。有个人拍了一张他的照片,然后告诉大家他是我爸爸。"

"是的。"邓肯说,"我可以理解为何……你这说法站得住脚,我暂且接受。"

"谢了。"塔可亲切地说,"我有护照,如果有助于你来验明正身。"

邓肯面露惊讶。

"喔。"邓肯说,"我倒是没想到要看护照。"

"抱歉令你失望。"塔可说,"你脑子里想的多半是那些累死人的琐细知识问答吧,但那是你的世界。你的世界充斥着……怎么说呢……谣言、阴谋论、骇人的照片,而且里头拍的也不是我。至于我的世界,则充斥着护照、学校家长会、保险理赔。我的世界相当庸俗,里头有繁多的文书档案作业。"

塔可走到椅子旁,从挂在扶手上的夹克口袋取出护照。

"拿去看吧。"他把护照递给邓肯。

邓肯浏览了一下。

"是的。这个嘛,资料似乎没什么问题。"

安妮与塔可爆笑出来。邓肯面露惊吓,随即挤出一个微笑。

"抱歉。我说的话听起来可能有一点官腔官调。"

"你要不要看杰克森的护照?我知道你可能会认为我这本护照是伪造的。但我会大费周章替小孩子也伪造一本、好让他跟我有一样的姓氏吗?"

"安妮,可否跟你借个厕所?"邓肯说。安妮还没首肯,他就离开厨房了。

"我想,他有点儿惊魂未定。"安妮说,"他需要镇定一下。请试着对他友善一点。别忘了:此时此刻是他一生中最奇妙的一刻。"

邓肯回来时,塔可上前给他一个大熊抱。

"没事的。"塔可说,"一切都没事的。"

安妮笑了出来,但邓肯紧抱着塔可,抱得有点太久了,安妮看得出邓肯刻意闭上了双眼。

"邓肯!"她说。然后,她把语气和缓下来,免得听来像在责骂他。"你要不要跟我们一起吃东西?"

他们尽可能地闲聊,同时把吐司涂上黄油,还炒了蛋。安妮很想给塔可几个吻:他善解人意,能体谅邓肯此时万分紧张,于是他便问一些邓肯应该回答无碍的问题,诸如关于谷儿尼斯、他的教职、那所大学的学生,等等。邓肯每次开口说话时,声音总会有点颤抖,而且他一直采用(以这个场合而言)稍嫌太正式的词汇,有时还无缘无故地傻笑起来。但大致上,若由外人旁观,可能还以为他们正在参加一

265

个气氛轻松的周末社交聚会（仿佛他们之前就这样聚过几次，以后也会三不五时地聚会）。

安妮之所以很想亲亲塔可，还有许多别的理由。她惊讶地发现，厨房中每个人都各以某种强度热爱着他（至少，除了他自己以外的每个人——以她对塔可的了解，足以知道他不是很喜爱自己）。杰克森对他的爱，是最神经质、最不可或缺的（但程度都还在正常的范围内，若以她记忆中在儿童心理学课程所学的东西来判断的话）；邓肯对他的爱，则是怪诞而执迷的；至于她自己对他的爱……她或许可以将之定位为一种少女对男生的爱意，或定位为某种更深的爱意的开端，或定位为一个日渐孤独的女人的可悲幻想，或定位为一种急需在满四十岁之前找个人上床的自我承认。有时候，她认为那股爱意是上述种种感觉的混合。

她一直、一直在后悔，真希望前二十四小时里她并未那么频繁地责骂他。是的，他是有一点欠骂，但唯有当他要停留在他此时踏入的这个世界里，他才欠骂。那些责骂的言外之意是：如果你要来谷儿尼斯跟我一起住，那你就必须用适当的方法对待你的家人。那便是我们这里的做人处世之道。可是，既然他并非要在谷儿尼斯与她同居，她有何置喙的余地？这就好比，当蜘蛛侠来到此地，却以健康与安全的理由，禁止他不得攀爬建筑物。她显然没有抓住塔可之所以是塔可的要点。

无可避免地，社交气氛很快地变了调，主因是每一件杰克森或塔可说的事情，不是印证，就是驳倒邓肯多年以来建构的诸多说法。

"嗯。"大家坐下来时，邓肯说，"看起来很好吃。"

"我姐姐不吃培根。"杰克森说。安妮可以看出邓肯内心正在交战：什么问题是他可以问的呢？

"杰克森,你有兄弟姐妹吗?"他终于开口问,主要的理由是,完全不发问可能会不礼貌。

"有哇。四个。但他们都没跟我一起住。他们的妈妈都不一样。"

邓肯被一片吐司噎到。

"喔,这样啊,那真是……"

"而且那些妈妈没有一个名叫朱莉。"塔可说。

"哈!"邓肯说,"反正我们早就放弃那个说法了。"

杰克森一头雾水地看着塔可与邓肯。

"小杰,你别担心这个。"塔可说。

"好。"

"今天早上我带塔可和杰克森进去博物馆参观。"安妮说。在这场对话中,可供他们攀附的中立性话题极为稀少,因为塔可的私生活的每个小细节,都可能带来一次危及邓肯生命的大兴奋。"我把那颗鲨鱼眼睛秀给他们看。我跟你提过那颗眼睛的事,记得吗?"

"记得。"邓肯说,"当然记得。你的特展应该快要开幕了吧。"

"星期三。"

"我一定会去捧场。"

"星期二晚上我们会办一场小小的开幕酒会。不是什么隆重的场面,只有几个镇民代表和博物馆义工会来。"

"你应该安排塔可在酒会中演唱。"邓肯说。

这是绝对不可能的,安妮现在就可以下结论。这或许是邓肯说出这提议的唯一机会,他一逮到就不愿放过。

"是的。"安妮说,"我相信,假如塔可有意打破他二十年的沉默,那么这间谷镇滨海博物馆应该是最适当的表演场地。"

塔可笑了出来。邓肯则低头看盘子。

"不管怎么样,我都会很享受你的表演。我……我不知道安妮是怎么跟你说的,但我真的非常崇拜你的作品。我是一个……怎么说呢,假如我自称是这方面的世界级专家,应该不为过。"

"我读过你写的东西。"塔可说。

"喔!"邓肯说,"天啊! 我……呃,如果我哪里写错,请你尽管说。"

"我不知该从何说起。"塔可说。

"你是否想接受一场访谈,好修正记录? 你大概已经看过我的网站,所以你应该知道你会获得公平的听证。"

"邓肯。"安妮说,"不准访谈。"

"对不起。"邓肯说。

"不存在所谓的'记录'。"塔可说,"存在的,只有我和我的人生。存在的,只有十五个像你一样的人,出于种种只有你们自己才清楚的理由,耗费大量时间臆测我的人生。"

"我想,从你的观点来看,我们所做的事情表面上一定是如此。"

"我不知道还有别种观点存在。"

"我们可以把访谈的问题,限缩在你的歌曲的范围。"

"邓肯,不要勉强别人。"安妮说,"我不认为塔可很想接受访谈。"

"话说回来,我是正牌的塔可吗?"塔可说,"是不是有一些问题是你认为可以用来验明正身的?"

"我……这个嘛,是的,我的确想到一个。"

"放马过来。我倒想看看,我是否了解自己的人生。"

"这可能会……我恐怕这问题可能会太具侵略性。"

"是什么儿童不宜的东西吗？我需不需要叫杰克森回避？"

"喔,不是。这其实只是……怎么说呢,其实很傻。我是要问你,除了朱莉·贝蒂,你还替谁画过肖像?"

安妮感觉到温度骤降。似乎,邓肯说了他不该说的话,但她一时也不明白为何这句话他不该说。

"为什么你那么确定我替朱莉画过肖像?"

"我不能透露我的消息来源。"

"你的消息来源并不好。"

"请容我对此表示异议。"

塔可放下手中的刀叉。

"你们这群人是怎么搞的?为什么你们自以为无所不知,其实什么屁也不知道?"

"有时候,我们所知的东西,比你以为的更多。"

"在我听来,似乎不是如此。"

突然间,邓肯无法直视餐桌上任何人,在安妮的经验中,这是他脾气即将失控的前兆。他十分小心地抑制胸中怒气,那股怒气反而从错误的孔窍发泄出来。

"朱莉的肖像画得很美。你很会画画。不过,我敢说她现在应该戒烟了。"邓肯一脸得意地说出最后这个小细节,但他的得意在一瞬之间就萎缩了,因为塔可霍然站起,走到餐桌对面,一把抓住邓肯身上那件猫王故居纪念 T 恤的领子,把他举了起来。邓肯一脸吓呆。

"你竟敢闯进她家?"

安妮回想起邓肯去柏克莱的那一天。他回到旅社时的情绪颇为怪异,惊惶失措,而且有点畏畏缩缩。那天晚上,他甚至还对她说,他自觉对塔可·克洛的痴迷正在衰减。

"只是进去借个厕所。"

"她招待你进去使用她家的厕所?"

"塔可,求求你松手。"安妮说,"你把杰克森吓坏了。"

"杰克森没吓坏。"杰克森说,"太酷了。反正我不喜欢那家伙。爸,揍他!"

这请求让塔可松开了邓肯。

"杰克森,揍人是不太好的。"塔可说。

"对,不太好。"邓肯说。

塔可用警告的眼神瞪过去,邓肯立刻举起双手以示道歉。

"来吧,邓肯。向我解释你为何会跑去使用朱莉家的厕所。"

"是我不应该。"邓肯说,"当我抵达她家时,已经憋尿憋得快爆掉了。那里出现一个少年,他说他知道她把家门钥匙藏在哪里。而且她刚好不在家,所以我们就进去屋内,我去厕所小便,然后那少年带我看那幅画。我们在屋里的时间不超过五分钟。"

"喔,那还算可以。"塔可说,"如果超过七分钟,就会构成侵犯隐私罪。"

"我知道这件事很愚笨。"邓肯说,"当时我为此觉得超难过。现在还在难过。我很想永远忘掉这件事。"

"如今你却讲出来大肆炫耀?"

"我只是想证明,我是……是个严肃认真的人。至少是个严肃认真的学者。"

"这两种身份看来似乎不相容,对吧? 一个严肃认真的人,可不会闯入别人的家。"

邓肯深呼吸一口。一时之间,安妮很怕他又招认出什么别的东西。

"我只能这样答辩……怎么说呢,是你叫我们聆听的。而我们之中有些人聆听得稍微太认真了点。我的意思是,假如有人得到一个机会能闯入莎士比亚的屋子,他应该抓住这个机会,对不对?因为如此一来,我们就会对莎翁知道更多。以历史与文学之名,在莎翁放袜子的抽屉里翻东翻西……是完全正当的。"

"根据你的逻辑,朱莉·贝蒂相当于莎翁啰。"

"她相当于安妮·海瑟薇。"

"我的老天!"塔可一边猛摇头,一边说,"真受不了你们这群人。我本人在此郑重声明:就算是莱昂纳德·科恩,我也比不上,莎翁就更不用说了。"

是你叫我们聆听的……至少邓肯这句话说得对。的的确确说得对。在过去那段塔可仍会接受地方电台 DJ 和摇滚乐作家访问的岁月中,他一向实话实说。他曾说,他无法选择要不要当一个音乐人,因为他天生就是,无论人们想不想聆听他的音乐,他永远都会是一个音乐人。但他也曾告诉丽莎(即葛瑞丝的母亲),他想要名利双收,如果他的才气尚未获得应得的名声和财富等方面的认可,他是不会满意的。他从未真正发大财——即使《朱丽叶》的收益,也仅够他支付一两年比较体面的生活开销。但名声确实是到手了。他获得了尊敬、好评、粉丝,获得了那位曾经混迹于杰克逊·布朗、杰克·尼科尔森等名人圈子的名模。他还获得了邓肯和其死党。如果说,你自己也想进入名流的客厅,那么当有些人也想进入你的客厅,你又怎么能反对?

"我说的话大概很蠢。"邓肯说,"而且不是你想听的。但我并非世上唯一一个认为你是天才的人。尽管你或许认为我们……我们这

271

群人不够格,但这不必然等于我们就是世界上最差劲的裁判。我们读书、观赏电影、思考,我们还……就你所知,我那一篇在错误的时机、出于错误的理由而写下的《赤裸版》乐评或许大错特错,可是原版的《朱丽叶》……你知道它有多么浓密丰厚吗?即便聆听、研究了它这么多年,我认为我自己依然尚未完全摸透它每一层的内涵。我并非在假装很懂那些歌曲对你的意义,我想要讲的是你所选择的表现形式、它的种种隐喻以及对其他音乐作品的指涉。在我心目中,那些东西使它成为艺术。而且……抱歉,容我再说最后一个东西。我认为,有才气的人不必然会重视它的价值,因为对于才子来说,做出这种东西易如反掌。但是,我对于你那张专辑的内容的评价,高于我聆听过的一切音乐。容我说声,谢谢你。我想,现在我应该告辞了。如果我见到你,却不把上面这番话告诉你,我会遗憾终身的。"

当邓肯站起身,安妮的电话恰好响起。她接听后,把话筒递给塔可。塔可一时之间没注意到安妮的动作。他的目光仍然注视着邓肯,仿佛邓肯刚才说的话还悬在他嘴边的对话泡泡框里,可供再次阅读。塔可想要重读那番话。

"塔可。"

"是。"

"葛瑞丝。"她说。

"耶!"杰克森说,"葛瑞丝姐姐。"

过去二十年里的大部分时间,塔可都把葛瑞丝视为许多事情的关键。因为她,他停止了工作;每一次他自己打开当年那件事,探头看一眼,他就得赶快关上。她,是一间他从未整理的客房,是一封他从未回复的电子邮件,一笔他从未偿还的贷款,一个他从未向医生说明的症状。但情况显然比这些比喻更不妙,因为她是个女儿,而非一封电子邮件或皮肤上的疹子。

"葛瑞丝吗?等一下,别挂。"

当塔可把话筒从厨房拿到客厅,他突然间明白了,这个陌生的滨海小镇是和解的理想地点,这个和解可以为这整篇令人遗憾的故事带来一个结局。他不认为自己可以要求安妮再让他另一个家人住进来,但葛瑞丝可以找个民宿之类的地方暂住几天。他们早上看见的那个荒废码头……他脑海中浮现他和葛瑞丝坐在码头甲板上的画面,两人把脚伸出栅栏悬荡着,彼此说话,倾听,说话。

"塔可吗?"

"爸"这个称呼,是你必须投注心血才能挣到的,他心想。这是他当了父亲后学到的。也许他与葛瑞丝在码头上的对话,将以这样的场面作结:她叫他一声"爸",而他哽咽起来。

"是的。抱歉。我把电话拿到比较隐秘的地方。"

"你现在在哪里?"

"我在英格兰东海岸一个奇怪的滨海小镇,叫作谷儿尼斯。这里很棒。你应该会喜欢。有点蹩脚。但也蛮酷的。"

"哈。好的。你知道我特地从法国来医院看你吗?"

她遗传到妈妈的声音。或者(这就更糟了),她遗传到妈妈的脾气:他可以听出她跟妈妈有一模一样的坚持,总是坚持把每个人往最善良的一面去想;他也可以听出她跟妈妈有一模一样的茫然笑容。不论面对葛瑞丝或丽莎,他都轻松不起来:因为她们俩都令人心碎地宽容成性,富有同情心,善于原谅。该怎么跟这样的人打交道呢?若是平常时候,他会倾向于使用他习惯的辛辣挖苦。但他也可以收敛收敛。

"是的,葛瑞丝。我是听说你要来。"

"那么,怎么说呢,你为什么逃走?"

"我不是为了躲你而逃走。"

假如他想达到澄清事实与和解的目标,可没有余裕撒太多谎。但是,为了使达到目标的路途更顺利,在一开始明智地撒一两个小谎,或许是必要的。"我不想在那一堆人在场的情况下与你相见。"

"嗯……如果我说'那一堆人里大部分都是你的孩子',有没有道理呢?"

"当然,他们大部分是我的孩子。但并非全是。在场的,还有两位前妻。她们让我不太自在。再加上我又刚好身体不适……"

"嗯,我想,只有你自己知道你能应付多大的场面。"

"我的想法是,你可以北上来我这里。"塔可说,"如此一来,你跟我就可以……"一些可怕的字句在他脑海中浮现:"优质亲子互动时间""治疗""建立情谊""解脱不愉快"。这些字句他一个都不想用。

"可以干吗,塔可?"

"我们可以吃东西。"

"吃东西?"

"对呀,我想,还可以聊一聊。"

"嗯。"

"你觉得如何? 要我告诉你火车时刻吗?"

"我觉得……我觉得我不想去。"

"喔。"

他不太相信耳朵听到的。他冀望的和解在哪里呢?

"其实我本来不太想来伦敦看你。我看不出……我看不出道理何在。"

274

"那都是丽琪的主意。"

"我的意思是,不管什么地点,不管何种情况下去看你,我都看不出道理何在。塔可,我不想让你觉得我很难搞。我觉得你是一个有趣而才华横溢的人,以前我很喜欢阅读那些报导你的资料。妈收集了一大堆。但我跟你都没怎么相处,对吧?"

"对……最近没有。"

葛瑞丝笑了,但不是愉悦的笑。

"至少,过去二十二年里都没有。"

她二十二岁了?

"我相信,我的存在,对你是有点尴尬的。我的意思是,我听过你那张专辑。我在里头听不到我的存在,也听不到丽莎的存在。"

"那是多年前的旧事了。"

"我同意,多年前,你选择了艺术而舍弃……怎么说呢……舍弃我。"

"不,葛瑞丝,我没有……"

"我能理解。真的。之前我还没弄懂。但你也知道,我喜欢艺术家。所以我现在弄懂了。那你现在还能跟我怎么样呢?我可以看出,我们之间或许有空间,可以在一个遥远的破烂小镇,来点痛苦的对谈。但在对谈过后,就没空间再有任何进展了,对吧?除非你摆明了要跟我虚与委蛇,不然毫无空间。而我也不希望你那样做。我不认为你已经到了可以放手、可以舍弃《朱丽叶》的程度。"

她如此颖悟,并非遗传自丽莎。他或许可以为此而自豪。

他回到厨房,把话筒递给安妮。

"如何?"

他摇摇头。

"我很遗憾。"

"没关系的。多年前我就把跟她的关系搞砸了。我浪费时间看了太多白天的电视了。"

邓肯正穿上大衣,故意拖拖拉拉穿了很久,想尽可能从或许是他这辈子最后与塔可相处的几分钟里,拾起任何一点一滴的东西。

"你不必离开。"塔可疲倦地说。邓肯不敢置信地看着他。邓肯仿佛是个十六岁少年,刚听见班花告诉他,她跟他的感情还没玩完。

"真的?"

"真的。我……你刚刚说的那番话,意义很重大。谢谢你。我是诚心的。"

此时此刻,仿佛那位班花正褪下她的裤子以及……事实上,这个比喻实在太不伦不类了。不伦不类,而且如果有好事者明察,便可发现有严重自肥嫌疑。

"如果你想要跟我谈谈我的作品,我很乐意。我可以看出,你对此研究得很认真。"

这也没什么大不了啊? 为何他要在大半生里尽量躲避邓肯这种人? 这种人能有多少? 不过一小撮,零星散布于世界。天杀的互联网,使他们齐聚一堂,使他们看似具有威胁性。天杀的互联网,使邓肯成了他那小小变态世界的中心。

"关于在朱莉·贝蒂的厕所小便一事,我真的很抱歉。"邓肯说。

"我刚才假装很介意,但我大概没那么介意。以下说的话,请不要讲出去好吗? 某些人把朱莉·贝蒂视为热情的缪斯女神,她长期享有这个名声。但我回首过去,她其实是那种无脑美女。如果三不五时就有人到她的厕所小便,那么她付出的代价也还算合理。"

一个男人生命中两大部分,一是家庭,一是事业,塔可长期以来觉得两者都被他搞得极为不堪。如今,他已无法对绝大多数的家人做出什么补救。他跟葛瑞丝之间永远不可能像正常父女;而他与丽琪的关系,将永远摆荡于彼此的容忍与丽琪的怨骂之间。他对那双胞胎男生兴趣不大。所以只剩杰克森了,因此他当爸爸的成功率有百分之二十。根本没有一种值得报考的考试,可用这么低的分数通过。

他从未想过,他的作品有救赎作用,或者说,他没想过可以通过自己的作品获得救赎。但这个下午,当他听了一位能说善道的狂热分子一遍又一遍地告诉他为何他是个天才,他心里升起了希望,希望那真的是事实。

15

    镇民代表泰瑞·杰克森来到博物馆先行观赏,他似乎对于所见的展示感到满意。的确,他很满意,以至于他现在对于开幕变得雄心勃勃。

    "我们应该想办法请个名流来为展览揭幕。"

    "你认识哪位名流吗?"安妮问。

    "没有。你呢?"

    "没有。"

    "喔,这样啊。"

    "如果可以,你想邀请谁?"

    "我对名流不熟。我很少看电视。说说你的梦幻嘉宾吧,世界历史上任何人都可以。"

    "嗯……"她说,"这位人士来此的任务为何? 我的意思是,我们是要邀请他或她上台说几句话吗?"

    "我想是吧。"泰瑞说,"做点能使地方报社感兴趣的事。甚至使全国媒体感兴趣。"

"我想是吧。假如世界历史上某位已经作古的人，真的前来谷儿尼斯博物馆为一场展览揭幕，到时候蜂拥而至的媒体会让我们挡都挡不住。"

"那，你想到什么人选？"

"简·奥斯丁。"安妮说，"或者艾米丽·勃朗特。因为我们这里离勃朗特的故乡还蛮近的。"

"你觉得全国性媒体会为了艾米丽·勃朗特跑来这里？依我看，如果是简·奥斯丁，或者宝莱坞明星之类的，他们才肯跑这一趟。"

安妮不明白他这句话是什么意思，于是选择不加理会。

"说不定连艾米丽·勃朗特他们也会来。"

"好吧。"泰瑞说，显然半信半疑，"随你怎么说。无论如何，我们来说点比较可能的吧。"

"所以，你是要我说出一个名人，确实可能会莅临谷儿尼斯滨海博物馆为展览揭幕的人？如果是这样，考虑就不同了。"

"不，没有不同。你尽管用最高标准说。"

"纳尔逊·曼德拉。"

"标准降低一点。"

"西蒙·考威尔。"

泰瑞沉思了一下。

"再低一点。"

"镇长。"

"镇长已经有别的行程了。如果你们早一点把展览搞定，我们说不定可以先邀到她。"

"有一位八〇年代的美国创作歌手此时在我家借住。如果是他，行不行?"

安妮本来没打算提起塔可,但泰瑞·杰克森对她的组织能力的不公平攻击,使她受到刺激。无论如何,她其实不太相信塔可会选择停留到开幕那一天,虽然塔可与杰克森已在她家住了三夜,目前毫无要离开的迹象。

"要看他是谁。"泰瑞说。

"塔可·克洛。"

"塔可什么?"

"塔可·克洛。"

"不行,完全不行。根本没人听过这号人物。"

"你倒是说说看,有哪位八〇年代的美国创作歌手可以达到你要的效果?"

泰瑞把她惹火了。他这个突然要找名流的想法是打哪儿来的?镇民代表做事情老是这副德性。在一项计划发起之初,便说都是为了本镇的需要;但到最后,还不都是为了在《谷儿尼斯回声报》博版面。

"我还以为你会说比利·乔之类的人物。他算创作歌手吗? 如果他来,我们就有救了。无论如何,塔可·克洛就免了,但还是谢谢你。"

他讲到"塔可·克洛"时,还用手在空中比画出引号,同时咯咯笑了起来,显然是在嘲笑塔可的名不见经传。

"我想到一个点子。"泰瑞说。

"说吧。"

"三个词。"

"好。"

"你猜猜看。"

"三个词?"

"对。"

"约翰·罗杰·贝尔德。还是,哈丽叶特·比切·斯托。"

"不,都不是。喔,我或许应该透露,其中一个词是'与'。"

"'与'? 譬如西蒙与加芬克尔?"

"是的,但不是他们。我想你放弃好了。"

"我放弃。"

"老葛与老邦。"

安妮爆笑出来。泰瑞·杰克森一脸很受伤的样子。

"对不起,"安妮说,"我不是有意要……我只是没往你说的这个方向考虑。"

"你觉得如何? 他们两个是地方传奇人物,在这一带有许多人知道他们是谁……"

"这主意我喜欢。"安妮很干脆地说。

"真的?"

"真的。"

泰瑞·杰克森面露微笑。

"我自己也觉得这个灵感真不赖。"

"大概不会引起任何全国性媒体的兴趣。"

"没关系。那注定只是说好玩的。"

安妮曾经听人说,在未来,人人都是某十五个人眼中的名人。在谷儿尼斯,一代歌星塔可·克洛留宿于她家的客房,而老葛与老邦则获邀为展览揭幕。看来,那个未来时代已经降临。

到了星期二的酒会当天,塔可与杰克森仍住在她家,日子每过一天,他们离开的日期便顺延一天。安妮不想逼问他们有何打算,因为一想到他们要离开,她就无法承受。每天早晨,她都害怕他们会拎着打包好的行李走进厨房吃早餐,但他们没这么做,反倒是宣布要去钓鱼、去散步,或搭乘沿海岸线行驶的巴士。她不知道杰克森是否应该上学,但她一样不想开口问,以免塔可突然啪的一声拍击额头,急急忙忙拖着儿子到火车站。

　　她无法向任何人解释她希望什么(或者说,她不想要向别人解释),因为解释听起来让人觉得可悲,即使自己的耳里听来也一样。她其实希望他们能永远住下来,至于要以何种形式,随他们选。如果塔可不想与她同床,那也没关系,虽说她已打定主意,非要在某个阶段找个人上床不可,如果塔可不喜欢,就去吃屎吧。(这些假设情况已经被她想像得很充分,所以她的口气才会这么呛;在星期日的夜里,她想睡却无法成眠时,便在心中编好了这些对话,她可以预见塔可将无动于衷,但他这种冷漠却使她很火大。)当然了,她至少得在每年大部分时间取代凯特照顾杰克森。她非常期待休长假时,带杰克森返回美国,但杰克森就得待在谷儿尼斯上学,或许就送他去读罗斯希尔学校吧,该校声誉卓著,而且官网做得相当漂亮(她前一晚不经意地上网连了进去)。对杰克森而言,这会不会很艰难?他谈及妈妈的次数不多,这给了安妮希望——他的主要关系显然建立在塔可身上,而且她相当确信,假如塔可毫不含糊地表明意愿,他的小儿子也会乖乖跟随。她愿意每周或每日寄电子邮件给凯特,她可以在信里附加照片,杰克森与凯特若要聊聊可以打电话。她还可以下载那种能让你在电脑上看见那些远在天边的人的可视聊天软件。而且凯特随时可以来此暂住……如果人人都有心使事情成功,事情就会成功。

毕竟,有什么别的选择吗? 难道他们就这样拍拍屁股回家,继续原来的生活,仿佛什么也没发生吗?

当然,麻烦在于,的确没发生什么。假如塔可与杰克森能听见她的内心之声,他们就会倒着步行,缓缓退出这间屋子,塔可会挥舞一切能抓在手中当武器的东西来保护他的儿子。她的母亲在每年圣诞节将告终时,即便自知将孤零零地被留下,独自度过另一段十一又四分之三个月的时间,也会怀抱类似的幻想? 也许吧。问题就在于这一切来得太快。原本,只要每天巴望着塔可的电子邮件,安妮就心满意足了;只要把与他见面这遥远而诱人的可能性怀抱心中,慢慢地梦想个数月,梦想个数年,安妮就觉得很够了。但是流产、心脏病等医疗事故接连发生,导致她要在几星期内囫囵吞下所有的发展,而事到如今,她仿佛只剩一个在仓促间被吃得空空如也的巧克力盒,以及一种隐约想吐的感觉。

她必须不情愿地承认,近日一连串的事情,可作另一种诠释: 问题不在于空空如也的巧克力盒,而在于这个比喻。一位中年男子及其幼子的短暂来访,不应被比作一种糖果点心,而应该比作一份从商店买来的现成鸡蛋水芹三明治、一碗随便冲泡的麦片粥、一颗你没时间吃东西时匆忙从水果盘里抓来的苹果。安妮把自己的人生过得太过空洞,以至于他们来访,竟然是十年来面临的最关键事件。说真的,他们来访到底算什么呢? 假如,塔可与杰克森到头来真的决定他们的人生应该在别处进行(反正,目前为止他们几乎未露出想留下来生活的迹象),她必须确保自己能够转换心态,万一日后他们重返此地,又来借住她家,她将会不太高兴,把他们来访视为一件可有可无的事,一件等他们离开几周后甚至就会完全忘记的事。对待一般的借宿访客,理当如此,不是吗?

安妮下楼时穿着裙子,化了点妆,塔可吃惊地看着她。

"啊,糟糕!"他说。

她没想到塔可的反应是这样,但至少算是一个反应。起码他注意到了。

"怎么了?"

"我恐怕得穿着这身邋遢装出席酒会了。我或许有一件干净的T恤,但上面好像印着某家跳大腿舞的夜总会名字。我不是那个夜总会的顾客。那件T恤是某人送我的贴心礼物。小杰,你呢?还有干净的衣服吗?"

"我把一些东西洗过了。"安妮说,"你的床上现在放着一件印着'××侠'的衣服。"

许多女人每星期的每一天都得说出类似这样的句子,说的时候也不会有什么特别的情绪。或者说,她们会有的情绪,顶多是一股非常深沉的自怜,而不像安妮感觉到的因为爱、失落、渴望而产生的痛苦。那似乎可算是一种憧憬:她进入了令自己很想上吊的阶段,因为把一件T恤放在小孩的床上,似乎意味着一种慢性而痛苦的精神死亡。但此时此刻,她之所以很想上吊,却是因为把衣服放在小孩床上的这个举动,仿佛是她重燃生命的小火花。

"是蜘蛛侠那件。穿蜘蛛侠去你的晚会妥当吗?"

"只有我才必须打扮漂亮出席。"她说,"你们外地来的特别访客就免了。"

"你会这样说,是因为我们会穿T恤过去。"塔可说。

"还有因为你们是美国人。我们最初构想一九六四年的谷儿尼斯特展时,真的没指望会有美国访客。"

"当年美元兑英镑的汇率不好。"塔可说,"你看着吧,将会有大

284

批美国人来参观的。"

安妮笑了，但笑得太大声、太激动，笑得异常地久。塔可睁大眼睛看她。

"你很紧张?"

"没有。"

"喔。那就好。"

"我只是在想你们何时会离开。我不希望你们离开。所以我听到你开玩笑，不自觉地笑得太大声。我也不知道为什么。也许我害怕，害怕这是你在这间屋子里说的最后一次笑话。"

这番解释才说出口，安妮就立刻后悔了，但那是因为她老是对每件事情后悔。接着，当后悔的感觉燃起，并且烧完，她就不在乎了。她心想，反正塔可应该要知道这件事。她希望他知道。她对某人有意思，也对这位意中人明说了。

"是的，反正，谁说我们要离开? 我们喜欢这里，对不对，小杰?"

"对呀。是有点喜欢。但我不想以后都住在这里。"

"我可以住在这里。"塔可说，"我很乐意住在这里。"

"真的吗?"安妮说。

"当然是真的。我喜欢这里的海。我喜欢这里的……不矫揉造作。"

"喔，这里的确不矫揉造作。"

"那几个字有什么意思吗?"杰克森问。

"意思就是，这个城镇不假装自己是某种自己不是那样的东西。"

"你是说，有些城镇会假装啰? 它们会假装自己是什么?"

"假装巴黎，假装长颈鹿。随它们高兴。"

"我倒想去某座会假装成别的地方的城镇看一看。听起来蛮好玩的。"

他说得没错,听起来确实蛮好玩的。想想看,若有一个地方对于自身欠缺抱负而沾沾自喜,对于自身的贫乏顽固地自我感觉良好,谁会想去这种地方?

"不管怎样,"杰克森说,"我得看到妈妈、我的朋友,还有……"

即使到了这个节骨眼,安妮仍期望听见塔可出言定调,仿佛她在看一出法庭戏,而杰克森是一名脑筋迟钝的陪审团成员。但塔可只是把手臂放在儿子的肩膀上,叫他别担心。安妮则又发出一阵不甚合宜的笑声,只为了表示刚才讲的话都不是认真的,都是讲好玩的,只为了表示即使圣诞节即将告终,她也无所谓。这下子,她真的开始紧张了。

当他们走进冷清清、空无一人的博物馆时,塔可为安妮捏了一把冷汗,但他随即想到,她是主办人,理应第一个到场。他们不必等很久,人们就会陆续现身了;显然在谷儿尼斯不时兴迟到。不久,厅堂里就挤满了若干镇民代表、博物馆义工,以及出借鲨鱼相关物件的自豪物主,他们所有人似乎都认为,来得愈晚,能挑选的三明治与薯片种类愈少。

塔可以前很讨厌参加宴会,因为自我介绍时,他只要说出自己的姓名,就不免听到人们大惊小怪。结果今天的晚会居然也一样,但大惊小怪的人似乎不知道他曾享有盛名。

"塔可·克洛?"拥有这场展览半数物品的镇民代表泰瑞·杰克森说,"就是那个塔可·克洛吗?"

泰瑞·杰克森大约六十几岁,留着一头怪异的灰白鬈发,塔可很惊讶自己的名字居然在怪异的灰白鬈发族里有所流传。但泰瑞随即

286

向安妮用力眨眼,她翻了翻白眼,一脸不好意思,塔可便意会到里头另有文章。

"本来安妮想邀你担任今晚的特别来宾。但我指出,没人知道你是何方神圣。对了,你的畅销曲是哪一首? 我开玩笑的啦。"他高兴地拍拍塔可的背,又说,"你真的是美国人?"

"我真的是。"

"这样啊,"泰瑞安慰他说,"到我们谷儿尼斯来访的美国人不多。你可能是史上第一人。对我们而言,这一点就够特别啦。其余怎样都不要紧。"

"他真的很有名。"安妮说,"我的意思是,如果你知道他是谁的话。"

"是呀,每个人在自家客厅都很有名,对不对? 塔可,你要喝点什么? 我正要再去拿一杯酒。"

"清水就可以了,谢谢。"

"这怎么可以呢?"泰瑞说,"我绝不会给谷儿尼斯唯一的美国访客一杯该死的清水。要红酒还是白酒?"

"我其实……正在恢复期。"塔可说。

"那更该喝一杯了。每当我身体不舒服,再来一杯,总是能帮助我清醒。"

"他不是身体不舒服。"安妮说,"他是在戒酒。"

"喔,你在这里喝个两杯,不会有事的。入境随俗嘛。"

"我这样很好,谢了。"

"喔,好的。随你便。你瞧! 今晚真正的明星来了。"

只见两个四十几岁的男子走到他们身旁。两人显然觉得身上的西装外套和领带十分拘束。

"容我向你介绍谷儿尼斯的两位传奇人物。这位是老葛。这位是老邦。这位是来自美国的塔可·克洛。这位是杰克森。"

"哈啰。"杰克森说。两人极其正式地与小男孩握手。

"那个名字我好像在哪里听过。"其中一人说。

"有位歌手叫做杰克森·布朗。"杰克森说,"还有个地名也叫杰克森。我是没去过啦。想到有个地方也跟我一样叫杰克森,是有点奇怪。"

"不,小伙子,我不是指你的姓氏。我是指他的名字。塔可什么的。"

"我不太相信你真的听过。"塔可说。

"老邦,你说得没错。"另一人说,"最近才听到有人提起这名字。"

"你们来这里的路上顺利吗?"安妮问。

那位想必是老葛的人得意地说:"就是你,我们在酒吧遇见你的那晚,你一直谈论塔可。"

"那天我有一直讲吗?"

"喔,她开口闭口都在谈他。"泰瑞·杰克森说,"在安妮的脑海中,他很有名。"

"你是做乡村、西部音乐的,对不对?"

"我才没那样说。"安妮说,"我那时说,我最近在听你的音乐。大概是因为《赤裸版》的缘故吧。"

"不对,你说塔可是你最喜欢的歌手。"老邦说,"可是……他就是你说正在交往的那个美国人吗?"

"不是。"安妮说,"那是另一个。"

"我的妈呀,"老邦说,"你认识的美国人还不止一个。"

老葛与老邦走到别处时,安妮对塔可说:"抱歉,我们似乎一直撞见误以为我们两个在交往的人。"

"你刚才说,你跟另一个美国人交往。"

"呃,其实没有。"

"我猜也是。"

安妮迷恋他的事,塔可已经知道好一阵子了。他的年纪已经太老,对此没什么感觉,除了一股孩子气的喜悦。安妮是有魅力的女人、好友伴,心地善良,年纪也比他小。若是十年或十五年前,塔可会觉得有义务向她列举他的行李旋转盘上所有包袱,并指出他们的关系注定失败,指出他老是把一切搞砸,指出他们各自住在分隔的洲,等等等等;但他相当确定,安妮一直很注意聆听他近来述说的东西,所以,货物既出,概不退换。但是,然后呢?他甚至不知道,以他现在这个状况,是否还有能力做爱?或者,就算能力还在,做爱会不会要了他的老命?再来,假如做爱会要他的命,他是否乐意死在这座小镇,死在安妮的床上?可想而知,杰克森是不会乐意的。难道他打算在杰克森懂得照料自己之前都不做爱吗?杰克森现在六岁……还要十二年?十二年后,塔可就将近七十岁,届时将有一大堆问题伴随而来。例如:谁想跟七老八十的他做爱?他还有能力做爱吗?

这次的小小医疗事故使他诸事不顺,其中最糟糕的,就是引发了有如挡不住的洪水般的问题。并非全是那种"谁想跟七老八十的他做爱"之类的问题;也有几个关于《朱丽叶》发片以来空虚的二十年光阴,以及关于未来数十年光阴等,令他十分伤脑筋的难题。这几个难题他完全回答不出来。这些问题活像是在辱骂,奚落他,而不求他回答的质问。

假如是电影剧情，像他这样的角色去了一座陌生小镇，并与一个亲切的女人在一起几天，就足以使他重燃对某些事物的信心，然后他就会直接回家，做出一张优秀的唱片，但那种事不可能发生，因为油箱一直以来都没油。就在此时，正当他屈服于自己的忧郁思绪时，泰瑞·杰克森按下扩音机的按钮，厅堂里顿时充斥着某位灵魂乐歌手的声音，塔可好像认得——是梅杰·兰斯？还是多比·格雷？然后他看见老葛与老邦在博物馆的地毯上后空翻、头部着地的旋转动作。

"爸，你也会那些动作，对不对？"杰克森说。

"那当然。"塔可说。

一位谷镇博物馆开馆以来最忠实的义工缠着安妮讲话，但她眼角余光瞄到一位老太太正站在那张四友出游照旁合照。安妮于是向那名义工道歉，走过去向那位老太太自我介绍。

"你好，我是博物馆馆长安妮。"

"我是凯诗琳。叫我凯诗就可以了。"那位老太太说。

"你认识照片上的人吗？"

"那位就是我。"凯诗说，"我以前就知道我的牙齿不好，但没想到竟然烂成那样。难怪现在全掉光了。"

安妮注视那张照片，然后又看看老太太。安妮判断，她现在大约七十五岁，但她在那张一九六四年的照片里却像六十岁。

"你几乎没变老。"安妮说，"我说真的。"

"我知道你想说什么。当年我就是一副苍老样，现在我还是苍老。"

"才没有呢。"安妮说，"你跟另外三位还有联络吗？"

"那位是我姐姐。她过世了。那两个男生……好像从诺丁汉北

290

上来玩一天。那天以后,我就再也没见过他们了。"

"看起来,你们那天玩得很愉快。"

"大概吧。不过,但愿我们那天有找更多的乐子。你应该知道我是什么意思吧。"

安妮做出一副听见八卦的惊讶表情。

"他是很想要的。一直对我毛手毛脚。我最后制止了他。"

"呃……"安妮说,"不做,就不会惹上麻烦。只有做了,才会惹麻烦。"

"大概吧。"凯诗说,"但到头来又怎样?"

"你的意思是?"

"我的意思是,我现在七十七岁了,我从未惹上任何麻烦。但那又怎样?你要颁一块贞节奖牌给我吗?你是博物馆馆长,请你写信给英国女王颁奖给我吧。否则,这一切都是浪费光阴,对吧?"

"不。"安妮说,"请别那么说。"

"不然我该怎么说?"

安妮茫然地微笑着。

"抱歉,失陪一下。"安妮说。

安妮去找萝丝,她似乎正针对泰瑞那张滚石乐队海报的标准字设计发表一段即席演说。安妮请她帮忙把杰克森从塔可身边带开,喂他一大堆全麦小脆棒。然后安妮把塔可拉到展示泰瑞的陈年公车票根的角落(这些票根吸引的人潮不如预期)。

"你还好吗?"塔可说,"看来,进行得相当顺利。"

"塔可,我一直在想,不知道你是否……是否有兴趣?"

"对什么有兴趣?"

"喔,抱歉。是否对我有兴趣?"

"我早就对你有兴趣了。你没必要使用假设句法。"

"谢谢你。但我指的是性爱方面。"

安妮脸红了。这几天以来,被她压抑在脸颊下的红,此时携着一股郁积已久的爆发力重返她的面庞。血液明显地淤积在她双耳的区域。安妮真的很希望,当她问一个男人要不要跟她上床,她脸上能有脸红以外的其他反应。但令人不高兴的是,要求不脸红是不可能的,因为光是开口询问,就令她羞得无以复加了。

"可是,这个晚会怎么办?"

"我是指晚一点。"

"我开玩笑的。"

"喔,我懂了。反正,我告诉自己一定要把这件事说出口。我已经说出来了。谢谢你聆听。"安妮说完便转身要走。

"我很乐意。我当然有兴趣。希望我没答非所问。"

"喔,没有。没有答非所问。太好了。"

"若非几天前我的小病发作,我现在已经跳到你身上了。我还是蛮担心的。"

"我已经上网搜寻了……那一方面的资料。"

塔可笑了。

"这也算是前戏的一部分吧。当你年事渐高——女人会在她跟你上床前,查询你的健康状况。我喜欢。这听起来还蛮色情的。那么,互联网上的资料怎么说?"

安妮瞄见萝丝带着杰克森朝他们走来。

"你爬楼梯会不会很喘?"

"不会。"

"那么只要……只要我负责动,你应该不会有事。"

292

她自觉脸皮已经涨成茄子色（某种紫黑色）了。或许他看了也会喜欢。

"我一向就是这么做那档事的！我们一定会顺利的！"

"好的。那么，太好了。待会儿见了。"

接着她就向在场的谷儿尼斯诸位重要人士简短地致辞，以表示欢迎。

稍后，安妮微醺地回到家，她感觉到一种交媾前的伤感。她黯然地心想，一直以来，她的伤感大多都属于交媾前的。怎么可能不是？既然大半的人生都处于交媾前的状态？但较诸以往她的多数经验，这次的伤感又更为剧烈，可能是因为她对这次的交媾有着更为真实的预期。这股伤感连带使她心里一阵紧张，并顿时丧失了自信心：她脑海中浮现了朱莉·贝蒂的相片，朱莉·贝蒂美得令人窒息。没错，塔可跟朱莉拍拖时，朱莉正是约莫二十五岁的花样年华，但安妮就算二十五岁时也跟朱莉差很远；而纳塔莉年纪虽然比安妮大，但即便现在纳塔莉依旧很美丽。安妮意识到，与塔可有过关系的女人们，除了几位她知道的大美人，想必还有一大堆（数百位？）她不知道的大美人。然后她试着安慰自己，想必塔可已经降低标准了，当然，这么想毫无安慰作用。她不想成为他性生活熄灭前的余烬。而且她绝对不想被当作低标。这时塔可正哄着杰克森入睡，安妮煮了茶，但又想找别的东西来喝；当塔可走下楼时，她正把陈年的香蕉甜酒倒进一只平底酒杯，强忍着别哭出来。她最初接下博物馆这份工作时，其实并未把"所谓博物馆是怎么一回事"想得很透彻。她没有想到，博物馆会使每一件事物——即使是一段一夜情——都感觉像是它已经终了，感觉像是一件被摆在玻璃柜中令人心酸的残遗物，它早先所经历的快乐时光已成陈迹。

"听我说。"塔可说,"我一直在想……"听到这里,安妮已可确定,塔可也得到相同的结论,并且正要告诉她:是的,虽然他的标准不再是奥林匹克等级,但也没降那么多,大约再过十年才会回来找她。"我应该自己看看这东西。"

"什么东西?"

"就是互联网上那些关于性爱是否会要我老命的资料。"

"喔。当然。没问题。"

"因为……如果我暴毙,你心里大概会不好过。"

"肯定不好过。"

"你可能会觉得你有责任。我宁可这个罪恶感由我来担。"

"为什么你会有罪恶感?"

"啊,你还没为人父母吧? 罪恶感几乎就是我唯一的感受。"

安妮连上她这几天在看的那个网站,把一个标题叫做"疗养恢复"的段落给他看。

"这东西可以信赖吗?"塔可说。

"这是国家健康服务系统的网页。通常来说,他们的任务是防止你进医院。因为政府没钱帮你付医药费,而且医院到最后还是会要了你的命。"

"好的。嘿,这里有一整段关于性行为。'性行为不会增加另一次心脏病发之风险。'我们可以安心做了。"

"上面还说,大多数人在心脏病发作的四周后,再次展开性生活,将会觉得身体很舒服。"

"我不是大多数人。我现在就觉得身体很舒服。"

"还有一个东西。"

她指在屏幕上，塔可念出声来。

"有百分之三十的几率会有勃起功能障碍。那很好啊。"

"为什么？"

"因为如果我那里没动静，你就不必自责。虽然说也有可能要怪你。"

"绝对不会发生勃起功能障碍。"安妮故作信心十足的口气。

当然，她又脸红了，但由于两人在没开灯的工作室里盯着电脑屏幕，塔可并没有注意到。一时之间，她很想出声掩盖这个尴尬时刻——或者用手啪的一声捂嘴，或者开个自嘲的玩笑——但她忍住这股冲动，然后……说不上来，气氛似乎对了，她心想。她不太确定自己这一生是否营造过对的气氛，而且万万不会想到，跟一个男人谈论关于勃起功能障碍的健康问题，居然能营造出对的气氛。其实这样也不赖。她在四十年的人生里，大多时候都真心相信"不做，就不会后悔"，当然，事实正好相反。如今她的青春已然消逝，但她生命中或许还残留着些许生命力。

就在这个时候，两人第一次接吻，国家健康服务系统的网页还朝他们闪烁着；他们亲吻得久久不歇，久到电脑都自动进入休眠。安妮这时不再脸红了。但尴尬的是，她情绪激动起来，使她担心自己可能会哭出来，反而会让塔可认定她投入了太重的感情，因而可能改变心意，不跟她做爱了。所以假如塔可问她哭什么，她会回答，在展览开幕日总会变得特别爱哭。接着两人上楼，背对背各自脱衣服，双双躺到她那张冰冷的床上，开始抚摸彼此。

"被你说对了。"塔可说。

"至少目前为止是对的。"安妮说，"但还有一个关于持久的小问题。"

"我敢说，"塔可说，"你会让我不容易持久。"

"对不起。"

"你有没有……我没准备什么。这应该情有可原吧。你手边平常会摆什么吗？"

"喔。"安妮说，"有，当然有。但我没有避孕套。你得让我离开一下子。"

她早就把这一刻设想好了；与凯诗交谈后，她就一直设想这一刻。她到浴室，在里面待了几分钟，然后回房与他做爱。她并没有要了他老命，虽说已经令人感觉欲仙欲死，仿佛她的身体之前都在沉睡，沉睡得有如塔可退出乐坛的时间那么久。

翌日，杰克森跟妈妈通了电话后，变得不高兴，于是塔可赶紧预订返美的班机。在最后一夜，塔可与安妮同床睡，但两人并未再次做爱。

"我一定会回来。"塔可说，"我喜欢这里。"

"才不会有人回来。"

安妮自己也不知道她这句话是意指回来这座小镇，还是回来她的床上，但无论何者，都令她心酸，她不想要那种心酸的感觉。

"或者你可以来美国。"

"我的假几乎都放光了。"

"美国那边有别的工作可找。"

"我不想听你发表如何转换职业跑道的高论。"

"好吧。所以，我永远不再回到这里，而你永远不会去美国……这样子，实在很难找到一种说法，让我们至少可以假装有某种未来。"

"你在一夜情之后，通常就是这样子吗？假装有未来？"安妮说。

无论她多努力,似乎改不掉自己声音中的调性。她并不想冷嘲热讽,而是想寻找出一种有希望的未来方向,但她似乎只会说一种语言。典型的、该死的英国话,她心想。

"我将会直接不理睬你。"塔可说。

她用双臂环抱他:"我会想念你。也会想念杰克森。"

就这样。说得轻描淡写,完全不足以表达她心中那些已在摸索逃避方式的悲伤和恐慌,但她希望塔可至少要听出她话语中那直白的爱意。

"你会写电子邮件给我,对不对? 经常写?"

"喔,我没什么事情好说的。"

"我无聊的时候,会让你知道。"

"喔,天啊!"她说,"这下子我一定什么都不敢写了。"

"我的老天!"塔可说,"事情被你搞得很难。"

"确实很难。"安妮说,"因为这本来就不简单。那就是为什么事情大多都会出问题,那便是你离过上千次婚的原因。因为这从来都不简单。"

她想说的,其实是别的东西;她真正想要表达的是:无法以满意的方式清楚表达自己的感受,是人类亘古不变的悲剧之一。她表达不出这个意思,或许没什么大不了,就算表达出来也无济于事,但至少能反映她内心的沉重与悲情。但她的话听在他耳里,却像在骂他是个失败者。这就好比,她本想在自己的情感巨石上找到施力之处,以搬动它,结果却仅仅是指缝里卡进一些沙砾。

塔可突然在床上坐直起来,惊讶地看着她。

"你应该与邓肯复合。"他说,"他一定会接纳你回到他身边。尤其是现在,你对于塔可生平的了解,足够他发表九年的文章了。"

"为什么？那样子对我有何益处？"

"毫无益处。"塔可说，"但那才符合你的论点。"

她最后一次尝试说出心里话。

"很对不起。我不知道该怎么说。我知道……爱情应该是具有转变能力的。"一旦她用出这个词，便觉得表达起来畅达无碍，能侃侃而谈了，"我就是在尝试这样看待爱情。对极了。我就是要说这个。我近来有所转变，这转变是怎么发生的并不重要。你要离开或留下都可以，而我身上的转变仍然发生了。我一直试着把你看成某种象征。但是不管用。令我极不愿面对的真相是，一旦少了你在身边，我生活中的一切都将故态复萌。势必如此。而且我必须说，书本也帮不上什么忙。每当你阅读任何关于爱情的讨论，每当你读到某人尝试定义爱情，他们总是用某种状态或某个抽象名词来解释，而我也试图那样去思考爱情。但实际上，爱情是……怎么说呢，爱情就是你。一旦你离开，爱情就消逝了。它一点也不抽象。"

"爸。"

安妮一时没反应过来，但塔可似乎一听就知道是谁来了。只见杰克森浑身又湿又臭地站在他们床边。

"儿子，怎么了？"

"我刚刚在床上吐了。"

"没关系。"

"我好像不再喜欢小脆棒了。"

"你可能吃得太凶了。我们会帮你弄干净。安妮，你有没有备用床单？"

当他们把杰克森洗干净并更换寝具，安妮努力告诉自己，不要觉得运气很差、在劫难逃、天生命不好。她发现，老是觉得自己运气不好,是她惯常的预设思维。她并非看不出,她目前的困境其实可以作其他诠释。例如:如果你选择爱上一个美国人(一个育有一幼子,而且家住美国的美国人),而他来你家住了几天,然后又离开你,这算哪门子的运气不好? 换作是更聪明的人,就可以预见这种结果吧? 或者换个角度:你在一个名不见经传的网站上,写了一篇讨论某张专辑的乐评(该专辑的歌手已隐居长达二十年)。假如那位歌手读到这篇乐评,与你联系,并来你家借宿,他魅力十足,似乎也受你吸引,于是你与他上床做爱,试问这里头有何运气不好可言? 换作是一个天性较为阳光的人,可能会得出"前几周里发生了十七个各自不相连属的奇迹"这样的结论吧? 是啊,唉。她天性并不阳光,那太难了。她还是坚持原来的想法好了:她是当今世上运气最背的女人。

如果她是世界上运气最背的女人,又怎么解释前一晚的事(而且她为了让自己怀孕,还假装去浴室放入避孕器)? 以她的岁数,以他的岁数,以他现在的身体情况,她走运中奖的几率有多高? 但也许前后并无矛盾,她的运气很可能是从头背到尾。她已有预感,失望即将伴随着她的月经来临,这终将成为无可辩驳的铁证,证明无论她尝试什么想让自己变得更幸福的事,都是枉然的,因为不管怎样,她就是必然失败。

"我可以到你的床上睡吗?"杰克森问。

"当然可以。"塔可说。

"可不可以只跟你睡?"

"当然可以。"

塔可看着安妮,耸了耸肩。

"谢了。"他说。接下来几星期里,这句"谢了"被她翻来覆去地分析,差不多快分析到烂了。

当他们坐在飞机里等待起飞时,杰克森问:"我该怎么跟妈妈说这趟旅行呢?"

"你想说什么,就跟她说什么。"

"她知道你生病的事,对不对?"

"应该吧。"

"她也知道你没死?"

"是的。"

"酷!谷儿尼斯这个单词怎么拼?"

塔可告诉了他。

"蛮好玩的。"杰克森说,"我好像几百年没看到妈妈了。可是当我回想我们做了什么……似乎也没做什么事情嘛,对不对?"

"对不起。"

"没关系。如果我在回家路上看很多《海绵宝宝》的话,做的事情就好像比较多了。"

塔可不知道自己听见的,究竟是一个企图获取父亲纵容的精心计谋,抑或是一个表面上说得简单、实则很复杂的时间与叙事之间关系的想法?但杰克森倒是点出了一件事:确实没发生什么了不起的事情。这几个日子以来,他经历了心脏病发作,与所有子女、两名前妻谈话,去了一个陌生小镇,与一名新认识的女人上床,花了点时间跟一个男人交谈,使他对自己的作品有了不同的见解。这一连串事情没有为他的人生带来丝毫改变。他既没有变得更富学识,也没有成长。

他一定遗漏了什么。退出乐坛以前的岁月里,若是有这样的旅行经验,他也许可以挤出几首歌:就拿濒死经验来说好了,一定可以写出一首好歌词。至于安妮……他或许可以在歌词中,将她化身为一名来自北部乡间、美丽而具有救赎力量的女孩,她帮助他感受人生,帮助他疗愈。也许还在帮助他偷溜,并勉强他下跪告罪。她煮了东西给他吃。如果没有她,他会瘫痪。如果他不写歌,他还剩下什么?

他体悟到,创作自传性歌曲的真谛在于,你必须想个办法把现在式变成过去式:你必须把某个感觉、某位朋友或某名女人当作素材,将之描写成某种已经终结的东西,如此一来,你才能很明确地定义它、描述它。你必须把它摆在一个玻璃展示柜中,注视它,思考它,直到摸透它的意义。过去,几乎每个他认识的人,前妻或子女,都曾经被他拿来进行这样的处理。人生的真谛在于,直到你死亡之前,没有一件事会真正告终。就算你死亡,也不是一了百了,而是会在身后留下一大堆待解的故事。不知怎的,在多年停止写歌以后,他仍保留着歌曲创作者的心理习惯,也许该是时候把这些习惯都放弃了。

"这样啊……"麦尔坎说,然后便一声不吭,安妮能做的只有尽量忍住不笑。她刚才一口气说了十五分钟的话,而且完全不带脏字(提到农夫约翰时,她也不忘以"假塔可",而不用其缩写"法可"称呼)。现在,无论他要在两人的对谈中施加多长的沉默,她都不会打破它。她话已说完,现在轮到他了。

"你以后还会买他的 CD 吗?"

"麦尔坎,我刚刚解释过。最新的这张专辑,才发行几个星期。我跟他算是因此而认识的。"

"喔。是的。抱歉。那我应该买一张来听吗？"

"不应该。麦尔坎，我刚才也解释过，这不是他最好的专辑。不管怎样，我不太相信你听塔可的音乐会有助于我们的疗程。"

"到时候就知道。我会让你刮目相看的。"

"类似的情况之前也有过，对吧？"

麦尔坎一脸受伤的表情，安妮为他感到难过。她讲话不必如此刻薄。其实，她现在感觉自己相当喜欢他；刚才她一口气说了十五分钟炫耀的话，倒是为她与麦尔坎之间这段痛苦的关系，带来了一些存在的合理性。数个月来，安妮来这里老是向他诉说一些诸如"她明确地吩咐邓肯去买牛奶，而他居然买错"的事情。麦尔坎和安妮所做的，一直都只是在她内心生活的余灰堆中拨来翻去，仅为了寻找一点情感的小火花。但今天早上，安妮则向他诉说了关于隐士、心脏病、失败的婚姻、一夜情以及为了怀孕而做的欺骗行为。她本来还以为麦尔坎听了她的陈述，会表现得像是终于听见了期待已久的劲爆心理内幕，因而大为雀跃、手舞足蹈。

"我可以另外问几个问题吗？只是为了确定我是否搞懂这些事？"

"当然可以。"

"这个男人以为你在浴室做什么？"

"塞入避孕器。"

麦尔坎在笔记上写了什么，从安妮的位置看去，似乎是全部大写字母的"塞入避孕器"，他还画上底线加以强调。

"我懂了。那么……他的前一段关系是何时结束的？"

"几个星期前。"

"这个女人是他幼子的母亲？"

302

“是的。”

“她的名字是?”

“你真的有必要知道?”

“或许,说出她的名字,会使你觉得不舒服?”

“才不会。她叫凯特。”

“那是某个名字的简称吗?”

“麦尔坎!”

“对不起。你说得对。一大堆事情汇集在一起。我一时不知该从何谈起。你想要从哪一点开始谈? 你现在的感觉如何?”

“忧伤占大部分,并夹杂一点兴奋。你的感觉如何呢?”她知道病人不该这样问医生,但她意识到麦尔坎在前二十分钟里历经了很大的煎熬。

“忧心。”

“真的?”

“如你所知,我没有立场对你做道德评判。请把刚才那些话删掉。‘忧心’两字也一起删了吧。”

“为什么?”

“因为我想问你一个问题,而且我不希望你觉得我妄下道德评判。”

“我把它从脑中删掉了。”

“我在忧心,你在这个男人的婚姻结束中可能扮演的角色。还忧心你即将抚养一个没有父亲的小孩。”

“我以为我们把‘忧心’删掉了。”

“喔,是的。无论如何,你对我所说的话有什么想法?”

“麦尔坎,你真是无药可救。”

"我又说错了什么吗？"

"我现在真的一点都不担心道德层面的问题。"

"我看得出来。"

"那我们可否谈谈我现在心里想的事情？"

"好吧。你现在心里在想什么？"

"我想要把所有东西塞进箱子，搬去美国。明天，我就要把房子卖掉，然后走人。"

"他要求你这样做了？"

"没有。"

"好的，那么，我认为这样子我们就比较有余裕来谈谈如何尽力补救。"

"'尽力补救'？"

"我知道你认为我很迂腐，或者随便你怎么形容。但我不认为我们能够把这些事称为好事。你现在并不快乐，你可能会变成未婚妈妈，而且……无论如何，你现在满脑子都在幻想着人间仙境。"

"那是哪里？"

"美国。我的意思是，对美国人来说，美国不是人间仙境，但对你来说是。"

"为什么？"

"因为你生活在这里。"

"那倒是。所以说，这里实在没有任何改变的可能性，对吧？"

"当然有可能性。那便是为什么你会来我这里治疗。"

"但可能性不大。"

"反正，以最近的房价走势来看，可能性确实不大。我不知道当初你买房子花了多少钱，但你现在卖的话，一定卖不到当初的价码。

即使你出租,租金也不理想。我有个朋友,每年夏天都会把她的房子租出去,从来没遇到困难,直到现在。"

自从在麦尔坎这里的第一次疗程以来,安妮都觉得这座小镇透过麦尔坎向她发声,但此时在他话中,她听见她成长所在的这个国家的声音。她仿佛听见从小到大的老师、父母、教书的同事、朋友的声音。英国说起话来就是这个调调,而她再也受不了听见英国的声音了。

她站起身来,走到麦尔坎身旁,在他头顶上亲吻一下。

"谢谢你。"她说,"我现在好很多了。"然后她便离开。

标题:《我到哪里去了?》
邓肯
会员
发表文章:1 019 篇

诸位:

嗯。我拿到它了。事实上,我已经拿到它好几天了。但由于经历了《赤裸版》惨案(是余之罪!是余之罪!是余之死罪!),我等待了几天,准备先细火慢炖,然后才沉浸其中。但根本没有拖延的必要。容我引述我在另一个时空状况评论另一个类似的艺术灾难所写的句子:"**这是什么烂东西啊!**"专辑里有一首关于在午后阳光下阅读乐趣的歌,有一首关于在自家栽种四季豆的歌,还有一首翻唱唐·威廉姆斯的"经典曲"《你是我最好的朋友》(*You're My Best Friend*)。简直是一场大灾难。

回复:《我到哪里去了?》

BetterthanBob

会员

发表文章: 789 篇

    感谢上帝。我还以为我发疯了。我下班回家后便下载这张专辑,传输到我的 iPod,打算晚上在书房闭关——我还跟老婆大人说,十点以前不准进来。结果,八点四十五分我就自己出关了! 我实在听不下去了! 我边跑边尖叫,跑到酒吧去! 整夜我都在尽力回想历史上有没有更令人失望的"复出"之作:结果一片空白。这张专辑没有一首歌我会想播第二遍来听。喔,塔可,汝今安在?

回复:《我到哪里去了?》

Julietlover

会员

发表文章: 881 篇

    这张专辑应该改名叫《幸福是毒药》。谁在乎塔可·克洛是否找到了内在的平静? 以下我要谈一谈"许愿请小心"。二十年来,我几乎日日夜夜盼望一张塔可·克洛的新专辑,如今我还宁愿他仍然隐居不出。听说美国各大主流厂牌都不愿替他发这张专辑。他使自己与每个人都失望,你们以为他会在乎吗? 听起来,他并不在乎。我绝不会再受骗。塔可·克洛,愿汝灵安息。

回复:《我到哪里去了?》

MrMozza7

新手

发表文章: 2 篇

哈哈哈哈哈哈哈哈哈。我早就跟你们说过,他被高估了。
现在,你们这群被人牵着鼻子走的小鬼,统统去听**"莫里西"**唱过
的所有歌曲吧。

回复:《我到哪里去了?》

Uptown Girl

初级会员

发表文章: 1 篇

嗨,大家好!我第一次进来(或者你们互联网上有别种讲
法)!我跟我先生最近无意中听到塔可·克洛的《我到哪里去
了?》,我们两个听了都超爱,我们又找到另一张叫做《朱丽叶》
的,但以我们的口味来说,它有点忧郁! 可否请大家推荐一些我
们会爱听的塔可·克洛其他专辑?

回复:《我到哪里去了?》

BetterthanBob

会员

发表文章: 790 篇

我的老天!

致　谢

感谢托尼·莱西、杰夫·克洛斯基、乔安娜·普赖尔、汤姆·韦尔登、海伦·弗雷泽、卡罗琳·道内、格雷尔·马库斯、伊莱·霍洛威茨，以及 D. V. 德文森提斯。另外特别感谢海伦·博恩斯与莎拉·盖斯马，若无他们两人，我根本不会写出这本书。

Nick Hornby

JULIET, NAKED

Copyright © Nick Hornby 2007

This edition arranged with ROGER, COLERIDGE & WHITE LTD (RCW)

Through Big Apple Agency, Inc., Labuan, Malaysia.

Simplified Chinese edition copyright © 2021

SHANGHAI TRANSLATION PUBLISHING HOUSE (STPH)

All rights reserved.

译本由 泰电电业股份有限公司 授权

图字：09-2018-1263号

图书在版编目(CIP)数据

赤裸的朱丽叶／(英)尼克·霍恩比(Nick Hornby)
著;黄建功译. —上海：上海译文出版社,2021.5
(尼克·霍恩比作品)
书名原文：JULIET, NAKED
ISBN 978-7-5327-8585-8

Ⅰ.①赤… Ⅱ.①尼… ②黄… Ⅲ.①长篇小说—英
国—现代 Ⅳ.①I561.45

中国版本图书馆 CIP 数据核字(2021)第 074802 号

赤裸的朱丽叶

〔英〕尼克·霍恩比 著 黄建功 译
责任编辑/吴洁静 装帧设计/人马艺术设计·储平

上海译文出版社有限公司出版、发行
网址：www.yiwen.com.cn
200001 上海福建中路 193 号
上海市崇明县裕安印刷厂印刷

开本890×1240 1/32 印张9.75 插页2 字数168,000
2021 年 8 月第 1 版 2021 年 8 月第 1 次印刷
印数：0,001—5,000 册

ISBN 978-7-5327-8585-8/I·5289
定价：69.00 元

本书中文简体字专有出版权归本社独家所有,非经本社同意不得转载、摘编或复制
如有质量问题,请与承印厂质量科联系。T: 021-59404766